流浪者之歌

——「東北作家」的鄉土敘述與社會記憶

蘇敏逸 著

臺灣學生書局印行

本書為行政院國家科學委員會專題研究計畫〈東北作家的鄉土敘述與抒情模式——以蕭紅、蕭軍、端木蕻良為核心〉（NSC102-2410-H-006-098）、科技部專題研究計畫〈「東北作家」家國／鄉土敘述的兩種模式——以舒群、駱賓基為例〉（MOST103-2410-H-006-077）補助下完成之研究成果，謹此誌謝。

流浪者之歌
——「東北作家」的鄉土敘述與社會記憶

目　次

第一章　緒　論

　　「東北作家」是中國現代文學史上一個很特殊的創作群體。當 1931 年「九一八事變」爆發，1932 年「滿州國」成立後，東北即淪為日本殖民地，東北作家因此比中國其他地方的作家更早面對鄉土的失落和流亡的命運。「東北作家」在文壇的出現，有賴於魯迅的提拔和賞識。1934 年底來到上海的蕭軍和蕭紅帶著自己的作品拜訪魯迅，1935 年七月，魯迅將蕭軍的《八月的鄉村》和蕭紅的《生死場》編為「奴隸叢書」之二、之三出版，並為之寫序推薦，成功地將兩位來自淪陷區的文學新星推上中國文壇，也使得文壇開始注意東北作家獨特的家國命運和鄉土情懷。之後在文壇出現的端木蕻良與駱賓基，最初也都與上海以魯迅、茅盾、鄭振鐸、胡風、馮雪峰為核心的文化人群體進行連結，並走出自己的文學道路。與 1937 年抗戰爆發之後大量出現的抗戰文學與鄉土書寫相比，東北作家可以說佔據了前驅者的地位。

　　東北作家先後出道，但最早將「東北作家」視為一個群體，並在文學史上加以定位的是王瑤在五〇年代初期出版的《中國新文學史稿》。王瑤在第二編「左聯十年（1928-1937）」第八章「多樣的小說」中專列「東北作家群」，從東北作家因故鄉淪陷而流亡的命運出發，著重在對東北作家作品中愛國情緒與反抗意識的論析，討論的作家以二蕭為主，兼及舒群、端木蕻良、羅

烽、白朗等人。[1]夏志清的《中國現代小說史》雖然將蕭軍與蔣光慈、丁玲並列為「第一個階段的共產小說」作家群，但在論及蕭軍時，也從「東北流亡作家」的脈絡來說明其政治意識形態的形成。[2]而楊義三大巨冊的《中國現代小說史》也專章討論「東北作家」的特殊性。[3]「東北」是中國現代文學史上最具有鮮明的地域色彩的地區，儘管文學史的討論中也有「浙江作家」、「四川作家」、「湖南作家」等區域性文學的討論，但這些地區的關懷主題與文學風格大多更為分歧。「東北作家」幾乎可以說是中國現代文學史中唯一一個以「地域性」，而不以「文學理念」（如「文學研究會」、「創造社」、「京派」、「海派」）或「政治理念」（如「太陽社」、「左聯」）作為群聚因素的創作群體。

東北作家的身上彷彿流著「流浪者」的血脈與遺傳基因，他們的祖先都由關內逃荒「闖關東」而來，蕭軍、蕭紅的祖先來自山東，[4]端木蕻良的祖先來自河北，[5]駱賓基則是來自山東的移民

1　王瑤：《中國新文學史稿（上冊）》，《王瑤全集》（第三卷）（石家莊：河北教育出版社，2000 年 1 月），頁 333-337。

2　夏志清：《中國現代小說史》（臺北：傳記文學出版社，1985 年 11 月），頁 288-294。

3　楊義：《中國現代小說史》（第二卷）（北京：人民文學出版社，1988 年 10 月）第九章「東北流亡者作家群（上）」，頁 522-585；楊義：《中國現代小說史》（第三卷）（北京：人民文學出版社，1991 年 5 月）第五章「東北流亡者作家群（下）」，頁 275-333。

4　蕭軍：《我的童年》，《蕭軍全集》第 10 卷（北京：華夏出版社，2008 年 6 月），頁 8；蕭紅：〈九一八致弟弟書〉，《蕭紅全集》（散文卷）（北京：北京燕山出版社，2014 年 4 月），頁 395。

第二代。[6]「九一八事變」爆發後，他們便又走上流浪之路，這次是從關外逃回關內。蕭紅在〈九一八致弟弟書〉中提到這種流浪者的「宿命」：

> 我們本是山東人，我們的曾祖，擔著擔子逃荒到關東的。而我又將是那個未來的曾祖了，我們的後代也許會在那裡說著，從前他們也有一個曾祖，坐著海船，逃荒到南方的。[7]

他們最初的流浪路線，都是經由華北（山東、河北）到上海，在上海登上文壇。「七七事變」之後中日戰爭爆發，上海「八一三砲戰」之後，他們再度走上流浪之路，蕭軍、蕭紅、端木蕻良三人，先後從上海到武漢，再同行到山西、陝西，之後分道揚鑣，蕭軍留在延安，蕭紅與端木蕻良回到武漢，再輾轉到重慶、到香港。駱賓基則從上海往浙江、安徽、廣西到香港。太平洋戰爭爆發後，蕭紅在香港過世，端木蕻良與駱賓基先後來到廣西桂林，在大後方度過戰爭後期的時光。從九一八事變後，他們青、壯年的大半歲月都被戰火追逐，足跡遍佈大半個中國，他們是名符其實的流浪者。

　　當時的評論者與友人，也曾提過他們身上的流浪者氣質。三

5　孔海立：《端木蕻良傳》（上海：復旦大學出版社，2011 年 1 月），頁 10。

6　駱賓基：〈作者自傳〉，駱賓基：《早春集》（南昌：江西人民出版社，1982 年 10 月），頁 322。

7　蕭紅：〈九一八致弟弟書〉，《蕭紅全集》（散文卷），頁 395。

○年代著名的評論家李健吾在 1935 年評論蕭軍《八月的鄉村》時，即從蕭軍的早期經歷提到他的生命狀態是一個「流浪人」：

> 他生在東三省，一個有出產木料和森林和出產大豆的平原的處女地。苟延殘喘於都市的人們，想像不出那種寥闊的莊嚴的景象。一個沒有家或者沒有愛的孩子，寂寞原本是他的靈魂，日月會是他的伴侶，自然會是他的營養。而他，用不著社會的法習，變得和山石一樣矯健，和溪澗一樣溫柔，人性的發揚是他最高的道德。就是這樣子，他漸漸長大了，邁入人海，踏進一座五光十色的城市，一個東三省的「上海」，開始看到人類的悲劇。這孤傲的靈魂，從一個殘忍的對比，發現自己帶著腳鐐手銬。從前沒有家，他有自己；如今他有他自己，卻只是一個螞蟻——還不如螞蟻，他只是一個奴隸。[8]

作家蕭白則在〈記駱賓基〉中描述他「完全是一個流浪漢的性格」，「像吉卜賽人似的到處漂泊」[9]。

東北作家因故鄉淪為殖民地而被迫逃離家園，走上流亡之路的歷史事實，很容易讓人聯想到歷史上各種因戰爭、政治、經濟因素而被迫出走、移居他處的「離散」一詞。李有成提到「離散的英文 diaspora 一字的字根即源於希臘字 *diasperien* —— *dia-* 表

8　李健吾：〈《八月的鄉村》——蕭軍先生作〉，李健吾：《咀華集·咀華二集》（上海：復旦大學出版社，2005 年 5 月），頁 108-109。

9　蕭白：〈記駱賓基〉，《蕭白文藝評論集》（北京：中國文聯出版社，2005 年 3 月），頁 1-4。

示『跨越』，-sperien 則意指『散播種子』。離散因此在歷史上指的就是離鄉背井，散居各地的族群。」[10]若以廣義的定義來看，東北作家的離鄉流亡經驗也可以說是眾多內容複雜、型態各異的離散經驗的一種。但東北作家的離散、流亡經驗又有其特殊之處。就被迫離開淪為殖民地的故鄉、望鄉但無法歸鄉的命運而言，他們是「離散」；但就進入關內生活，並因此而登上中國文壇與文學版圖而言，卻是「歸返」。蕭紅與蕭軍的散文特別顯現這種「逃離故鄉」卻是「回到祖國」的奇特狀態。蕭紅的〈又是冬天〉寫出滿洲國成立之後，在哈爾濱決定出走「回國」的心情：

> 我們決定非回國不可，每次到書店去，一本雜誌也沒有，至於別的書，那還是三年前擺在玻璃窗裡退了色的舊書。
> 非走不可，非走不可。[11]

蕭軍在散文〈大連丸上〉則描述他與蕭紅自東北出逃，從大連搭乘日本輪船前往山東青島的經歷。儘管遭遇日本警察的檢查和盤問，但當他想到目的地是青島時，便產生激動的心情：

> 雖然這檢查早知道是不可避免的，可是一想到海的那岸就是可愛的祖國，一到祖國便什麼全得了救，只要這檢查不

---

10 李有成：《離散》（臺北：允晨文化公司，2013 年 8 月），頁 17。
11 蕭紅：〈又是冬天〉，《蕭紅全集》（散文卷），頁 197。

　　要太煩難，太……那就好了。[12]

蕭軍文中描述的不是離開故鄉的不捨，而是回到祖國的激動，文章前後都以對「祖國」的想望來期待新生活的來臨。

　　然而即使是「回國」，終究是「離鄉」了。由於鄉土的失落與流亡的命運，使得東北作家都有強烈的思鄉情緒與歸鄉欲望，對故鄉、家族歷史與童年記憶的書寫因此成為對現實缺憾的補償，也成為東北作家創作最重要的題材之一。因此本書將聚焦在東北作家的鄉土敘述，探究作家的創作意圖及其呈現的鄉土風貌與社會記憶。

　　本書選取蕭軍（1907-1988）、蕭紅（1911-1942）、端木蕻良（1912-1996）與駱賓基（1917-1994）等四位作家作為考察對象，主要原因在於這四位作家可說是東北作家中最重要也最具代表性的小說家，同時他們也都以長篇小說的形式開展其鄉土敘述。由於長篇小說的篇幅較長，所能容納的時空背景更為宏闊，小說所涉及的內容思想也更為豐富複雜，因此得以較為完整地呈現他們對故鄉、童年記憶的重現與重述，並由此輻射出作家對近代東北歷史、社會、人民生存處境的觀察與思考。

　　而他們四人的創作意圖、創作行為與作品呈現也有許多共同點。

　　在作品所呈現的核心精神與表現形式方面，東北作家的鄉土敘述在五四以降眾多的鄉土書寫中，形成另一種獨特的風格。自

12　蕭軍：〈大連九上〉，《蕭軍全集》第 11 卷（北京：華夏出版社，2008 年 6 月），頁 79。

五四新文學發展至二、三〇年代，中國現代作家的鄉土書寫大致包含三種主要思維與風格。第一種是由魯迅開啟，由五四時期的鄉土小說家如王魯彥、許欽文、臺靜農等人所繼承，以「啟蒙」為核心精神的鄉土書寫，透過對鄉土風俗文化與故鄉人物的描寫，進行「反封建」等文化反省與國民性的描述與批判。第二種的核心精神是「審美」，以沈從文、廢名等京派作家為代表，這類作品繼承中國古典田園詩的審美精神，呈現靜態、美好的鄉土情調。第三種的核心精神是「革命」，以茅盾的農村三部曲——〈春蠶〉、〈秋收〉、〈殘冬〉，丁玲〈水〉、〈田家沖〉，吳祖緗〈一千八百擔〉等為代表，這些作家具有左翼的社會意識，他們的作品大多圍繞著農村的政治經濟問題，從社會結構與歷史現實問題，如戰亂、苛稅、飢荒、剝削問題與現代化進程對傳統農村的衝擊等等，呈現三〇年代農村的「破產」處境，並由此推導出「革命」作為農村經濟可能的出路。當然，這三種鄉土書寫並非截然劃分，而有相互連結、滲透與交融之處。[13]

13　趙園在《地之子》一書中將五四以降對於鄉土的描寫分為「上承古代田園詩的傳統，寫偏於靜態、穩態的鄉村，而注重均衡勻稱的形式美感，追求美感的『純淨』」與「主張寫革命化的鄉村或破產中的鄉村，見之於作品，即有傳統詩境的破壞，有非均衡不勻稱」兩種對比的主題與風格情調。趙園：《地之子》（北京：北京大學出版社，2007 年 1 月），頁 114。丁帆在《中國鄉土小說史》前兩章標舉出「魯迅與『五四』鄉土小說作家群」、「鄉土浪漫派小說」（包括沈從文、廢名與京派鄉土小說），第三章之後則以關懷主題、地域、作家屬性等群落細分為「『革命＋戀愛』形式」、「社會剖析派」、「東北作家群」、「七月派」、「山藥蛋派」、「荷花淀派」等鄉土小說。丁帆：《中國鄉土小說史》（北京：北京大學出版社，2007 年 1 月）。本論文在此統合前輩學者對鄉土小說的分類，將五四以降至三〇年代知識份子書寫鄉土

　　在此三種鄉土書寫的類型對照之下，會發現東北作家很難被歸入任何一類。由於他們有「被迫離鄉」的經驗和強烈的「故鄉回不去了」的思鄉、懷舊情緒，而「離鄉」的狀態也使他們對「過去的故鄉」保持了時間與空間上的距離感，因此形成他們鄉土書寫中獨特的歷史氛圍與歷史觀照，「歷史」可以說是他們的核心精神。相較於前述鄉土書寫多為短篇，東北作家更擅長以長篇小說鋪展歷史感，其中往往同時包含了作家個人的生命史（童年經驗與成長歷程）、家史、地方史與東北史，由此而形成第四類的鄉土書寫。

　　在創作意圖與創作行為方面，由於無法歸鄉的流亡命運與伴隨而來的「思鄉」、「懷鄉」甚或「懷舊」情緒，以及由此情緒延展開來的「回憶」行為與文學活動，可以說是東北作家共同的生命記憶與社會記憶，因此他們的創作活動也是「懷舊」行為中的一環。

　　斯維特蘭娜・博伊姆（Svetlana Boym）在《懷舊的未來》（*The Future of Nostalgia*）一書中從「懷舊」一詞字根的組合給予「懷舊」的定義：

> 懷舊──英語詞彙 nostalgia 來自兩個希臘語詞，nostos（返鄉）和 algia（懷想），是對於某個不再存在或者從來就沒有過的家園的嚮往。懷舊是一種喪失和位移，但也是個人與自己的想像的浪漫糾葛。懷舊式的愛只能夠存在

的核心精神，分為「啟蒙」、「審美」與「革命」三類，而東北作家群則開啟鄉土書寫的「歷史」一脈。

於距離遙遠的關係之中。懷舊的電影形象是雙重的曝光，
或者兩個形象的某種重疊──家園與在外漂泊。過去與現
在，夢景與日常生活的雙重形象。[14]

「懷舊」所呈現「喪失」與「位移」的生命狀態，「家園」與
「在外漂泊」的命運疊影，以及「過去」與「現在」，「夢景」
與「日常生活」，「個人」與「自己的想像」在作品中相互勾
連、含納，都符應東北作家的創作心理與創作活動。

　　同時，博伊姆根據「懷舊」的心理機制、態度和意義區分為
「修復型懷舊」和「反思型懷舊」兩種模式：「修復型懷舊」強
調「懷舊」中的「舊」，偏重在「返鄉」與「重建」，重新修
復、恢復失去的家園、民族過去的榮光，用以喚起民族、國家的
過去與未來；「反思型懷舊」則強調「懷舊」中的「懷」，偏重
在「遺失」（包括故鄉的失落、時間的失落與記憶的遺失等
等）、「懷想」與「記憶」之間的種種關係，它更關注個人的與
文化的記憶，而個人的記憶往往又與社會的、歷史的集體記憶結
合在一起。[15]

　　從博伊姆對「懷舊」的定義與分類模式，連結到東北作家的
創作，他們的懷舊、回憶行為與文學創作可以說是「反思型懷
舊」的實踐。這其中包含幾個鮮明的特質：首先，東北作家的鄉
土書寫往往透過長篇小說的形式而呈現鮮明的空間感與時間感，

14　（美）斯維特蘭娜・博伊姆：《懷舊的未來》（南京：譯林出版社，
　　2010 年 10 月）「導言：忌諱懷舊嗎？」，頁 2。

15　參考（美）斯維特蘭娜・博伊姆：《懷舊的未來》「導言：忌諱懷舊
　　嗎？」及第一部「心靈的疑病：懷舊、歷史與記憶」，頁 1-81。

而小說中的「時空感」又顯然由多重對照而來。在「空間感」方面，在外漂泊的生命狀態對照「家園」，「家園」代表過去某種「完整」的狀態（雖然「完整」也可能同時代表封閉與落後），因此小說都呈現故鄉獨特的地方色彩與鄉俗文化。同時，在外漂泊的流浪狀態與故鄉產生的距離感，也使作家得以更宏觀也更整體地把握故鄉的獨特性，並反省故鄉的歷史處境與生命狀態。而在「時間感」方面，東北作家往往追述個人成長經驗中的故鄉歷史。而如同薩依德所言：「訴諸過去是詮釋現在最通用的多種策略之一」[16]，作家對過往經驗的描述一方面涵納「現在」的生命感覺、情感記憶與鄉土想像，一方面也用以詮釋「現在」的個人處境與國家歷史命運，並藉此安頓個人漂泊的生命狀態。因此，過去與現在，甚或指向未來的內在連結、交疊與纏繞，使小說的時間感更加具體鮮明。

　　其次，由於上述所言小說中具體的「時空感」，因此東北作家的鄉土敘述也都有鮮明的「歷史感」，他們透過鄉土敘述紀錄並思考民族衰敗的原因，也透過過往的鄉土經驗與想像，找尋民族的生命力，他們的懷舊都將個人經驗與社會、民族記憶連結在一起，也正如博伊姆所言：

　　　　懷舊不永遠是關於過去的；懷舊可能是回顧性的，但是也
　　　　可能是前瞻性的。……憂鬱只限於個人意識的層面；與憂
　　　　鬱不同的是，懷舊涉及的是個人傳記和群體或者民族傳記

16　（美）愛德華・薩依德：《文化與帝國主義》（臺北：立緒文化事業有
　　限公司，2001 年 1 月），頁 33。

之間的關係，個人記憶和集體記憶之間的關係。[17]

　　在後面章節的作家討論中，將分析四位作家如何在描述自己的童年故鄉時，將個人的生命記憶與東北獨特的風土鄉情、近代歷史命運相互鍵連，形成個人記憶與集體記憶高度關涉的「懷舊」實踐。

　　第三，博伊姆提到：「初看上去，懷舊是對某一個地方的懷想，但是實際上是對一個不同的時代的懷想──我們的童年時代，我們夢幻中更為緩慢的節奏。」[18]東北作家的鄉土敘述都在追述、重構個人的成長記憶與故鄉形貌，因此在蕭紅、端木蕻良與駱賓基的小說中，都出現同時包含「兒童」（「少年」）與「成人」雙重視角的敘述模式，而兩種敘述方式的自由轉換，也與作家的敘述策略有關。蕭軍的作品雖然不採取「兒童視角」，但將他的小說與自傳、散文對讀，便可見他對故鄉與長春城的描寫，都與他的童年生活和成長經驗相互結合。

　　第四，博伊姆描述懷舊行為如同一種「聯想的魔幻」：

　　　　懷舊的功能發揮是通過一種「聯想的魔幻」，亦即，日常
　　　　生活的全部的方方面面都和一種單一的著魔連接了起來。
　　　　在這方面，懷舊近似於偏執狂，不同的僅僅是，懷舊者不
　　　　是總懷疑受迫害的妄想狂，而是懷想狂。另一方面，懷舊

17　（美）斯維特蘭娜‧博伊姆：《懷舊的未來》「導言：忌諱懷舊
　　嗎？」，頁5。

18　（美）斯維特蘭娜‧博伊姆：《懷舊的未來》「導言：忌諱懷舊
　　嗎？」，頁4。

者具有驚人的能力，牢記各種感覺、味道、聲音、氣味、
那失去的樂園的全部的細微末節，這是那些留在故鄉的人
們所從來注意不到的。[19]

由於東北作家的創作行為與其回憶、懷舊的心理狀態密切相關，
因此東北作家的鄉土敘述多半不以故事情節取勝，而偏重在對於
個人童年生活與故鄉群眾日常生活的描寫，作家們彷彿擁有驚人
的感官記憶，擅長捕捉成長過程中有關景象、色彩、聲音、氣
味、膚觸等各種感官感覺的記憶。這正是博伊姆所謂的「懷想
狂」，而這種充滿細節與感官感覺的懷想，正是「反思型懷舊」
企圖捕捉、留存、封印已經「遺失」的過往種種的書寫心理癥
候。在本書所論的四位作家中，駱賓基的《混沌初開》將此特色
發揮得最為淋漓盡致。

　　回到中國現代文學研究的系統，東北作家的鄉土敘述也可與
中國現代文學中的「史詩」、「抒情」等概念相互勾連。在普實
克《抒情與史詩——現代中國文學論集》一書中，「抒情」與
「史詩」是討論中國現代文學敘事型態的兩大主軸，書中的多篇
論文，包括〈中國現代文學中的主觀主義和個人主義〉、〈以中
國文學革命為背景看傳統東方文學與歐洲現代文學的相遇〉、
〈中國文學中的現實與藝術〉等對於中國現代文學的總論中，普
實克強調中國傳統「抒情」特質的現代性轉化。[20]他認為「抒

19　（美）斯維特蘭娜・博伊姆：《懷舊的未來》「第一章　從治癒的士兵
　　到無法醫治的浪漫派：懷舊與進步」，頁4。
20　以上三篇論文收於（捷克）亞羅斯拉夫・普實克著，李歐梵編：《抒情
　　與史詩——現代中國文學論集》（上海：上海三聯書店，2010 年 12

情」雖是中國文學的特質，卻也可能是侷限，因為它缺少西方現實主義文學對於社會現實生活客觀性、全景性的描寫。在對魯迅、郁達夫與茅盾等作家的個案分析中，普實克將茅盾與郁達夫對舉，強調茅盾包括《蝕》三部曲、《子夜》、《腐蝕》等貫穿二〇年代中期至四〇年代的作品，都以「最大限度的準確性」去捕捉、紀錄當下的現實社會與歷史事件，由此開啟中國現代文學中「史詩」的藝術特質。[21]而陳平原在《中國小說敘事模式的轉變》「下編」討論傳統文學對晚清「新小說」與五四現代小說的影響中，也提出中國古典文學中的「史傳」傳統與「詩騷」傳統，並認為晚清「新小說」偏重於史傳傳統，而五四小說偏重於詩騷傳統。[22]陳平原的「史傳」傳統和「詩騷」傳統，與普實克的「史詩」、「抒情」雖在論述脈絡上有所區別，卻也有相互呼應之處。在此研究基礎上，王德威更進一步，他認為在討論中國文學的現代性時，應在原有的「啟蒙」、「革命」之外加上「抒情」。他在〈「有情」的歷史──抒情傳統與中國文學現代性〉[23]一文中，以沈從文、陳世驤、普實克為論述主軸，兼及中國現代文學史上，在文學或政治立場光譜上處於各種不同位置，各種模式的抒情論述與抒情表述，由此銜接從古典到現代，中國「抒

月），頁 1-26，73-84，85-100。

21　（捷克）普實克：〈茅盾與郁達夫〉，亞羅斯拉夫・普實克著，李歐梵編：《抒情與史詩──現代中國文學論集》，頁 120-176。

22　陳平原：〈「史傳」傳統與「詩騷」傳統〉，陳平原：《中國小說敘事模式的轉變》（臺北：久大文化，1990 年），頁 225-256。

23　王德威：〈「有情」的歷史──抒情傳統與中國文學現代性〉，王德威：《現代抒情傳統四論》（臺北：臺大出版中心，2011 年 8 月），頁 1-83。

情」傳統的內在聯繫,並強調史詩與抒情相互辯證、交融的豐富樣貌。

　　個人認為東北作家的鄉土敘述可稱之為抒情與史詩相互辯證、交融的最佳案例。他們的流亡漂泊感和懷舊心情使他們的創作成為「反思型懷舊」的實踐,對他們來說,懷想家園與紀錄故鄉、重述故鄉歷史的心念同樣強大。透過書寫故鄉,重溫童年時光,夢回失落的故土,並沉浸在書寫生活細節與生命感覺的愉悅與痛苦中,這是作家的懷鄉、懷舊抒情;而透過紀錄個人的成長經驗,將個人生命與家族史、地方誌和東北歷史命運結合起來,這是作家的史詩願望。「抒情」與「史詩」兩種不同的書寫情懷相互勾連、交融和纏繞,創發出具有高度抒情性的故鄉歷史書寫,其中既有作家個人的生命感覺與情感記憶,又銘刻東北故鄉自近代以來的鄉土風貌與歷史烙印。而東北作家充滿個人「懷舊」色彩,但又以「歷史」為書寫核心的鄉土敘述,又恰恰回應王德威所提出的「『有情』的歷史」。

　　然而,雖然東北作家在創作意圖、創作行為與作品呈現方面有許多共同性,但由於東北版圖遼闊,四位作家的成長背景、生命經歷、文學養成與主體精神並不相同,因此他們的鄉土敘述所開展出來的鄉風貌、社會記憶與敘述風格也有極大的差異。四位作家的故鄉在地理位置上相距甚遠,風俗民情也大為不同。蕭軍生長在遼寧省義縣沈家台鎮下碾盤溝村(松嶺山脈一帶),他的《第三代》打開的世界是農村與山林;蕭紅生長在黑龍江省呼蘭縣,《生死場》與《呼蘭河傳》描寫的是農村與北國荒僻小鎮;端木蕻良生長在遼寧省昌圖縣,《科爾沁旗草原》和《大地的海》展現的是一馬平川、遼遠宏闊的草原大地;駱賓基生長在

吉林省琿春縣，《混沌初開》呈現的是東北邊境的城市與荒野，多民族雜居的多元文化與異國風情。

綜上所述，本書對東北作家鄉土敘述的論述將在幾個重要的座標中展開。從東北作家在九一八事變之後作為「離鄉」又「歸國」的「流浪者」的創作心理出發，本書借用斯維特蘭娜‧博伊姆對於「反思型懷舊」的論述，論析東北作家如何在漂泊的歲月中懷想家園，透過長篇小說的文體形式完整呈現創作者心目中家園的「時空感」，並將個人生命記憶（個人、家族）與東北群眾關於鄉俗、民情與近代歷史的集體記憶相互勾連，進而將小說所展現的家園「時空感」提升為更高層次的東北「歷史感」。而在創作實踐中，由於「懷舊」的心理特徵，使得創作者沉浸在對於日常生活感覺的細膩描寫中，而以生活細節與感官記憶的描寫取代故事情節的推進，並經常流動於「過去」的經驗（兒童、少年）與「現在」的回憶心理（成人）之間，在戰亂與逃難的現實中，對故鄉（祖國）的「未來」懷抱希冀與展望。

同時，將東北作家的鄉土敘述放在中國現代文學史的發展脈絡中，可以發現三、四〇年代東北作家的長篇鄉土敘述可以看做是「抒情」與「史詩」兩種書寫特徵的辯證實踐。就書寫的懷舊心理與作品中對於日常生活感覺的細膩描寫而言，無處不是「抒情」的欲望展演；但就作品所開展出來包括個人、家族、鄉土、國家的層層歷史感而言，作品展現的是作家紀錄歷史的「史詩」眼光與願望。也由於作品中「歷史感」的完整呈現，東北作家的鄉土敘述可以說在五四以降，關於「啟蒙」、「審美」、「革命」等三種鄉土小說的創作核心精神之外，開展出以長篇小說為文體形式的「歷史」一類的鄉土敘述。

　　在下面的章節中，本書將根據作家的生年早晚，也是在文壇出道的先後次序，分章依序討論蕭軍、蕭紅、端木蕻良與駱賓基書寫故鄉的作品，論析他們的作品所展示的，風貌各異的故鄉風土、社會記憶與敘述特色。

第二章　衰敗時代的東北鄉土：
蕭軍《第三代》中的城鄉書寫、
社會結構與民族危機

一、前言

　　不論就東北作家而言，或以五四運動以降的中國現代文學作家而論，蕭軍（1907-1988）作品中所展現的粗獷野性和草莽氣質可說是現代文學史上的異數，這與蕭軍的出生、成長背景及其性格形塑過程有密切的關係，進而影響他的處世態度與文學個性。

　　蕭軍原名劉鴻霖，生長在遼寧省義縣沈家台鎮下碾盤溝村一個從事木工的家庭中。下碾盤溝村位處遼西地區松嶺山脈，是個群山環繞的小山村，附近村莊的居民多半是從關內山東、河南、直隸一帶遷徙而來的移民或被發配來此的罪犯的後代，蕭軍的祖先也從山東來。父親是細木工人，在沈家台鎮上開設一家木工商號，母親在蕭軍七個月大時，因被父親殘酷的家暴而吞鴉片自殺身亡，蕭軍在祖父母、姑姑、四叔、乳娘等眾家族成員共同撫養下長大。因缺乏母愛的照護，蕭軍從小性格好強倔強、剛烈魯莽又自尊易感，他總是敏銳地察覺到別人對他的善意與惡意，如遭

逢鄙視、取笑、挑釁或僅僅是調皮的惡作劇，便立刻反擊，因此打架成為童年時的家常便飯。他曾提及自己童年時期「打架」的心情：

> 我願自己享受勝利的歡喜，也願意自己咬牙忍受著任何恥辱和傷痕！我懂得自己是無親娘的孩子，就應該顯得強梁些，堅硬些，用戰鬥獲得一切，不應該向任何人乞討憐憫和溫情！[1]

在蕭軍的童年時光，家族男性長輩和女性長輩給予他兩種截然不同的教養方式，又與他的性格相互衝撞、制約，形塑他的生命感受、生命認識與處世原則：父親急躁、暴烈、易怒、魯莽的脾性加諸他的兇狠辱罵與下手不知輕重的毒打，使他從小就對強權壓力抱持反抗心理，形成他往後固執、倔強和剛烈不屈的個性；而祖母、五姑和四叔對他的真心關懷和嚴格管教，讓他感受到愛護與溫暖，使他在善待他的長者面前相當溫順聽話，也形成他對女性和弱小者容易心軟、同情和保護的心腸。此外，擅長講故事和背唱皮影詞的祖母和五姑姑為他講述民間流傳的《楊家將》、《薛家將》、《呼家將》等故事，讓他對正直、俠義、護守尊嚴、抑強扶弱，敢於反抗和復仇的血性義氣等品格非常傾心。[2]

1　蕭軍：《我的童年》，《蕭軍全集》（第 10 卷）（北京：華夏出版社，2008 年 6 月），頁 24。

2　蕭軍在他的散文《我的童年》一書中，詳細敘述、分析他的家族成員和童年經驗對他的人格成長所帶來的各種影響，見《蕭軍全集》（第 10 卷），頁 3-107。

同時，蕭軍童年到少年時代的生活並不穩定，也強化了性格中剛強堅硬的一面。蕭軍八歲時因父親的木器作坊破產而隨祖父、父親逃亡熱河邊境蒙古一帶地區（俗稱「東大荒」），在逃難的過程中常遭遇蒙古人或蒙古孩童的欺負；流亡結束後回到家中，又擔負起家中上山割柴的工作，鄉村底層的生活經驗迫使蕭軍學會以粗野、強悍和不認輸的尊嚴來保護自己。十歲左右，蕭軍被父親帶往長春，父親在大城市裡從事安裝玻璃的工作，蕭軍則進入吉長道立商埠高等國民小學校讀書。在高等三年級時（當時這所小學為七年制，初級四年，高級三年），因他所喜愛的崔樹屏和李景唐兩位老師先後離校，而當時的級任老師和體育教員對蕭軍懷有某些成見，讓蕭軍感到學校生活孤單而苦悶，最後蕭軍以「侮罵師長」的罪名被學校開除。[3]

離開學校之後的蕭軍在 1925 年十八歲時開啟了他的「士兵」階段，他先加入駐紮在吉林的軍閥張作相的馬衛隊，後來編入陸軍三十四團，成為團裡的騎兵，之後轉為見習上士，在營部的書記處從事文書工作。1927 年秋天，蕭軍因喜愛憲兵訓練的相關術科，包括軍操、武術、劍術、體操、馬術等而投考憲兵，在吉林接受八個月憲兵軍事訓練後，以實習憲兵的身份來到哈爾濱憲兵第二連服務。然而當時的憲兵與鴉片、賭場、妓院的共生結構和腐敗氣息讓他感到憎惡，於是他又在 1929 年轉移陣地，進入位於瀋陽，由張學良主持的「東北陸軍講武堂」炮兵科學習

---

[3]　有關蕭軍到長春之後的少年回憶，可參見蕭軍：《人與人間──蕭軍回憶錄》（北京：中國文聯出版社，2006 年 6 月）第二部「從學校到軍中」第一到四章，頁 107-141。

軍事。[4]但在講武堂學習征戰殺伐的過程中，蕭軍開始意識到「兵」與當時宰制中國社會的「軍閥」之間的權力關係，從而對「兵」的生命狀態與社會位置產生懷疑和厭煩，轉而對文學與寫作發生興趣，最後終因軍事「築城實習」中發生的糾紛而在1930年被東北講武堂開除。[5]「九一八事變」之後，日本軍隊佔領瀋陽，蕭軍退走吉林省舒蘭縣組織抗日義勇軍，失敗後輾轉來到哈爾濱，為了謀生，以筆名「三郎」在《國際協報》上發表文章，開啟了文學生涯。

　　雖然蕭軍就此走上文學之路，但他早年的流浪與軍旅經歷深深影響著他的性格、生活與創作。他在哈爾濱與蕭紅相識相戀，在商市街共度貧窮的歲月，便常以「武術老師」的身份求職賺錢。蕭軍是個在草莽野地中搏鬥磨礪而成的男子，童年缺少母愛、家庭破產、流離、打架、在兵匪之間打滾的經驗造就他自尊、強硬、粗魯、剛烈的性格，也造就他粗獷豪放的文學風格。

　　蕭軍的成名作是由魯迅作為「奴隸叢書」之一而鄭重推出，備受文學史重視的《八月的鄉村》，這部作品以九一八事變之後的東北故鄉為背景，描寫人民革命軍抗日作戰的事蹟。小說曾在三〇年代成為銷路甚廣的暢銷作品，並且是第一部被翻譯成英文

4　有關蕭軍吉林時期的士兵生活，可參見蕭軍：〈江城詩話〉，《蕭軍全集》第 10 卷，頁 129-146。哈爾濱時期的憲兵實習經驗則參見蕭軍：〈哈爾濱之歌第一部曲（一九二八年春──一九二八年秋）〉，《蕭軍全集》（第 10 卷），頁 147-171。

5　蕭軍在瀋陽「東北陸軍講武堂」時期的軍事學習、創作經驗與生命反思，參見蕭軍：《人與人間──蕭軍回憶錄》第四部「在『東北陸軍講武堂』」，頁 185-205。

出版的中國現代長篇小說，美國出版者稱其為「中國偉大的戰爭小說」。[6]但若要論析蕭軍作品中的流離懷舊情緒、鄉土書寫與社會（歷史）記憶之間的複雜關係，《第三代》顯然是更為重要的作品。

　　相較於《八月的鄉村》，個人以為《第三代》更能看到蕭軍對東北故鄉風土人情與歷史現實較為完整的思考與態度，但文學史及評論界對這部作品的論述卻遠不及《八月的鄉村》。[7]究其原因，可能包含以下兩點。首先，這部作品經歷了近二十年漫長的寫作時間，全書共分為八部，蕭軍自 1936 年在上海開始寫作

---

[6]　夏志清：《中國現代小說史》（臺北：傳記文學出版社，1985 年 11 月 15 日），頁 289。

[7]　《八月的鄉村》由魯迅作序，三〇年代著名的評論家李健吾與左聯黨組織負責人胡喬木（後來在 1941 年 2 月至 1969 年間擔任毛澤東的秘書）都分別給予評論，見李健吾：〈《八月的鄉村》——蕭軍先生作〉，《咀華集・咀華二集》（上海：復旦大學出版社，2005 年 5 月），頁 108-121；喬木：〈《八月的鄉村》〉，王建中、白長青、董興泉編：《東北現代文學研究論文集》（瀋陽：遼寧大學出版社，1986 年 9 月），頁 54-56。李歐梵在《中國現代作家的浪漫一代》（北京：新星出版社，2005 年 9 月）中將蕭軍與郭沫若、蔣光慈並置在「浪漫的左派」譜系來談，論述也圍繞著《八月的鄉村》展開。夏志清的《中國現代小說史》主要討論《八月的鄉村》，《第三代》僅提到書名而已。比較例外的是司馬長風的《中國新文學史》，司馬長風認為「《八月的鄉村》只是一典型的幼稚的政治小說」，但將蕭軍在中日戰爭爆發前已完成並發表的《第三代》第一、二部與沈從文《邊城》、巴金《家》、老舍《駱駝祥子》、茅盾《子夜》、李劼人的大河小說《死水微瀾》、《暴風雨前》、《大波》、陳銓《革命前的一幕》並列為中國新文學收穫期（1927-1937）中長篇小說七大家之一。見司馬長風：《中國新文學史（中卷）》（臺北：古楓出版社，1986 年），頁 54-57。

此書，抗戰爆發之前完成並以《第三代》為名發表了第一、二部，1942 至 1943 年間在延安完成第三至七部，1951 年在北京完成第八部，全書在 1954 年第二次改訖，於 1957 年改名《過去的年代》出版，1983 年重印時，再改回《第三代》。不論是 1957 年初版，或八〇年代重印，文壇的氛圍都遠不是三、四〇年代戰爭、流離的狀態：五〇年代的文壇與政治高度縮合，文學的主旋律是革命歷史題材與圍繞著土地改革和農業合作化運動的農村題材的作品；而八〇年代的文壇則圍繞著文革歷史，在新啟蒙的意識形態與西方文學、思潮的借鑑下重新反思人類的生命狀態。《第三代》的題材與寫作手法遠離文學主潮，使作品面臨邊緣化的處境。

其次，在《八月的鄉村》之後，蕭軍的作品再也沒有受到評論界熱情的對待，可能與他在四〇年代後和共產黨之間的緊張關係有關。蕭軍雖然在延安時期的共產黨找到精神和情感的認同，但也曾自言身上有「小資根性、無政府傾向、個人主義」等思想，他始終強調作家的自由與獨立，再加上倔強驕傲、特立獨行的人格特質，讓他始終和共產黨組織扞格不入。[8] 而在延安的文化界，抗戰時期大致可分為「魯藝」（魯迅藝術學院）和「文

---

[8] 　在蕭軍的《延安日記（1940-1945）》（上、下卷）（香港：牛津大學出版社，2013 年）中頗為完整詳細地紀錄了蕭軍的延安生活與所思所感，包括蕭軍對毛澤東的尊敬和信服、蕭軍與毛澤東的交誼和對彼此的看法、蕭軍與延安時期共產黨高層的往來互動、蕭軍對黨內某些官像作風的強烈不滿、他與延安文化人如丁玲、舒群、羅烽、周揚、艾青等人的互動和評價、因思想上的差異而感到孤獨隔膜的心境等等。同時，在敘述的字裡行間也顯現蕭軍孤高強硬、衝動血性、敢作敢為的鮮明個性。

抗」（中華全國文藝界抗敵協會延安分會）兩派，前者以周揚為
首，包括何其芳、周立波等在魯迅藝術學院任職的作家，主張歌
頌光明；後者以丁玲為首，另有艾青、舒群、白朗等人，主張暴
露黑暗。蕭軍耿直率性，直言不諱的個性使他對延安地區的官僚
作風與宗派問題感到不滿，因此傾向於丁玲的「文抗」一派，然
而在 1941 至 1942 年間，蕭軍也與丁玲因思想上的差異而對立，
愈發感到孤獨。[9]在 1942 年的「王實味事件」中，儘管蕭軍與王
實味並無私交，但蕭軍自始至終從作為「人」的基本權益出發，
在批判會上維護王實味自我辯護的發言權，因而與其他共產黨員
發生激烈的對立衝突，終而成為延安文化界的「孤鳥」，又與王
實味、作曲家冼星海、劇作家塞克被稱為「延安四大怪」。[10]抗

---

[9]　有關蕭軍與丁玲在延安時期的情誼轉變，可參考秦林芳：〈從「同路」
　　到「分道」──延安時期的丁玲與蕭軍〉，《海南師範大學學報（社會
　　科學版）》2013 年第 6 期，頁 16-29。自我定位為共產黨的「朋友」的
　　蕭軍儘管對毛澤東相當信服，但始終強調獨立自由的個人主義，而作為
　　共產黨員的丁玲則同時包含五四啟蒙思想、個性主義和強調集體組織工
　　作的革命意識等兩重既交合又具有明顯矛盾的思想。在四〇年代初期，
　　蕭軍和丁玲因延安的民主氛圍而共同張揚啟蒙精神，但在 1942 年「延
　　安文藝座談會」與同時期進行的整風運動中，丁玲往革命集體方面靠
　　攏，因而在「王實味事件」上與蕭軍發生正面衝突與爭執。

[10]　蕭軍與王實味並無深交，僅在「王實味事件」中有短暫的私下接觸，見
　　蕭軍：《延安日記（1940-1945）》（上卷）1942 年 10 月 2 日日記，
　　頁 597-600。王實味在延安時期的活動、「王實味事件」的過程及包括
　　蕭軍在內的延安文化人對「王實味事件」的反應與態度，可參見魏時
　　煜：《王實味：文藝整風與思想改造》（香港：香港城市大學出版社，
　　2016 年）第四至七章。「延安四大怪」之稱見於魏時煜：《王實味：
　　文藝整風與思想改造》，頁 165-166。

戰結束之後，在共產黨的安排下，蕭軍於 1946 年回到東北，先赴佳木斯擔任東北大學「魯迅藝術文學院」院長，隔年到哈爾濱主編《文化報》。但 1948 年秋至 1949 年春長達半年的「《文化報》事件」卻讓蕭軍背負「反蘇、反共、反人民」的罪名，而蕭軍長達三十年拒不認「錯」的態度，既展現他東北硬漢頑強倔強的特質，也讓他與共產黨之間的緊張與僵持缺乏鬆動的可能性。[11]

　　本章將以蕭軍的《第三代》為核心，分析蕭軍創作中的鄉土書寫與社會記憶，以及蕭軍流離、斷裂的生命經驗與懷鄉心緒如何重塑、鍛造故鄉的歷史感與人物精神。蕭軍的《第三代》雖不像蕭紅的《呼蘭河傳》、端木蕻良的《科爾沁旗草原》與駱賓基的《混沌初開》等作品具有鮮明的自傳及家史色彩，但仍鎔鑄了作家個人豐富而獨特的故鄉記憶。

11　有關「《文化報》事件」的始末，可參見張毓茂：〈蕭軍是怎樣從文壇消失的？——重評《生活報》與《文化報》的論爭〉，《遼寧師範大學學報（社會科學版）》1988 年第 4 期，頁 52-57。錢理群在《1948 天地玄黃》（濟南：山東教育出版社，1998 年 5 月）第五章「批判蕭軍——1948 年 8 月（一）」中分析蕭軍的「《文化報》事件」乃延安時期蕭軍與共產黨革命組織對立關係的激化，可看作五四個人主義精神與革命集體主義的話語權爭奪戰，而其批判模式與結果則可看作中共建國後一連串針對知識分子進行思想批判運動的先聲。此外，蕭軍對中共建國前後對其作品中的政治、思想批判的回應，可參見蕭軍寫於 1953 年，致中共中央政務院文教委員會的《批評與自我批評》，收於蕭軍：《我的文革檢查——蕭軍自訟錄》（香港：牛津大學出版社，2016 年），頁 5-61。宋喜坤的《蕭軍和哈爾濱《文化報》》（北京：中國社會科學出版社，2015 年 7 月）一書則從蕭軍的新英雄主義思想與新啟蒙精神論證蕭軍在《文化報》時期的文化運動，並從《文化報》與《生活報》的論爭過程具體分析蕭軍與中共黨中央的思想差異。

二、鏈接傳統與現代：
《第三代》中的鄉土圖景與空間權力

　　《八月的鄉村》的小說時間是 1931 年「九一八事變」之後的東北，《第三代》的小說時間則往前推移到蕭軍的童年與青少年時代，描寫辛亥革命至第一次世界大戰期間的故鄉與長春城。有論者認為《第三代》旨在「對《八月的鄉村》所描寫的東北人民的革命精神」進行歷史溯源[12]，自然有其道理，但個人以為在追溯東北人民反抗精神的根源之時，蕭軍顯然也有意透過這部作品，更為完整地呈現年少時期的東北故鄉歷史與社會記憶，並以此寄託個人的懷鄉、懷舊之情。

　　蕭軍在 1955 年全書改畢後為這部作品所寫的〈後記〉中提到，書名由 1936 年原訂的《第三代》改為《過去的年代》，若未來生活條件許可，將再寫作《戰鬥的年代》和《勝利的年代》，以紀錄中國幾十年來的歷史變動及其中可愛、可敬、可惡、可憎的人們。[13]且不管蕭軍在 1936 年寫作《第三代》之初的小說架構設想，在他完成題為《過去的年代》的八部內容時，《第三代》之名顯然成為「過去」、「戰鬥」和「勝利」等三個年代的總名，並流露著強烈的為東北故鄉「寫史」的企圖心。可惜的是，後來「戰鬥」與「勝利」兩部份並未寫成。

　　《第三代》以蕭軍童年至青少年時期成長的故鄉和縣城為小說背景，以遼寧省西部錦州、義縣一帶一個叫「凌河村」的村

---

[12]　程義偉：〈「土匪文化」與現代作家蕭軍的身份認同〉，《小說評論》2010 年第 2 期，頁 93。

[13]　蕭軍：〈《第三代》後記〉，《蕭軍全集》（第 3 卷），頁 424-425。

莊,和吉林省「長春城」作為東北「城」、「鄉」的一種對照。小說前四部以「凌河村」為背景,第五部起展開對「長春城」的描寫,之後以「凌河村」和「長春城」交錯並行的方式書寫,到第八部最後一節,進城謀求生路的凌河村農民汪大辮子、翠屏等人「又回到凌河村」。整部小說透過凌河村民如林青、汪大辮子和翠屏等人從鄉村到城市謀生的路線,藉由城鄉空間的移轉、對照和空間地景的權力關係來展現二十世紀初東北的社會結構與鄉土圖景。

(一)凌河村:遼西松嶺山脈一帶的傳統農村社會結構

《第三代》並不以故事情節取勝,在小說前四部透過對「凌河村」人物群像的塑造與群眾日常生活的描寫,展現二十世紀初遼寧省松嶺山脈一帶農村的社會結構與獨特的風俗民情。

小說描述「凌河村」農民最重要的生計是種田和打圍,春、夏種地,冬天獵捕狐狸和兔子。兔子是冬天補養的肉類來源之一,狐狸則可取皮毛保暖。從凌河村的生計可以窺見東北因氣候、地理環境和文明發展較中原滯後等因素,在二十世紀初尚保留草原民族半農耕半漁獵的生活痕跡。也由於打獵的謀生技能,使蕭軍筆下的東北農民更具有勇敢剽悍、積極冒險的秉性,與關內大多數鄉土小說中善良耐勞、保守安分、安土重遷的農民形象與氣質並不完全相同。更重要的是,由種地和打圍兩種經濟來源,將凌河村與鄰近的青沙山,稍遠的羊角山、狼打滾山劃分出「農村」和「山林」兩個既相互往來、支援,又有所區隔的世界。整體而言,「農村」是傳統社會規範和宗族禮教控制下的世俗世界,「山林」則是社會律法之外的盜賊世界,而在此生活的

人，大致可分為農民、地主、官軍和土匪四類人物，並由此四種
階層的人物形成一個相互勾連又彼此牽制的社會結構網絡。

　　「凌河村」所代表的「農村」世界，和中國現代文學中的許
多鄉土小說一樣，是一個在時空上滯後的傳統農村。農村的各種
訊息依靠口耳流傳，冬天農閒時期的院牆邊是農民最常聚集聊天
「抬槓」，交流情報和評論人事的公共場域，而他們的談資，多
半圍繞著家長里短，也常見偏離主題，越說越遠，以及事不關己
的「閒聊」狀態，他們甚至期盼發生一些可供談論的謠言，來消
除東北地區漫長冬天的無聊煩悶。同時，他們所議論的內容，也
常因空間上的距離而造成時效上的差異：「城市裡已經成了古舊
的故事，在這村莊裡，卻還照常被人們珍奇地嚼噱著、反芻著，
必須要等到另一件較新的事發生才能夠替代了它」[14]，時代的波
瀾動盪到了凌河村，往往化為與己無關的閒話家常。小說第一部
第一節開始，林青的女兒生了一個孩子，第二、三兩節即透過凌
河村民對這個孩子的議論紛紛，來呈現農村群眾的生命狀態。第
二節偏重在男性群眾的閒聊，如同男性群眾閒聊的地方在街道院
牆等公共場域，他們的閒聊內容也天寬地闊，從林青女兒生的是
「遺腹子」還是「私生子」，聊到「大總統」取代了「皇上」，
城市裡電燈取代了油燈，火車取代了馬車等時代變化，並透過對
話呈現農民的身份特色與性格差異，如擔任地主楊洛中宅院炮手
的朱三麻子因服務於有錢地主家而見多識廣，在農民閒聊的場合
中，他是城裡時髦事物的介紹者；汪大辮子是保守、固執而膽
怯，卻又喜歡在嘴上逞強的農民，進入民國仍留著長長的辮子，

---

[14] 蕭軍：《第三代（上）》，《蕭軍全集》（第2卷），頁5。

因為那是「皇上留下的規矩」；井泉龍是曾經參加義和團的老農民，他對「洋鬼子」及現代器物的反感和抗拒同時包含著排外的守舊思想和面對強權絕不屈服的剛烈秉性，而正是後者讓他後來帶領農村百姓反抗地主楊洛中的霸道；林青則是個早年輾轉漂泊異地謀求生路，在無路可走之下回到凌河村成家立業的老農民，豐富的人生閱歷使他具有曠達通透的心懷和眼光，他總是拉著胡琴自娛自樂，也安慰、娛樂著村民。相較於第二節，第三節則透過鄰居婦女探望剛生產的林青女兒來展示女性閒聊的特色，如同她們聚集在林青家，代表的是不同於街道院牆的封閉、狹窄空間，她們的議論也圍繞著家務事，包括新生嬰兒的血脈根源與女人生產的受苦經驗，傳宗接代可謂農民婦女生活中最重要的事件之一，而這些婦女也往往是面目模糊、無名無姓的。從農民閒聊的日常生活，已然窺見農村傳統男外女內、男尊女卑的家庭與社會結構。

　　儘管「凌河村」是傳統封閉的農村世界，但由於打圍的生計來源，使原本封閉的農村融入山林野莽的粗獷氣息。在《第三代》中，與農民最親近的是土匪，這些土匪的來源大多是農民，他們或因農村生活困難（如小說中大多數無名的土匪），或因叛逆家族長輩（如劉元因好賭而被父親趕出家門），或因地主威逼、官軍騷擾（如翠屏的丈夫汪大辮子遭地主楊洛中誣陷而入獄，翠屏因貌美而遭段首長騷擾），或因犯罪遭官軍追捕（如楊三因打死春二奶奶而遭通緝），或因世襲土匪家庭（如海交幫的首領海交），或因嚮往遊俠般冒險自由的生活而走往山林，走上盜賊之路。原本因打獵的謀生技能而具備使用槍械的能力，以及崇尚冒險勇敢的民間觀念，也消弭了農民與土匪之間的鮮明界

線。盤據在山林裡的土匪窩儼然是民國初年的「梁山泊」，這些
土匪也頗有梁山好漢的俠義之風，只找地主的麻煩。小說中土匪
幾次進犯凌河村，都是以地主楊洛中的宅院地產為目標，與農民
維持相安無事、互不干擾的默契，有時甚至相互幫襯、保護和照
應：農民依靠土匪撐腰以嚇阻地主與官軍的威脅，農民也將官軍
圍剿的消息通報給土匪。而當土匪遭官軍圍剿受傷後，也往往在
農家躲避養傷。小說這樣描述農民與土匪之間的依存關係，以及
由土匪所形成的獨特世界：

> 至於真的山四邊的居民他們卻並不那樣恐懼，更是小戶人
> 家和貧窮的人們。他們懂得這山中的規矩，這些胡子們在
> 他們還不到太飢餓的時候，是「兔兒不吃窠邊草，老虎不
> 傷餵己人」的。這山中的居民又多半是山四外居民的親戚
> 朋友，因為這樣他們反倒是平安了。官軍們既不敢來勒
> 索，村中的大戶們不獨不敢仗著官家勢力橫行，反倒是要
> 和山中的「絡子」們結托著，替他們到各處明明暗暗買賣
> 各種東西……這竟像是個沒有「王」也沒有「奴隸」的朋
> 友式的國家的存在。[15]

在此民風陶養下，形成獨特的「農民／土匪」複合的人物形象：
農民具有土匪的剽悍血性，而土匪仍保有與村莊的情感聯繫。[16]

---

[15] 蕭軍：《第三代（上）》，頁 249。

[16] 小說描述土匪與村莊的情感聯繫有其具體的現實根據，邵雍在概括近代
　　中國土匪的特性時，其中一項即為「顯著的地域性」。土匪都具有很強
　　的鄉土情結，熟悉當地的地理環境、自然資源和風土人情，即使他們因

小說中的劉元因賭博輸錢，被父親趕出家門而成為羊角山的土匪，當他遇到上山打兔子的村民汪大辮子時，首先是問候「我們村莊裡的人全好嗎？」[17]，儘管他不願再回頭做個安分的農民，但他「還和一般農民一樣，擔心著季節，擔心著不適宜的風和雨，以至撒種和收成」，他也常常眷戀著「凌河村夏天寧靜的夜晚；經過洗浴似的清晨」，懷想「孩子時候的遊戲和伙伴，慈心的媽媽和妹妹們」。[18]當官軍圍剿土匪，劉元負傷後便逃回凌河村井泉龍家養傷，井泉龍不僅庇護他，甚至把自己的閨女大環子許配給他。農民中即使安份膽小如汪大辮子，見到劉元時，也興起當土匪的念頭：「打一輩子兔子有什麼出息呀？並且這山上的野物們一天比一天少了……種地……納租納糧……種一年到頭……除去官家的還不夠一家吃的哪！……我也要跟你們來混一混。」[19]。

相較於土匪，與農民更為對立的是地主和官軍。地主是村莊權力的掌握者、社會規範的制訂者，也是勞力剝削的根源，地主往往又與官軍相互合作、利用。小說中的土匪「海交幫」焚燒了楊洛中的柴垛，官軍不願費力抓匪，楊洛中便夥同官軍誣陷林青和汪大辮子勾結胡匪，還強迫村民輪流排班為他「守望」，因而耽誤了農民耕種的時程，引起井泉龍帶頭反抗。官軍原本應是社會穩定的守護者，但在民國初年軍閥割據爭奪地盤的年代，官軍

官軍圍剿而被迫流散他鄉，也總是伺機竄回。邵雍：《民國綠林史》（福州：福建人民出版社，2001 年 3 月），頁2。

17 蕭軍：《第三代（上）》，頁36。

18 蕭軍：《第三代（上）》，頁249。

19 蕭軍：《第三代（上）》，頁37。對話中的刪節號乃原文。

非但不具有保國衛民的功能，反而成為與民爭利騷擾百姓的罪魁禍首：

> 這裡的人們，對於胡子相同自己的家人；卻懼怕著官兵，也毒恨著官兵。每次官兵經過這裡稱名來「剿匪」，每次卻全剿了人民們的家。[20]

因此農民流傳著「匪來一場霜，兵來一場光」的俗語，連孩子也懼怕和詛咒著官兵。而小說中的翠屏更深受地主和官軍的雙重迫害，她的丈夫汪大辮子被楊洛中羅織罪名而入獄；統治村子的段首長覬覦翠屏的美色，趁著汪大辮子不在家的時間騷擾、調戲翠屏，迫使剛烈強悍的翠屏憤而走上「胡子」一路。

　　由土匪所盤據的「山林」因此形成一個獨立於農村社會規範之外，又與農村秩序相互制衡的「自由」世界：

> 這裡也有人們在生活著，但他們卻竟像是超出這個社會法則以外生活著似的，他們不繳納捐稅，也不遵從任何法律，他們是像天空的鷹一般地生活著。雖然他們也耕種，也打獵，主要的還是靠著掠奪、綁架和販賣各種可以一本萬利的貨物：鴉片、嗎啡、槍彈以及作為「胡子」們的家。……因為他們所生活的這地帶是屬於幾個地域的邊界上，那一個縣的官軍也不願和不能獨自消滅這個區，更不願自己樹立下這可詛咒的不祥的惡敵。他們只有彼此願望

20　蕭軍：《第三代（上）》，頁111。

著，從這山林裡面每年探伸出來的毒手不要次數太多了
吧，更重要的是不要探伸到那些有大名望大財勢人們的身
上吧，這樣他們就會讓他們──山裡的人──平安著。他
們也平安著。即使偶而因了上面過度嚴厲的命令來到這裡
圍剿一番，那結果也還是圓滿的。事先他們會講好攻戰的
條件，胡子們送出幾個沒有多大油水的「肉票」和一些破
亂的贓物；官軍們在山外激昂地向天空打著空槍，胡子們
在山頂上也應酬地打一些空槍，這樣就完結了這場戲劇性
的戰鬥。胡子們也有時把犯了自己規法的伙伴先打死，而
後把屍身從山上滾下去，或者故意送到距離官軍不遠的山
坡地方讓他們割去耳朵或腦袋，官軍們就可以吹著勝利的
喇叭回去報告自己的戰功。[21]

在這段描寫裡可以看到凌河村及其周邊的山林其實是一個由地
主、官軍和土匪共同維繫某種社會秩序、默契和平衡的世界，但
這種社會秩序和平衡卻是隨時變動，非常不穩定的。由於土匪的
剽悍，也由於官軍多由軍閥等烏合之眾組成，並無掃蕩土匪、穩
定社會秩序的志氣與能力，因此土匪與官軍盡量維持互有得利、
互不侵犯的平衡；而地主一方面築城牆、養炮手、逼迫農民為其
「守望」，建立防禦工事以抵抗土匪對身家財產的威脅，一方面
也以供養官軍的方式，得到官軍特殊的保護。但對被地主和官軍
拋棄的農民而言，「山林」既是農民冬季生計的來源，也是農村
走投無路的百姓一條可能的出路，一個逃遁之所，更是對抗現實

21　蕭軍：《第三代（上）》，頁246。

社會惡勢力的特殊形式。

　　《第三代》前四部對於凌河村社會結構的描述，相當完整地呈現蕭軍童年時期的故鄉圖景。將蕭軍的回憶錄和《第三代》對讀，可以更進一步發現蕭軍寫作《第三代》時的創作心理與思想傾向。「凌河村」是蕭軍故鄉下碾盤溝村的文學形象，蕭軍將童年時期的故鄉人物鎔鑄在《第三代》的描寫中。蕭軍在回憶錄《我的童年》第七章「叔叔們」中提到他所喜歡的二叔叔在十九歲時即因賭輸了錢，跟隨村裡年輕漂亮的小伙子楊正一起當了「馬轆子」，楊正並成為諢名「十三太保」的胡子幫的首領。[22]《第三代》中兩個最重要的土匪形象——劉元與楊三的人物原型正是蕭軍的二叔叔與楊正。小說描述楊三是個眼尾略微向上歪斜，有著小鷹鼻和女人般好看唇形的漂亮人物，正月村莊裡扭秧歌，楊三總是扮演柔媚妖嬈的白蛇，讓村裡的姑娘為之癲狂，形象與楊正完全一致。而二叔叔與楊正日後遭遇官軍圍剿，二叔叔受傷逃回山腳下的村莊，由遠房族人收留養傷，也與小說中劉元受傷後躲藏在井泉龍家療養相似。

　　然而，在蕭軍的回憶錄與《第三代》中，對胡子土匪與官軍的態度卻不盡相同。在回憶錄中，蕭軍更為真實完整地呈現村民百姓對胡子評價兩極的態度。二叔叔加入胡匪之後，連累了在鎮上經營商號和作坊的父親，債主紛紛前來催討欠債，之前往來的許多人家也斷絕關係，不願與盜賊之家有所勾連，顯然普通百姓對胡匪避之唯恐不及。而鎮上的警兵則常常背著槍到父親的商號

22　蕭軍：《我的童年》第七章「叔叔們」，《蕭軍全集》（第 10 卷），
　　頁 36-53。

行走，加強巡邏和偵察，使商號的生意一落千丈。但是另一方面，村裡富有血性的青年人卻對「胡匪」充滿嚮往之情：

> 本來在我們那地方當胡匪，並不是什麼稀奇的事，一個人敢於當馬鞋子，反倒被一般青年們景慕著，他們認為這是好漢子應幹的，而且當過馬鞋子以後再去當兵，那時候回家來依然可以大搖大擺，是沒有什麼人敢於逮捕或指責的。並且那時候凡是我們附近村莊出身的將軍和大小軍官們，幾乎要全是綠林出身，這才被大家看得起。[23]

在這段描述裡可以發現，不僅農民與土匪的界線可以輕易跨越，原本看似對立的兵、匪之間的界線也不甚分明。許多年輕人由農民而匪而兵，最後以軍官或將軍的身份衣錦還鄉。這樣的思維觀念對蕭軍年少時期的生命認識與發展影響至深，他曾提到童年孤獨受委屈時常凝望村西南的大山，想像二叔叔帶他上山，待他長大後投降官軍就可以做將軍。[24]他也曾自言年少時期的生命基調是「尚武」，走上文學之路是由許多偶然的機遇堆疊而成。[25]

23　蕭軍：《我的童年》第七章「叔叔們」，《蕭軍全集》（第 10 卷），頁 37。

24　蕭軍：《我的童年》第七章「叔叔們」，《蕭軍全集》（第 10 卷），頁 39。

25　蕭軍曾提到自己的家庭環境和成長經歷與文學沒有關連，在十八歲之前完全不知文學為何物，從小就喜歡打架，十歲之後到長春更醉心於各種中國武術。直到他在吉林城陸軍三十四團營部書記處擔任見習上士，在書記長羅炳然的指導和鼓勵下才開始背誦和創作古典詩，後來又在偶然的機緣下認識步兵營的方靖遠，在方靖遠的引導下接觸《小說月報》、

　　回憶錄中將「由土匪而軍官」作為農村青年的晉身之路，這樣的描述更為真實地呈現民國初年東北農村群眾的原始心態與民間思維。蕭軍曾提及在故鄉的民間觀念中，兵、匪之間不但沒有嚴格的劃分，而且不具任何貶意，是所有年輕人的正當職業，甚至具有光榮的意味，因為當時統治東三省的大小軍閥，幾乎全是土匪和當兵出身的，包括著名的軍閥張作霖、馮麟閣、張作相、湯玉麟、孫烈臣以及後來成為抗日名將的馬占山等等，全都出自於「綠林大學」。[26]也因此當蕭軍被吉長道立商埠高等小學退學後，他選擇加入吉林督軍張作相的馬衛隊。

　　東北獨特的社會型態源自於清末以來內憂外患的歷史問題，邱志仁在〈1901-1911 年間的東北綠林〉[27]一文中論析日、俄兩國自清末到民國時期對東北的侵略，促使東北綠林勢力迅速發展。甲午戰敗後簽訂的《馬關條約》同意將遼東半島割讓日本，使沙俄感到遠東領土的擴張遭遇競爭對手，因此更為積極地展開對中國東北領土與利益的掠奪。1896 年簽訂的《中俄密約》看似中俄同盟對抗日本的侵略，實則包藏沙俄進入中國東北的野心，隨之而來的即為中東鐵路的修築和旅順、大連的強行租借。隨著中東鐵路的修築，勘路人員深入居民的生活範圍，遂引起東

《學生雜誌》等新文學刊物與新小說，就此引發閱讀的興趣，並開始以寫日記的方式來鍛鍊白話文的書寫能力，進而為往後的創作生涯奠定基礎。蕭軍：〈我的文學生涯簡述〉，《蕭軍全集》（第 1 卷），頁 9-19。

26　蕭軍：〈江城詩話〉，《蕭軍全集》（第 10 卷），頁 129-130。

27　邱志仁：〈1901-1911 年間的東北綠林〉，收於邵雍等著：《中國近代土匪史》（合肥：合肥工業大學出版社，2012 年 4 月），頁 151-158。

北居民反勘路、反佔地的反抗行動。雙方衝突隨著 1900 年京津地區義和團的興起並迅速擴展到關外，引起東北居民全面抗拒築路而到達高峰，東北各地都有宣傳抗俄，拆毀電線、破壞鐵路與橋樑的行動。[28] 1900 年七月上旬沙俄政府武裝佔領東三省，迫使盛京將軍增祺簽訂「暫且章程」，其中第三條規定收繳軍械、撤散中國軍隊。[29]遭撤散之軍隊散兵與土匪勾結，頓時土匪激增，四處流竄，對社會穩定造成威脅。[30]清廷政府面對綠林土匪基本採取「剿撫並行」的政策，但在清末各地戰亂頻傳的國家局勢下，往往面臨「撫之無餉、剿之無兵」的困境，不得不藉助俄軍來平息匪亂。然因俄軍語言不通，又不熟悉風土民情，反而激化雙方矛盾。[31]日俄戰爭期間，日、俄雙方為爭奪東北地盤，大

28　有關中東鐵路修築過程中東北居民的反應，可參見譚桂戀：《中東鐵路的修築與經營（1896-1917）：俄國在華勢力的發展》（臺北：聯經出版公司，2016 年 2 月）第一篇第三章第三節，頁 154-177。

29　《俄提督致增祺議訂暫且章程請畫鈐印照會》所附章程第三條：「奉省軍隊聯絡叛逆、拆毀鐵路，應由奉天將軍將所有軍隊一律撤散，收繳軍械，如不抗繳，前罪免究。至俄隊未得之軍器庫所存各軍裝槍礮，統行轉交俄官經理。」見王彥威、王亮編：《清季外交史料（自光緒二十一年四月～二十六年十二月）》卷 144（臺北：文海出版社，1973 年），頁 2444-2445。

30　參見常城主編：《東北近現代史綱》（長春：東北師範大學出版社，1987 年 12 月），頁 32-55。

31　中國第一歷史檔案館、北京師範大學歷史系編選的《辛亥革命前十年間民變檔案史料》（北京：中華書局，1985 年）一書中的「東北」部分，收錄光緒年間東北各省將軍因招撫或圍剿土匪而上奏清廷的奏章片段，如「吉林將軍長順奏聯合俄員剿撫楊毓林等起事各股情形片」、「吉林將軍長順奏楊毓林等聲勢日大不服收撫片」、「寄諭慶親王奕劻等與俄會商免收槍械合力剿辦以靖地方」、「盛京將軍增祺等奏與俄軍

力招募熟悉東北氣候、地形與風土民情的土匪為其作戰，使東北土匪更加活躍發展。後來成為山東著名軍閥的張宗昌曾為俄國組建土匪軍團，擔任首領，劉永清、冷振東、孫竹軒、李四大人、張兆元等土匪也助俄攻日，張兆元甚至成為俄國統領。而日軍方面則先後招募土匪組成「東亞義勇軍」、「大清東三省義民團」等部隊，遼西著名土匪馮麟閣曾出任「大日本帝國討露軍滿洲義勇兵」統領，助日攻俄；盤據遼西、遼中一帶的土匪杜立三亦曾帶領馬隊配合日軍，阻撓沙俄騎兵進擊。日俄戰爭結束前夕，日本滿洲軍總司令參謀福島安正少將甚至向盛京將軍趙爾巽施壓，逼迫清廷收撫為日本效力的馮麟閣部，使之由土匪而為官匪。[32]

對照史料與歷史研究中的東北土匪形象及其作風、事蹟，蕭軍在回憶錄中提到由土匪而軍官，進而衣錦還鄉的觀念，顯然保留了群眾思維的蒙昧色彩，更符合歷史現實：東北農村出身的青

合力堵剿劉彈子楊玉麟等股軍情析」、「吉林將軍長順奏招撫吉省起事人眾片」、「掌湖廣道監察御史攀桂奏東三省亂情日熾請飭速籌剿辦折」、「東三省總督徐世昌等奏遼西杜立山田玉本各股相繼剿除折」等，清楚呈現清末東北土匪坐大、橫行的歷史因素與社會背景、清廷剿撫並用的成效與困難、東北將軍與俄國軍隊的合作與衝突等問題，頁68-115。

32　邵雍：〈日俄戰爭中的東亞義勇軍〉，收於邵雍等著：《中國近代土匪史》，頁 159-162。東北土匪的相關史料亦可見曹保明〈東北土匪〉、寧武〈清末東三省綠林〉、顧正仁、沈明勛〈長白山土匪〉、張占軍整理〈張作霖的土匪生涯〉、王壽山〈遼西巨匪杜立三〉等文，均收於《河北文史資料》編輯部編：《近代中國土匪實錄（上卷）》（北京：群眾出版社，1993 年）。有關民國時期的土匪研究，則可見（英）貝思飛：《民國時期的土匪》（上海：上海人民出版社，1992 年 11月）。

年考慮的只是個人的發達之路，以及回鄉後提高社會地位的個人
榮光，而這種個人榮光與價值感建立在有社會地位、有勢力（有
力量）的人就能「大搖大擺」，被人看得起或不被找麻煩的思維
基礎上，其背後正意味著弱肉強食的生存現實與頗為勢利的價值
取向，他們並不思考土匪、官匪與軍閥在中國現代國家建立過程
中的所產生的問題和障礙，也無法形成對「由土匪而軍官」這條
晉升之路的反省。

　　但在《第三代》中，蕭軍強化了土匪與官軍之間的對立關
係，也強化了「農民－土匪」與「地主－官軍」之間的階級區
隔，使農民和土匪成為相互依存的被壓迫者，農民因地主的剝削
與官軍的騷擾而走上土匪一路，土匪則面對官軍圍剿的生存壓
力，而地主和官軍是權力的掌握者。相較於蕭軍年少時期故鄉青
年由農民而匪而兵的生命路徑，兵、匪之間的界線可以輕易跨
越，《第三代》中則以是否投降官軍作為一個土匪的「品質」和
「骨氣」的判斷基準。小說中塑造了兩個性格截然不同的青年土
匪，劉元沉靜寡言、沉穩好義，楊三交遊廣闊、巧言善辯但狡猾
投機。海交幫的歷代首領從不投降官軍，劉元在海交過世之後，
遵守海交「不投降官軍」的遺言，一心只想團結因首領過世而分
崩離析的海交幫兄弟來為海交報仇，他對楊三說：「從打當胡子
那天起……就沒有打算投降過……那不是好漢子幹的……自己當
賊當夠了做了官，回頭來就同官軍一樣來咬自己往日的伙伴們，
而且比官軍那些兔子們還來得凶！因為官軍沒有他們那樣內行
哩……」[33]相較於劉元堅決不投降官軍，不背叛兄弟的義氣，楊

---

[33]　蕭軍：《第三代（上）》，頁97。對話中的刪節號乃原文。

三則在海交過世之後便勾結意欲投降的「北斗絡子」，並在投降
官軍時射殺海交幫的新首領「半截塔」，投降之後即出入楊洛中
家族享受富貴生活，與楊洛中的女眷大搞曖昧關係，並取代段海
東成為凌河村的巡長，帶著官軍圍剿山上的兄弟。劉元在官軍圍
剿中身受重傷，逃回凌河村躲避在井泉龍家休養，之後輾轉長春
到哈爾濱做工，劉元所走的道路是動亂時代農民的求生之路。

　　這樣的小說設計與蕭軍受到五四運動以降的啟蒙思維有關。
在開始創作《第三代》的三〇年代，知識份子站在建設現代國家
的啟蒙立場，軍閥被視為征戰殺伐、爭權奪利、魚肉鄉民，中國
內患的禍首之一，因此正直善良的百姓拒絕成為軍閥的打手，如
同小說中的劉元，小說意在凸顯地主、官軍與農民百姓的階級差
異。而在農民與土匪的關係中，則可看到蕭軍心目中的「英雄」
形象頗富有「古典」色彩。蕭軍最早的「英雄」內涵來自於中國
古典的民間視野，他在回憶錄中曾自述他的民間文化資源來自於
幼時五姑母講述的民間故事，而他佩服的英雄是歷史與古典小說
中的「俠客」與「刺客」：

> 　　從少年時期我就很喜歡讀一些關於俠客之類的小說，打算
> 要做一個「路見不平，拔刀相助，抑強扶弱」的「江湖好
> 漢」，因此就練起各樣「武藝」來。年齡稍長，又讀了
> 《史記》中的一些「刺客列傳」之類，如：荊軻、聶政、
> 專諸、豫讓、朱家、郭解……等人又成為了自己思想中偶
> 像，要想成為一個「言必信，行必果，諾必誠」以一劍而
> 報「知己」的刺客。後來由於受了父親的影響，對於刺
> 死日本伊藤博文的朝鮮民族英雄安重根又狂熱地崇拜起

來。[34]

蕭軍的英雄崇拜從古典、民間而來,《第三代》中最能代表古典、民間智慧和勇氣的是兩個老人——井泉龍和林青,前者帶有豪爽剽悍、剛強果決、正直坦蕩的英雄氣概,後者則具有柔軟的心腸、堅定的正義感與看透世事的從容淡定。有關蕭軍小說中的英雄形象與英雄內涵,將在後面有更完整的討論。

(二) 長春城:列強勢力入侵下的現代城市地景權力

與凌河村的「農村」、「山林」相互對照的,是凌河村民離開農村後,謀求生路的「長春城」,小說第五至第八部藉由「凌河村」與「長春城」雙線交錯敘述的方式,一方面描述凌河村地主楊洛中家族的享樂生活與日趨敗落的家道、地方上有勢力的家族在巴圖營子召開「聯莊大會」決定剿除土匪的行動,以及大量飢民從熱河、察哈爾一帶席捲而來的新危機等;一方面描述凌河村民汪大辮子、翠屏夫婦與林青一家人到長春城謀生但挫敗的經驗,透過楊洛中的大兒子楊承恩計畫在長春城開設工廠,強行拆遷愛民村的過程,寫出二十世紀初中國農民從鄉村進入城市的第一代故事,也呈現列強瓜分下的東北歷史處境。相較於前四部的凌河村是個偏僻封閉、時間滯後,時空感隨著自然時序而重複循環,通往「古典世界」的傳統農村與草莽山林,長春城則是向世界開放,通往「現代世界」的大城市,中國東北近、現代的歷史問題也在此一一展演。

---

[34] 蕭軍:《人與人間——蕭軍回憶錄》,頁 188。

　　相較於農村、鄉土，中國現代文學作品對現代城市的書寫相對稀少。大多數的城市書寫以十里洋場的上海為核心，北京則更多以「皇城古都」的形象和情調出現，蕭軍《第三代》中的「長春城」是少見的現代城市。尤其特殊的是，蕭軍在對於長春城的描寫中，特別注意到城市地景的配置，並由地景所分隔出來的界線來展示現代化進程中的長春城背後的權力結構與歷史推進力量。

　　作為城鄉轉接點的第五部，蕭軍在描寫長春城的整體面貌之前，首先提到長春城的鐵路交通。鐵路既是現代化發展的重要象徵，又說明東北的現代化進程與帝國主義侵略瓜分的直接關係。作為北滿洲和南滿洲的分界點，同時也是中東、南滿、吉長三條鐵路交會點的長春城，是日本與俄國兩大列強軍事與經濟的競逐之地。1896 年六月李鴻章赴莫斯科與俄國財政大臣維特、外交大臣羅拔羅夫簽訂《中俄密約》，在清廷無力對抗日本侵略而採取「聯俄制日」的外交策略下，同意俄國修建一條通過中國東北境內直達海參崴的鐵路，同年九月中俄雙方簽署《東省鐵路公司合同》。1897 年八月，中東鐵路主幹線以哈爾濱為中心，分東西兩段正式動工，西段從滿洲里到哈爾濱，東段從哈爾濱到綏芬河。1898 年六月開始修築哈爾濱到大連的「南滿支線」。中東鐵路的修建激化日、俄之間的利益衝突，導致 1904 年日俄戰爭的爆發，日俄戰爭最後以俄國戰敗告終，俄國將長春寬城子以南的「南滿支線」，以及先前取得的旅順、大連等港的全部權益讓渡日本。日本佔有南滿洲的權益後，擴大對南滿洲的侵略與控制，中日雙方於 1907 年四月簽訂《新奉、吉長鐵路協約》，中國必須以 166 萬日元的代價買回日本在日俄戰爭期間擅自修築，

連接奉天（瀋陽）與新民屯的新奉輕便鐵路，而日本更獲得修築連接吉林與長春的吉長鐵路的貸款權。[35]吉長鐵路看似南滿鐵路網絡的擴張，實則包含日本控制朝鮮與中國東北的侵略野心：日本企圖延長吉長鐵路，修建連接吉林與朝鮮會寧的吉會鐵路，此鐵路的完成將使日本經由日本海，從朝鮮羅津連接會寧，直接進入中國東北腹地中心——長春的路徑暢行無阻，這不僅便於日本軍隊與糧食的運輸，也得以掌控北滿、南滿與朝鮮的豐富資源。[36]由此可見匯集在長春城的三條鐵路都與列強勢力的入侵有關。為了呈現列強在東北的角力，蕭軍將長春城形容成一個現代欲望的象徵式載體，南滿、中東、吉長三條鐵路是巨大的吸管，各種生存可能、物質欲望和侵略野心都由此輸入輸出。不同於小說前四部農村山林的封閉，中國近、現代史中的列強權利爭奪由此進入小說的視野之中。

以鐵路作為長春城重要的歷史處境象徵標的之後，蕭軍接著以四個地景作為小說第五章的章節標題，分別是「長春城」、「公園以外」、「天河酒館」和「愛民村」，透過長春城的四個地景概括地呈現了蕭軍對於辛亥革命之後到五四運動之前，長春城的地景權力與歷史記憶。雪倫・朱津在《權力地景：從底特律

---

[35] 有關東北鐵路與日、俄兩大列強之間的競逐關係，可參見蘇生文：《中國早期的交通近代化研究（1840-1927）》（上海：學林出版社，2014年4月）第十章「列強直接經營三鐵路的修築與收回」第一、二節，頁194-210。

[36] 有關日本在日俄戰爭之後，藉由鐵路的修建侵略中國東北的過程，可參見宓汝成：《帝國主義與中國鐵路 1847-1949》（北京：經濟管理出版社，2007年3月），頁91-101，123-125，202-206。

到迪士尼世界》一書中，將地景視為一個社會學意象，城市地景可謂政治、經濟、文化、社會、權力結構、物質條件等各種因素共同形塑並再現的總合。在雪倫・朱津的論述中，狹義的地景是「強權機構強加的社會階級、性別和種族關係的結構」，而廣義的地景，則是「我們看到的整個全景：包括有權有勢者的地景——大教堂、工廠和摩天大樓——以及無權無勢者附屬的、抗拒的、或飽具鄉土氣息的地景——村落禮拜堂、貧民窟和廉價公寓。」[37]在「長春城」一節中，蕭軍將城市地景融入對人物移動、謀生的描寫中，而長春城的城市面貌與各種地景的位置分佈，則根據他 1917 年初到長春時的記憶：

> 當時——一九一七年間——的長春城，大體的輪廓和街道是這樣的：
> 它由北向南大體上共分三段地區。第一段，由南滿火車站為起點，南至「日本橋」，以一條乾水溝（有時也有些水）為界標，這屬於南滿鐵路附屬的日本租界地，當時名為「頭道溝」。第二段，以「日本橋」和乾河溝為分界，向南到三馬路以南有一帶上坡——以前長春城的北門故基所在——為止，稱為「商埠地」。再向南直達南門城——這時城門樓尚保存著——是屬於城內地帶，古名「寬城子」。出了南門有一條橋，伊通河由伊通縣從南向北經從

---

[37] （美）雪倫・朱津：《權力地景：從底特律到迪士尼世界》（臺北：群學出版公司，2010 年 12 月），頁 19。

　　　　這裡奔向松花江流來了。[38]

以乾水溝為界，以北是日本租借，因此乾水溝又有「陰陽界」之
稱，中國警察的勢力到此為止，無法越界追捕。橫跨「陰陽界」
乾水溝的是「日本橋」，在橋北面有一個日本警察的派出所，被
百姓稱為「黑帽子小衙門」，因為日本警察都身穿黑衣，戴著一
頂有一條暗紫色帽籤的黑帽子，他們配戴皮殼手槍、短劍或長
刀。[39]長春城的空間配置與地景面貌本身就帶有鮮明的社會權力
與階級色彩，蕭軍更從空間感覺呈現日本租界與中國地界在現代
化進程上的差距：

　　　　日本租界的馬路是寬闊的、乾淨的，一律用柏油鋪成；中
　　　　國地界方面的街道是狹窄的，路面是用石塊和黃土鋪成
　　　　的。日子久了，黃土被雨水沖走了，只剩下一些骨角棱棱
　　　　裸露的大小石塊。不管是馬拉的車還是手拉的車，它們行
　　　　走起來全要顛簸而艱難。[40]

地景分佈的界線與街道、建築樣貌的差異，正透露著民國初年中
國城市發展的歷史原因和權力結構，與中國近代以來面對列強侵
略的歷史結合在一起。而來到長春，初次與日本人接觸的少年蕭
軍，則感到自尊心的屈辱與傷害：

38　蕭軍：《憶長春・小引》，《蕭軍全集》（第 10 卷），頁 121。

39　蕭軍：《憶長春・小引》，《蕭軍全集》（第 10 卷），頁 122。

40　蕭軍：《憶長春・小引》，《蕭軍全集》（第 10 卷），頁 122-123。

日本人，無論男女老幼，特別是一些警察和軍人們，每一
個全表現出一種膨脹性的自大，莊嚴、不可一世的樣子。
對於中國人，表現出一種不屑一顧的神氣。這些種種景象
它傷害到作為中國人我這個少年的、本能的小小的自尊心
了！[41]

　　小說中的長春城既是列強爭奪的權力場，也是天真的農民的
夢想之地，以及城市下層階級的掙扎之地，這裡盡是從同一個家
族或村莊「爬」出來的，穿得破破爛爛，從耳朵孔到腳趾縫都塞
著黃土，說著難懂的鄉音的難民。小說中從凌河村來到長春城討
生活的農民汪大辮子、林榮和林青成為「鄉下人進城」的三種不
同典型。汪大辮子是純樸保守的農民，由於在農村受到地主與官
軍的逼迫，又不願意接受不安定的土匪生活而來到長春，但城市
帶給他最強烈的感受是失根的漂泊感：

　　雖然他已經在這裡生活了半年，但他每天都是抱著一種生
　　活在雲霧裡似的心情度著這匆匆忙忙的日月。他離開自己
　　那破落的幾間房屋，十幾畝不高明的田地，以至於那圍
　　槍、那村莊，連那狐皮帽……他如今覺得自己完全是一隻
　　失了觸鬚和甲殼的龍蝦，一條失了自己母水的泥鰍，是赤
　　裸裸地毫無自信和保衛自己的能力被拋擲在這樣一個雜亂
　　無情的人生市場上來了。[42]

41　蕭軍：《憶長春·小引》，《蕭軍全集》（第10卷），頁123。
42　蕭軍：《第三代（下）》，《蕭軍全集》（第3卷），頁9。

在這個無所依傍的勞動市場裡，汪大辮子一家人販賣著自己的勞動力，他在一個專門接待難民的便宜旅館永生店裡擔任帳房，妻子翠屏在糧棧堆裡縫麻袋，兩個兒子則是日本火柴廠裡的童工。[43]底層生活的艱難使保守謹慎的汪大辮子如同蹬輪盤的小田鼠，目光如豆，被生存的壓力驅遣著無法停下腳步，沒有餘力和興趣去認識、理解外在廣大的世界，因此也從未發現自己的所有努力在嚴峻的國家處境與穩固的階級結構面前都將徒勞無功。汪大辮子單純的夢想是奮鬥十年努力積存三千元，再回到凌河村。在小說結束之時，汪大辮子一家果真又回到凌河村，但卻是在城市走投無路的結果。

　　相較於汪大辮子眷戀著農村，年輕時曾在俄羅斯當兵而見多識廣的林榮則一心想晉升為城市的上層階級，他的靈活機巧使他很快地掌握城市裡投機的「成功」法則，如同他對汪大辮子的「指導」：「這裡要的只是門面和撒謊」[44]。從外地逃荒而來的難民都聚居在中、日地界「乾水溝」南岸的貧民窟中，只有林榮得以進入「乾水溝」北岸的日本租界地開設俄國式的小酒館，而他賺錢的方式是依靠剝削在日本租界地勞動的建築工人而來：他以高價販賣低劣的食物和燒酒；同時，他還打算和日本人合開鴉片煙館來牟取暴利。林榮的生存、競爭方式顯示在帝國勢力入侵下的近代城市發展中，階級的晉升往往與列強的合作，與對下層

---

[43] 小說的描寫有其現實依據，蕭軍在回憶錄中曾提到四姑姑家的孩子們到了長春之後，都進入日本火柴工廠當童工，這是民國初年東北農村孩子在長春城謀生的重要方法之一。蕭軍：《我的童年》第八章「姑母們」，《蕭軍全集》（第10卷），頁57。

[44] 蕭軍：《第三代（下）》，頁44。

階級的剝削等權力結構有關，它同時輻射出近代東北城市發展背後的民族危機與階級問題。

在林榮的父親林青身上，蕭軍則寄託了鄉土民間老人智慧通透、曠達淡定的品格。林青年輕時曾在東北大地上漂泊闖蕩，從凌河村流浪到黑河淘金、長白山挖人蔘、長春城捕魚，閱歷無數後他了解社會階層的難以跨越，對下層階級而言，僅僅靠著善良耐勞的秉性，踏實而努力地工作，夢想幾乎沒有實現的可能性，因此平靜而不失溫暖地看待人生的波折起伏。他在凌河村遭遇無辜的牢獄之災後，離開家鄉來到長春城投靠兒子，他既不像汪大辮子懷抱著天真的發財夢想，也看不慣兒子依附日本人，以投機的方式賺取利潤的謀生方法。他以製作胡琴的手藝與傳授胡琴演奏的技能來維持生計，而他悠揚幽怨的胡琴聲與吟唱凌河村的歌曲迴盪在城市的邊緣，既撫慰著離鄉背井，在異地掙扎求生的難民的思鄉之情，又帶有「不忘本源」的精神與尊嚴，而這「本源」同時包含著鄉土（不背棄鄉土）與國家（不求榮媚外）兩層意涵。小說一再引用林青歌詠凌河村的大段唱詞，同時寄託著林青等小說人物與作家蕭軍兩重的漂泊者對鄉土的懷想與對命運的感慨。從林青老練的眼中看來，汪大辮子的孩子等進入城市的農民第二代因較早脫離農村，不再保留父輩顢頇、厚道的鄉村氣息，而如都市的街頭老鼠面對卑微低賤的生命狀態，在殘酷的生存條件下變得強梁而尖銳，彷彿與鄉土斷絕了血緣，因而感到深深的悲傷。[45]

在「公園以外」一節中，蕭軍以「日本公園」作為標誌性的

---

[45] 蕭軍：《第三代（下）》，頁 30-31。

城市地景及分界，分隔出公園內、外兩個截然不同的世界，由此
寫出近代東北百姓的屈辱。公園「以外」的下層階級混居在破爛
殘敗的貧民窟中，猥瑣而貧窮，男人們或在街頭做零工，或在日
本工廠從事粗重的勞動，因工傷殘廢的男人則終日以酒為伴，靠
咒罵宣洩怨氣，女人們幾乎個個是「縫窮婆」，在糧堆棧裡做縫
補麻袋子的工作，孩童們則是日本火柴廠的童工。市街上是尖
銳、破裂的汽車喇叭的噪音，以及被不平坦的道路顛簸的車輪聲
響，天空則被日本工廠的黑色濃煙所污染。與此對照的是日本租
界內清幽寧靜的「日本公園」。林榮首次帶著汪大辮子到日本公
園時，特別叮囑他：「那地方，連中國的兵和官們犯了日本人規
矩全要照樣打。」[46] 小說透過林青的視角，看到日本公園迎著大
門就是一座白色方形的塔，塔上寫著「忠魂碑」三個大字，而在
塔旁邊的白色基座上，樹立著一個白色的光身子女人雕像。小說
由此寫到農民老人林青看到「忠魂碑」時內心的反應和疑惑：

> 「呸！這是什麼意思啊？」他不能解答自己，把一個光屁
> 股的女人放在這裡，旁邊又配上這樣一座碑，這些日本人
> 們究竟是怎樣想法的呢？[47]

這個橋段一方面描寫中國鄉土老百姓對近代國家觀念與歷史
處境的蒙昧未知，他們無法整體地理解列強在中國的競爭博弈，
以及近代國家觀念在膨脹成形中自我與他者的擠壓碰撞，只能從

46　蕭軍：《第三代（下）》，頁43。
47　蕭軍：《第三代（下）》，頁47。

日常生活細節中許多匪夷所思的事件和感覺，感受到舊世界的崩
塌與新世界的陌生，但另一方面小說中的「日本公園」又充滿豐
富的意涵。「公園」是西方現代城市規劃的產物，「公園」的出
現與解決現代城市生活的問題息息相關。十九世紀，英國在工業
革命後快速進展的工業化和都市化過程中，開始出現因都市大量
建築物林立而導致擁擠、髒亂、犯罪、貧窮等城市問題，城市居
民感覺到城市所見盡是柏油路、建築物和商店招牌等單調、貧
乏、冰冷、醜陋的景觀，因而經濟能力較好的居民開始往郊區流
動。然而並非所有人都有能力在郊區置產，因此「公園」的概念
開始在現代都市中形成，讓「大自然」重新「回到」人的生活之
中。1843 年，英國利物浦建造了免費向公眾開放的伯肯海德公
園，是第一個現代城市規畫的公園，此後，類似型態的公園相繼
在英國城市出現。1850 年代，奧姆斯德（Frederick Law Olmsted,
1822-1903）所處的紐約也面對同樣的都市發展困境，促使奧姆
斯德加入紐約中央公園的設計競圖，之後成為中央公園的設計者
和監造者。奧姆斯德以「景觀建築師」自居，後來被視為景觀之
父，在奧姆斯德的理念中，公園是提供休憩、放鬆，讓人感到愉
悅的開放公共空間。[48]

　　相較之下，城市公園在中國的出現則是晚清以來列強侵略下
的產物。中國較早出現的公園大多集中在上海租界，1868 年在
上海公共租界建造的「公共花園」（現改名黃埔公園）是最早的
公園，後來又相繼建造「虹口公園」、「法國公園」、「吉斯菲

---

[48]　（美）羅伯特・拉特利奇（Albert J. Rutledge）：《公園的剖析》（臺
　　北：田園城市文化有限公司，1977 年 7 月），頁 9-18。

爾公園」等，但這些公園都是供殖民者運動休閒之用，並非城市居民的公共活動空間。[49]蕭軍筆下的「日本公園」也是如此。小說中描寫的長春城市空間配置，日本工廠和日本公園同時出現在日本租界的規劃中，凸顯長春城的城市發展並非在中國工業自主且自然的發展進程中逐步推進，而是在列強侵略的歷史條件下凌空而降，因此它與居民百姓產生格格不入的斷裂感。日本工廠是中國勞工被壓榨、剝削的地方，而這些辛苦的城市勞動者並不具備進入公園遊憩的資格。原本作為開放公共空間的公園在此並不「開放」，也非「公共」，它不是提供弭平民族、階級斷裂感的橋樑，反而加劇了隔絕的界線：中國人和衣著骯髒破爛的勞動者是不被歡迎的。與此同時，「日本公園」中的「忠魂塔」又意味著中國近代歷史上的屈辱：為日本侵略行為犧牲的日本「忠魂」，如今正高高地站在中國土地上，傲視著卑微地在城市社會底層爬行、掙扎著的中國人。而小說中林青對「裸女雕像」的疑惑不解表現出西方藝術對中國傳統農民的視覺衝擊，則從生活細節與審美習慣凸顯公園與城市居民的斷裂感。

在「天河酒館」一節中，小說透過林榮與俄國太太佛民娜在日本租界經營的「天河酒館」，以林榮的發財夢呈現城市的欲望與生存的困難。林榮深諳城市的遊戲規則在於門面和撒謊，因此他將「天河酒館」妝點成一個有著粉紅色小房子和白色籬笆的可愛酒館，但以低劣的酒水和食物來對待每天黃昏來此喘氣歇息的底層工人。林榮希望以「天河酒館」作為夢想的基礎，終有一天

---

49 崔文波：《城市公園——恢復改造實踐》（北京：中國電力出版社，2008年3月），頁3。

要仿造外國最流行的酒館的樣式，建造一棟白色的洋樓，開一間高級的酒店。而他夢想的藍圖，便是以日本租界為樣本。與林榮的夢想相對照的是現實中的「天河酒館」，這是抑鬱苦悶與宣洩怨氣的所在。在這裡聚集喝酒的，大部分都是掙著微薄的工資，不分國籍的，生活艱難而苦悶的下層群眾。階級的等同有時打破了國籍的隔閡，透過酒醉高歌，讓苦悶的下層階級找到了發洩與慰藉的管道；有時卻也讓民族衝突在非理性的哄鬧中升溫，如因酒醉言語挑釁，或因發洩苦悶情緒言語失控而造成不同民族間的相互譏諷與攻擊。面對酒館經常發生的民族衝突，林榮也有兩難之處：他希冀依靠日本租界的警察來維持秩序，但日本警察因看不起中國人，往往比對待任何外國人還要低賤和粗暴，因此他也興起將酒館搬回中國地界，尋求中國警察保護的念頭。然而這樣的念頭又與他的夢想相互矛盾：由於國家的貧窮落後，百姓的愚昧猥瑣，他憎惡自己的同胞、血統、中國的警察和兵，一心想成為一個像外國人一樣高等體面的人，這又讓林榮不甘於將「天河酒館」搬回中國地界。透過「天河酒館」以及林榮在「日本租界」與「中國地界」的猶疑兩難，小說以下層階級辛苦勞動後的休息狀態與細微的人際互動，從民間日常生活中的摩擦與齟齬呈現各國勢力的相互擠壓，以及中國群眾面對生存問題與國家處境的矛盾和無奈。

「愛民村」一節則透過對貧民窟的描寫，呈現城市底層生活的惡劣處境。小說中的「愛民村」位在「劃分中日交界一條排流污水小河下游的南岸」，原本是荒涼的墳場，後來被大量的煤渣與垃圾佔據，如今填平搭建成以木板皮為屋頂、以秫稭和黃泥為牆，毫無隔音效果的貧民窟，太陽照射下屋頂的厚油紙散發的氣

味讓擁擠悶熱的空間更加難受，林青和汪大辮子兩家人都住在這裡。然而這塊地被凌河村的地主楊洛中家族相中，準備在此開一間工廠，在官商勾結的情況下，開埠局以發展民族工業的美名掩蓋強行逼迫貧民窟居民搬家的暴行，「愛民村」之名成為一個強烈的諷刺。

從「愛民村」被迫拆遷之事，勾連出複雜的社會權力結構問題。從楊洛中的大兒子楊承恩意圖在長春城開工廠的願望，看到農村地主的野心和欲望如何伸入城市，成為下層階級眾多的壓迫者之一，凌河村地主與農戶的階級關係移植到城市中，成為資本家對勞動階層的宰制。另一方面，從國家發展的角度來看，「中國人開工廠」又引發正、反兩方的議論。小說中的愛國青年教師焦本榮從近代國家的屈辱處境和民族發展的立場來強調工業建設的重要性：「這是好事情：我們國家一定要自己開設的工廠，才不讓那些外國人——更是日本鬼子——賺我們的錢！我們的工人也不再給他們工廠去做工，這樣我們國家慢慢就會富強起來了。我們也再不受那些狗東西的氣了！若不然，中國四萬萬人就得要做亡國奴！像朝鮮和波蘭、印度一般！」[50]然而，在「愛民村」被迫拆遷的紛爭中，也有人對楊承恩提出質疑：「可是，這個要開工廠的人，我是知道他也是個假洋鬼子，他在日本國住過好多年，還討了女日本鬼子做老婆，還有個日本大舅子咧！」[51]雖然民眾對楊承恩的質疑帶有蒙昧、排外的保守心態，但同時也表現勞動群眾對資本家的不信任感，而在小說後半部楊承恩與官僚、

---

50 蕭軍：《第三代（下）》，頁 78。
51 蕭軍：《第三代（下）》，頁 79。

日本人和農村地主家族的權力掛勾描寫中，也反證勞動群眾的不安感其來有自。如同愛民村的居民對於拆遷一事的憤慨：「這些官家狗種們，他們做事從來就不給窮人想想，隨著自己的牙齒啃西瓜皮，『咬出個什麼道道兒就出個什麼道道兒』……別人家剛剛在這裡扎下一點根芽，他們就又要把你連泥帶土拋得遠遠的，散散的，不管你願意不願意……我已經是不止一次被這樣拋來拋去了。」[52]透過「愛民村」拆遷事件所引發的糾紛，小說開展了資本階級與勞動階級之間的矛盾衝突、鄉村與城市經濟權力的牽連，以及中國工業發展過程中所遭遇的列強問題。

整體而言，蕭軍對於「長春城」城市地景的描寫，展現他對近代東北城市發展的整體觀察。相較於通往古典、傳統世界的凌河村，長春城則是個與世界列強勢力直接衝撞的現代城市，它是個人、家族、國家與列強欲望的爭逐之地，也是通往鄉村與世界的多重窗口，同時更承載著中國二十世紀初期複雜的歷史處境。蕭軍所選擇的三個重要地景——「公園以外」、「天河酒館」與「愛民村」，既呈現鮮明的階級層次，也鋪展東北城市盤根錯節的權力競逐與現實問題：「公園以外」主要透過日本租界與中國地界的區隔與差異呈現帝國主義對中國的侵略與歧視；「天河酒館」透過不分國籍的勞動階級在天河酒館的互動來凸顯東北城市社會「民族」與「階級」的雙重問題，也藉由一心想往上爬的林榮面對日本人與中國同胞的矛盾心情，來反省中國人自身的問題；「愛民村」則透過拆遷之事，更為全面地開展列強與中國、城市與鄉村、資本家與勞動群眾之間的複雜關係。

---

[52]　蕭軍：《第三代（下）》，頁85。

三、衰敗的時代：《第三代》的歷史感

蕭軍一向以魯迅的學生自居，但是《第三代》的寫作意圖與結構模式，卻更接近茅盾的《子夜》。茅盾也是蕭軍到上海之後較早認識的作家之一，1934 年十二月十九日魯迅在梁園豫菜館宴請蕭軍與蕭紅，同桌就包括茅盾、葉紫與聶紺弩夫婦等文壇友人。[53]

普實克、安敏成等漢學家都特別注意茅盾的小說在中國現代文學史上的意義。普實克在〈茅盾與郁達夫〉中將兩位作家對舉，前者盡力在小說中排除作家個人的聲音，展現高度的客觀主義，而後者的創作則幾乎完全是個人的經歷和感受，具有強烈的主觀主義。普實克認為茅盾創作的基本原則是對於現實生活的高度關注，特別是具有時事性的重大歷史事件，茅盾「在現實還沒有成為歷史之前，立即捕捉並將它以最大限度的準確性表現出來」[54]。普實克將茅盾比做外科醫生，在茅盾對特殊場景和社會重大事件力求精準的觀察、捕捉和描寫中，作家真正的意圖在於

---

[53] 蕭軍在〈我們第一次應邀參加了魯迅先生的「宴會」〉中描述了這次宴會的過程，其中那位說上海話戴眼鏡的「開店的老板」，就是茅盾。收於蕭軍：《蕭軍全集》（第 10 卷），頁 188-189。另可參照魯迅當天的日記：「晚在梁園邀客飯，谷非夫婦未至，到者蕭軍夫婦、耳耶夫婦、阿紫、仲方及廣平、海嬰。」魯迅：《魯迅全集》（第 15 卷）（北京：人民文學出版社，1981 年），頁 186-187。其中谷非是胡風、耳耶是聶紺弩、阿紫是葉紫、仲方是茅盾。

[54] （捷克）普實克：〈茅盾與郁達夫〉，普實克著、李歐梵編：《抒情與史詩——現代中國文學論集》（上海：上海三聯書局，2010 年 12 月），頁 121。

解剖社會結構，由此展示中國現代社會進程中的推進力量和整體
問題，因此在他筆下的個人，不是一個孤立的個人，而是他的社
會階級的代表。[55]安敏成延續普實克的論點，他注意到茅盾對小
說「時代性」的重視：茅盾期許自己與其他作家能突破五四時期
小說主人公的苦悶情緒，透過人物的主體能動性與外在歷史發展
的決定性力量之間的互動與搏鬥，從而呈現具有整體感的社會現
象與時代氛圍。而作家對時代性的掌握，在於對社會現象細節的
重視，並將這些細節進行有機的組織。同時安敏成更進一步提出
茅盾小說中的現實主義的限制，由於茅盾對於「整體性」與「細
節」的追求，使他的作品往往都未達成他原本所設想的範圍與內
容，他的作品大多是最初構想的改寫本或縮寫本，也經常有未完
成之感。[56]

　　茅盾三〇年代最重要的長篇小說《子夜》也是「縮寫」的案
例之一，茅盾在〈《子夜》寫作的前前後後〉中詳述了《子夜》
從發想、構思到不斷縮寫的完整過程，茅盾原本將這部作品設計
為「都市—農村交響曲」，想透過「白色的都市和赤色的農村」
來完整呈現當時中國社會的階級結構、發展問題與革命前景，但
終因寫作計畫過於龐大、涉及的問題過於複雜而縮減為只以都市
為描寫核心的《子夜》。[57] 1933 年《子夜》的出版引起讀者和
評論界的熱烈反應，出版三個月內重版四次，包括瞿秋白、朱自

55　（捷克）普實克：〈茅盾與郁達夫〉，頁 120-141。

56　（美）安敏成：《現實主義的限制——革命時代的中國小說》（南京：
　　江蘇人民出版社，2001 年 8 月），頁 123-133。

57　茅盾：〈《子夜》寫作的前前後後〉，《回憶錄》，《茅盾全集》（第
　　34 卷）（北京：人民文學出版社，1997 年），頁 481-508。

清、吳組緗、趙家璧、韓侍桁、吳宓等重要的評論家和學者都撰文讚美這部作品的開創性和重要性。[58]蕭軍在 1934 年十月來到上海,年底就認識茅盾,對於他的《子夜》應當是不陌生的。

蕭軍的《第三代》在創作意圖上繼承了茅盾《子夜》對中國社會結構的整體性掌握,也如同茅盾最初的寫作構想,企圖連繫「農村」與「都市」兩種不同的社會條件與運作模式來力求完整地呈現中國社會問題。茅盾最終選擇了「縮寫」,讓他得以在一年左右的時間完成《子夜》的寫作,而蕭軍沒有選擇縮寫,這也許也是使《第三代》的寫作延宕多年的原因之一。茅盾的《子夜》以上海民族工業資本家的破產來回應二〇年代末期至三〇年代初期文化界有關「中國社會性質問題論戰」的論點,作家站在共產黨革命的立場,認為當時的中國在帝國主義、封建勢力和官僚買辦階級的權力控制下,是個半封建半殖民的社會,因此中國沒有走向資本主義發展的道路,中國民族資產階級的出路只有兩條:「投降帝國主義,走向買辦化,或者與封建勢力妥協。」[59]蕭軍則以故鄉義縣的凌河村和少年時期生活的長春城為對照,呈現民國初年東北的歷史處境與社會結構。

由《第三代》所開展出來的「凌河村」與「長春城」,具有截然不同的時空感。如上節所述,前者是個時間滯後、空間相對

---

[58] 有關茅盾《子夜》出版後讀者與文壇的熱烈反應,可參見吳福輝:〈讀者熱購《子夜》〉,吳福輝主編:《中國現代文學編年史──以文學廣告為中心(1928-1937)》(北京:北京大學出版社,2013 年 5 月),頁 377-381。

[59] 茅盾:〈《子夜》寫作的前前後後〉,《回憶錄》,《茅盾全集》(第34 卷),頁 482。

封閉，生命狀態隨著自然不斷循環的農村，凌河村所講述的是過去「凝滯」的時代。與此相對，長春城則展現不斷向前發展的線性時間和歷史進程，城市生活因列強的入侵佔領而將中國的屈辱、國際的局勢，包括第一次世界大戰、1915 年中國抗議日本二十一條等歷史事件拉進了老百姓的視野中。在凌河村，《第三代》開展出由官軍、地主、土匪、農民等不同位階與勢力所組成的社會結構，並隱然形成「官軍－地主」與「土匪－農民」的階級對立；而在長春城，小說則透過政府官僚、資本家、知識份子與為數眾多的社會勞動階級與底層群眾，來凸顯東北城市最嚴峻的兩大問題——民族危機與階級衝突。小說中串連農村與城市的人物，是到城市謀求生路的農民與到城市開設工廠的地主第二代，由此形成城鄉之間的階級對照：地主與農民，資本家與工人。

　　但是不論農村或城市，《第三代》所展現出來的民國初年是一個衰敗的時代，國家內憂外患、積弱不振；地主官僚霸道顢頇、安逸享樂；群眾蒙昧無知、隨波逐流，即使是心懷國家的知識份子或富有野心的資本家，都在面對複雜動盪的歷史情勢與社會局勢時感到迷惘不安。小說中的所有階層都在走向衰敗。在凌河村，農民因官軍與地主的欺凌而走向山林與城市，造成農村的衰敗；土匪因官軍與地主的聯合圍剿而丟棄據點，潰散流亡；地主階層中的當家一代逐漸衰老，下一代因長期的安逸享樂不思進取而家道逐漸沒落，小說第八部凌河村面對的是大量飢民從熱河、察哈爾席捲而來，意味著內陸農村的破產導致大量的飢民流離失所，而山林土匪的沒落與流民的誕生，也意味著原本相對穩定的農村結構已然瓦解。在長春城，進城謀生的汪大辮子、翠屏

一家在城市底層經歷了種種屈辱之後，決定回到凌河村。而對於
國內、外情勢較有清醒認識的知識份子焦本榮和作為資本家的楊
洛中大兒子楊承恩，也陷在內心的糾結矛盾與外在各種勢力的角
逐中，顯得無能為力和身不由己。

　　在對「長春城」社會結構的描寫中，蕭軍圍繞著「愛民村」
拆遷一事，完整地表達他對官僚、資本家、勞動群眾與知識份子
的觀察與態度，並由此呈現衰敗的時代氛圍。凌河村的官軍與地
主相互合作、包庇，形成農村的權力階層，長春城的官僚與資本
家則相互掛勾牟利，或相互競爭奪權。開埠局楊局長和吉林將軍
秘書苟道尹為了開辦工廠的利益衝突，各自以自己的女人和女兒
為誘餌賄賂吉林將軍。苟道引擔心楊局長和楊承恩合作的中國工
廠會擠壓日本工廠的獨佔利益而引起日本人的抗議，進而影響自
己的官運，而楊局長則以支持學生反對「日本二十一條」的反帝
愛國運動為包裝，趁機壯大自己工廠的聲勢。小說中不論親日或
反日各種官冕堂皇的言論，官僚真正在意的只有自身的利益而
已。但官僚體系又是城市發展過程中社會組織結構最重要的權力
掌控者，因此楊局長不斷以自身經驗「教導」楊承恩中國官場的
「獨特文化」與打交道的方法：

> 「你老弟對於官場的事情將來一定得好好練達練達，老兄
> 我雖然不成，到願意替您作一員『顧問』。在中國這社會
> 上，三百六十行不管你幹哪一行，一定得懂得點官場的情
> 形，若不你就非吃虧不可。……在中國這社會，無論你有
> 天大本領，你沒有『人』提拔你就飛不起來；你有多大錢
> 財沒有官家撐腰你就不用想財發萬金。『官不離商，商不

離官』，有財還要有勢，有能還要有人，有人還要『近水
樓台先得月』……我跑了幾年的東西洋，學了滿腦子的政
治、經濟、工業……可是歸根結底還不如『吹牛、拍馬、
捧場、拆台』這八個大字兒吃得開！」[60]

面對吉林將軍，楊局長使出吹牛拍馬的逢迎巴結，而面對「愛民
村」拆遷事件的抗議群眾，則認為他們與乞丐沒有兩樣，「只要
像對付這香煙灰，輕輕從旁面用小指甲一敲……就夠了，連吹一
口氣全不用」[61]。作為執政官僚，楊局長絲毫不將底層群眾的身
家財產保障與生活安頓之事放在心上。

　　相較於楊局長和苟道引混跡官場、贏私牟利，蕭軍對資本家
楊承恩則有較為複雜的心理描寫。作為凌河村地主楊洛中的長
子、留日的知識份子，楊承恩一方面懷抱在城市拓展家族產業的
雄心，另一方面也因留學經驗而具有開闊的國際視野與對國家願
景的想像。當他在官商聚會的宴飲場合聽到小青懷抱胡琴拉唱凌
河村的歌謠，便勾起他對故鄉與國家的複雜情感。他尊敬父親的
勤儉持家，佩服日本臣民的勤懇努力，厭惡在日本讀書的中國官
宦、富家子弟的淫靡墮落，又為日本人高傲的優越感和鄙視態度
感到憤怒與屈辱，因而激起他通過實業來尋求延續家業與國家富
強的自尊心。[62]他有意地迴避官場與政治，也拒絕與日本人合
作，只想單純地透過自己的科學專業發展中國工業，但卻發現在
列強競逐、官僚奪利的長春城，僅靠自己的努力是完全不可行

---

[60]　蕭軍：《第三代（下）》，頁239。
[61]　蕭軍：《第三代（下）》，頁240。
[62]　蕭軍：《第三代（下）》，頁235-236。

的。在「愛民村」的拆遷事件中，楊承恩面對同鄉林青的帶頭抗議，原本想另謀他處蓋工廠，但楊局長端出「國家大計」的美名巧言說服：

> 「……你不要關心這些事吧，關於這『爛羊頭』的事（引者按：指抗議拆遷之事）全交給我，你只是準備你工廠的計畫，再就是給您令尊去信，把那些家財最好全投到這辦實業上來吧，我敢擔保，只有這才是強國富家的一條萬無一失的光明大道……我用世界的眼光來看，用國家的眼光來看……世界歐洲正在大戰……日本正要在中國發展勢力……我們一定要走這條路……我們一定要把陰陽河的南岸全變成工廠，不獨要有火柴工廠，還要有麵粉、榨油……各種工廠……關於我的計畫已經和我們將軍商量過了，他完全同意。」[63]

在楊局長對長春城「雄才大略」的規劃下，楊承恩很快地聽從楊局長的「建言」。楊承恩發展中國工業的單純願望最後淪為讓官僚牟利、讓百姓無家可歸的惡行，如同茅盾《子夜》中的吳蓀甫，楊承恩同樣呈現中國民族工業資本家受制於帝國主義與封建勢力的發展困局。

處在官僚與資本家的對立面，社會底層的勞動者是國家憂患與階級壓迫的雙重受害者，但蕭軍也藉由對勞動群眾的描寫呈現他對中國民眾精神狀態的反思。在他筆下，中國群眾是一盤散

---

[63] 蕭軍：《第三代（下）》，頁241。對話中的刪節號乃原文。

沙，在「愛民村」拆遷一事中，原本應該共同參與請願的愛民村
居民，在很短的時間內從團結走向瓦解，請願隊伍分崩離析。這
樣的變化固然是由於群眾的蒙昧無知、民智未開，無法理解近代
中國艱難的歷史處境，也不具備現代國民對於自身權利的捍衛能
力，只能任人宰制；同時也由於怯懦膽小的性格、缺乏自立能力
與「個人自掃門前雪」的自利習性，使他們在面對困阨時，習慣
性地求助於更強大的靠山，以求快速簡便地解決現實的問題，而
缺乏團結起來，尋求自強之道的意識。因此當愛民村拆遷之事公
告後，有門路的村民紛紛作鳥獸散，汪大辮子投靠旅館東家，窩
居在旅館後方的狹小空間，愛民村街邊的小飯館主人則以交換利
益、相互幫襯的方式投靠同鄉楊局長，他們都對愛民村民的請願
抗議之事隔岸觀火。而當日本火柴工廠的裝包工人胡小五因抗議
拆遷被警察強行帶走時，胡小五的自救辦法是尋求日本老闆的協
助。日本老闆絕非好心幫忙營救胡小五，他只是要藉由胡小五和
愛民村事件讓日本領事館向中國官府施壓，逼迫官府拒絕楊承恩
開辦工廠，以免楊承恩的工廠與日本工廠爭利。小說中的每個人
物都被列強利益與各方權力角逐緊緊裹挾、綑綁，而群眾面對危
難時只求自保和一時苟安，而不自尊自強的心態，也未嘗不在影
射中國自晚清以來面對列強侵略時的態度。

　　在整部《第三代》中，對於近代中國歷史處境有清醒認識的
是知識份子焦本榮，他是個富有民族情操和救國理想的小學教
師、愛國青年。他宿舍的牆頭上貼著林肯、華盛頓、達爾文、托
爾斯泰、孫文以及俄國女革命家蘇菲亞等人的照片，從這些照片
透露焦本榮關心且認同民族自決、階級解放與進化論的知識觀念
與思想內涵。他把生命精力投注在教育事業上，他最強大的願望

是「把自己所教育的一些孩子們，全成為一個新一代健全的國民吧，好抵抗那些外國侵略的力量——更是日本人、俄國人和英國人——那時候中國也許不會像朝鮮、波蘭、印度……那樣被滅亡被瓜分了吧。」[64]然而正值青春的焦本榮除了熱切的愛國情操，也有知識份子的猶疑多慮與年輕人的焦躁不安，他一方面期許自己專心致意於救國理想，一方面卻又時時被外在現實所干擾，當愛民村的請願出現挫折，當他感到勞動階層的顢頇蒙昧難以改變，當他面對官僚的虛偽欺騙，或當他發現自己對林青的女兒四姑娘懷有特殊的情愫時，便煩亂得連學生的作業都改不下去，之後又為自己煩躁搖擺感到惱怒，甚至自暴自棄、消沉頹廢。

　　林青和焦本榮「忘年之交」的情誼是蕭軍用以對照勞動階層與知識份子的一組人物。年事已高、閱歷豐富的林青不像一般的社會底層勞動者將生命的全副精力放在個人謀生的現實問題中，他對於國家、社會的局勢發展有更高的興趣，對於個人命運與國家處境、社會結構之間環環相扣的緊密關係也有深刻的體悟，因此他初識焦本榮不久，便喜歡和這個年輕人談話。焦本榮可以說是林青在建立國家觀念與認識歷史處境方面的「啟蒙者」，近代東北屈辱的歷史、第一次世界大戰中列強的勢力競逐、民國初年興盛的進步思潮，都藉由焦本榮對林青的啟蒙而展開，而林青也在焦本榮身上看到知識的重要性和改造中國的希望，並下定決心要讓外孫三英接受良好的教育。相對的，焦本榮也透過對林青性格特質的觀照，反省青年知識份子的精神弱點，他在林青身上看到平凡百姓根植於大地的穩定力量：

64　蕭軍：《第三代（下）》，頁226。

他覺得這老人無論在什麼時候，全有一種安定的力量隨時深深地平衡著自己的心情，一顆晶澈的堅執的靈魂照亮著自己，以及自己的周圍。他當然不追求著災害，似乎也不恐懼著隨便什麼災害的到來。這使焦本榮對比地感到了自己的浮躁和無恆，同時自己那過去用書本知識裝潢起來的一點優越感和偉大的自尊感覺竟被傷害了！他模糊地意味到了人，以及這人的真正的價值和力量的源泉，不是那書本上的東西所能夠給予的了。[65]

和林青一家的往來使焦本榮感到「自己這只飄泊的小船，像是尋到一處可以泊一泊岸的小港」：

他感到無論林青還是這老人的女兒，他們各自具備著他——焦本榮——自己所沒有而又恰切所需要的一種東西！他說不出這名稱，也描摹不出這形狀，更確定不了這性質。他只感到一接近這老人就使自己的靈魂感到一種從來發生過的堅強、純淨和透明，他把自己深刻著、單純著、煉淨著；而那女人卻使自己變得寬大和安寧！[66]

小說透過對焦本榮的描寫，呈現知識份子在列強的侵略與中國內部的沉痾夾擊下，為艱困的國家頹勢感到強烈的憤怒感和無力感，以及隨之而來的動搖不安與頹廢消沉。面對整體衰敗的時

---

[65]　蕭軍：《第三代（下）》，頁 251。
[66]　蕭軍：《第三代（下）》，頁 292。

代，唯有來自農村的林青與四姑娘，讓焦本榮感受到堅強、純淨、踏實、寬大、安寧的精神特質與生命韌性，蕭軍對於民族精神的召喚已然成形。

四、民族精神的重振：
「英雄」的內涵與英雄人物的描寫

在《第三代》對於「凌河村」的描寫中，蕭軍開展出一個粗豪的山林盜匪世界，農村中個性最為鮮明的則是「老義和團」井泉龍；而在對於「長春城」的描寫中，來自凌河村的林青儼然成為衰敗的時代中一股穩定持守的力量。從這些人物塑造中，隱然可見蕭軍心目中理想的「英雄」形象，而其對英雄人物的重視，除了源於個人秉性與成長的獨特環境，更與作家面對國家憂患的處境時，欲以英雄的內涵來重振民族精神的思維息息相關。

蕭軍的「英雄」內涵非常駁雜，包括遼西故鄉的獨特民風、蕭軍年少時期所喜歡的中國古典英雄俠義故事、五四運動以降以「人」為核心的啟蒙精神與左翼階級意識等元素，都在蕭軍面對中國東北近代歷史憂患的刺激下，逐步鎔鑄成蕭軍的「英雄」內涵。但整體而言，蕭軍的「英雄」內涵具有鮮明的「民間」、「草根」特質。

蕭軍的「英雄」概念最初由故鄉民風所形塑，蕭軍的故鄉遼西山林是民風剽悍之地，人與人之間的仇殺和毆打不僅是家常便飯，同時被視為血性、勇敢的「品德」，如同蕭軍筆下的「凌河村」群眾是「農民／土匪」的混合體。在蕭軍對故鄉民情的描述中，同時具有正、反兩面性。一方面，蕭軍在剽悍的民風中看到

不虛假作偽，真實直率的秉性：「覺得還是我們那家、那村中的人們好，要罵人就罵人，要打架就打架，要當兵就當兵，要當胡子就去當胡子……一個全是堂堂正正、光光明明、任性而為。」[67]另一方面，在蕭軍具有啟蒙眼光的反省下，民間百姓對於「英雄」的看法帶著蒙昧粗蠻的意味：

> 他們鼓勵著孩子們大膽，鼓勵著孩子們蔑視任何秩序和成規，不守本分；鼓勵著他們投機取巧，利己損人，奸狡自私，勢力兇殘，高居人上，不勞而獲……他們蔑視敦厚和善良，他們教導人為了要獲得自己要獲得的東西，不要吝惜生命！他們不願聽任何迂腐於自己毫無實利的道理。他們崇拜勇力，蔑視讀書人，蔑視美，蔑視真理。他們總企盼著自己的孩子有「出息」，成為一個非凡的轟天動地的能夠高臨萬人的「英雄」！不管這英雄是怎樣獲得來的。[68]

儘管剽悍任性的民風使得遼西農村避免了中國現代小說中許多農村封閉、壓抑、貧窮、頹敗，暮氣沉沉的共同特色，但他們的勃勃生氣卻表現在弱肉強食的爭鬥中，其中混雜著自私、殘酷，不擇手段，以成敗論英雄的功利心態，既缺乏由知識所賦予的理性思維與心智提升，也缺乏群體、社會與國家等「大我」的見識與胸懷。

---

[67] 蕭軍：《我的童年》第八章「姑母們」，《蕭軍全集》（第 10 卷），頁 66。

[68] 蕭軍：《我的童年》第十二章「苦難的年代」，《蕭軍全集》（第 10 卷），頁 97。

　　在此民風影響下，蕭軍曾言年少時閱讀《紅樓夢》，對於小說中的談情說愛、談詩論道完全不感興趣，喜歡的人物只有尤三姐、史湘雲、鴛鴦、柳湘蓮和焦大。[69]這些人物走的是豪放爽快、強悍剛烈、灑脫不羈、不拘細事等明朗磊落一路的特質。相較於《紅樓夢》，他更喜歡的是中國古典小說中的俠客與《史記》「刺客列傳」中的豪傑。青年時期步入軍校，「民族英雄」也進入崇拜之列：

> 由崇拜「俠客」到崇拜「刺客」，入了軍隊之後，由於讀了一些「戰史」和「戰例」之類，對於一些古今中外的「軍事英雄」又發生了崇拜之情和興趣了，例如：中國的孫武和岳飛；外國的亞歷山大、凱撒、拿破崙以及俄國的蘇渥洛夫、庫圖佐夫……等人。[70]

蕭軍心目中的英雄從古典的俠客、刺客走向「民族英雄」和「軍事英雄」，而與民族存亡、反抗侵略、革命思想等駁雜的現代思維融匯在一起。而蕭軍「英雄」概念的發展，也隱隱暗合著他個人從「農民／土匪」（或具有「匪氣」的農民）到當兵的行跡。儘管蕭軍在「東北陸軍講武堂」的學習過程中，因目睹同學對人命的無動於衷、麻木輕率而感到嫌惡與憤怒，也對當時東北混亂的軍閥派系感到迷惑茫然，因而開始質疑、否定原本立志成為一個「俠客」、「刺客」、「英雄」、「豪傑」的想法，轉而對文

69　蕭軍：〈我的文學生涯簡述〉，《蕭軍全集》（第1卷），頁15。
70　蕭軍：《人與人間──蕭軍回憶錄》，頁188。

學產生濃厚的興趣。[71]然而，故鄉民風與青春時期對英雄豪傑的
仰望崇拜卻依然成為蕭軍生命中的重要元素，而這些元素在遭遇
強權進逼、壓迫時，便成為剛烈強硬的反抗與復仇的生命激情。
因此，當「九一八事變」發生後，日本軍隊佔領瀋陽，蕭軍即退
走吉林省舒蘭縣，加入當地的步兵營，計畫組織抗日義勇軍。[72]
1933 到 1934 年間，蕭軍的好友、共產黨員北楊參加磐石游擊
隊，臨行前來和蕭軍告別，蕭軍也曾興起從軍的念頭，終因蕭紅
的病體而作罷。[73]中日戰爭全面爆發後，蕭軍與蕭紅在 1938 年
應李公樸主持的民族革命大學之邀，從武漢前往山西臨汾。在臨
汾遭受日軍攻擊，民族革命大學撤退之際，蕭軍便決定赴前線打
游擊，蕭紅則跟隨丁玲率領的西北戰地服務團往運城撤退。[74]蕭
軍幾次意欲投入戰鬥行列，都與生命中反抗、復仇等英雄思維有
關。

71　參見蕭軍：《人與人間——蕭軍回憶錄》第四部「在『東北陸軍講武
　　堂』」，頁 185-205。蕭軍曾在文中提及當時東北軍閥派系的複雜混
　　亂，有只想佔領地盤、擴充勢力的舊軍閥；有強調文化教育，意欲推翻
　　舊軍閥的新軍閥；有的只著重於抗日救國的目的，而不論政治信仰；有
　　信仰孫中山思想的「愛國志士」派。而共產黨地下黨員也同時在宣傳
　　「階級鬥爭」、「共產主義革命」的思想。當時的蕭軍也並未確認自己
　　的思想傾向。蕭軍：《人與人間——蕭軍回憶錄》，頁 188-189。

72　蕭軍：〈哈爾濱之歌第二部曲（一九三二年－一九三四年）〉，《蕭軍
　　全集》（第 10 卷），頁 172-173。

73　蕭軍：〈哈爾濱之歌第二部曲（一九三二年－一九三四年）〉，《蕭軍
　　全集》（第 10 卷），頁 176-178。蕭軍後來將這段經歷寫入了短篇小
　　說〈為了愛的緣故〉，《蕭軍全集》（第 1 卷），頁 439-462。

74　蕭軍與蕭紅在臨汾分別之後的經歷，可參見蕭軍：《從臨汾到延安》，
　　《蕭軍全集》（第 10 卷），頁 231-418。

　　蕭軍在三〇年代到上海後，性格中「農民／土匪」的草根氣質與上海的城市氛圍、文壇氣息格格不入，蕭軍曾多次就此問題請教文學導師魯迅，但魯迅並未要求蕭軍修正「東北佬」的「土匪氣」，甚至對此帶有肯定的態度。蕭軍曾隨作家葉紫走訪上海許多編輯部，被上海文化人認為渾身匪氣，而向魯迅尋求「改造」的方法，魯迅卻回應：「我最討厭江南才子，扭扭捏捏，沒有人氣，不像人樣，現在雖然大抵改穿洋服了，內容也並不兩樣。」[75]後來黃源也開玩笑說蕭軍「野氣太重」，魯迅則認為：「北人爽直，而失之粗，南人文雅，而失之偽。粗自然比偽好。」魯迅建議蕭軍順其自然，不需特意修改野氣，在上海住得久了，自然會受外在影響而略有調整和修正。同時更提醒蕭軍：「裝假固然不好，處處坦白，也不成，這要看是什麼時候。和朋友談心，不必留心，但和敵人對面，卻必須刻刻防備。我們和朋友在一起，可以脫掉衣服，但上陣要穿甲。」[76]在 1935 年 9 月 2 日寫給蕭軍的信中，魯迅則給予鼓勵和叮囑：「『土匪氣』很好，何必克服他，但亂撞是不行的。」[77]魯迅對蕭軍「野氣」、「土匪氣」的讚賞，在於其中所蘊含的，與圓滑世故、麻木冷漠或膽小怯懦截然不同的，直視現實的勇氣和健旺勃發的生命力。

75　參見蕭軍：《魯迅給蕭軍蕭紅信簡注釋錄》（北京：金城出版社，2011年 10 月）1934 年 12 月 26 日魯迅給蕭軍蕭紅的信及信後所附之蕭軍注釋，113-116。魯迅：《魯迅全集》（第 13 卷）（北京：人民文學出版社，1981 年），頁 200。

76　參見蕭軍：《魯迅給蕭軍蕭紅信簡注釋錄》1935 年 3 月 13 日魯迅給蕭軍蕭紅的信及信後所附之蕭軍注釋，頁 155-158。

77　參見蕭軍：《魯迅給蕭軍蕭紅信簡注釋錄》1935 年 9 月 2 日魯迅給蕭軍的信，頁 245。

魯迅是將蕭軍秉性中的匪氣放在改造「病弱」的國民性的立場來考慮的，而魯迅對於「匪氣」的肯定，也間接鼓勵了蕭軍保留其「英雄」概念中的民間草根氣息與質樸血性。

　　綜觀蕭軍其人其文，他的社會行為與文學實踐是相輔相成的。蕭軍的成名作《八月的鄉村》向來被視為宣揚抗日精神的愛國小說，實則也包含蕭軍對東北故鄉剽悍民風的讚頌與英雄氣概的浪漫抒情。在對《八月的鄉村》的評論中，魯迅特別激賞蕭軍直面現實的勇氣與東北人民面對侵略壓迫的反抗精神。魯迅以愛倫堡對法國文壇與社會的評論「一方面是莊嚴的工作，另一方面卻是荒淫和無恥」來反省中國社會的兩重面貌，並回顧中國歷史中的人民長期在欺騙與壓制之下，「誰也忘記了開口，但也許不能開口」，延至近代接連的內憂外患，老百姓依然「鉗口結舌，相率被殺，被奴」：

> 即以前清末年而論，大事件不可謂不多了：鴉片戰爭，中法戰爭，中日戰爭，戊戌政變，義和拳變，八國聯軍，以至民元革命。然而我們沒有一部像樣的歷史的著作，更不必說文學作品了。「莫談國事」，是我們做小民的本分。[78]

相較之下，《八月的鄉村》可謂「莊嚴的工作」的最佳展現。

　　在《八月的鄉村》中，蕭軍塑造他心目中的英雄形象。李歐梵在對《八月的鄉村》的人物分析中，透過農民唐老疙瘩、蕭明隊長和「正面英雄人物」鐵鷹隊長三人說明蕭軍對農民、五四傳

---

[78]　魯迅：〈八月的鄉村・序〉，《蕭軍全集》（第 1 卷），頁 31。

統的知識份子和理想的共產黨員的態度：唐老疙瘩是蕭軍最喜愛
的東北農民英雄的典型形象；蕭明隊長是個「知識份子領袖」，
他在革命戰爭與情人安娜之間難以抉擇的情感，正表現知識份子
在情感上過於敏感和衝動的弱點；而鐵鷹隊長是「蕭軍本人的正
面英雄」，鐵鷹隊長出身農民，當過土匪，現在成為兼具眼光和
膽識，既遵守嚴格的紀律，又具備柔軟愛人之心的共產黨員，因
此「鐵鷹隊長結合了理想共產黨員和理想草根土匪英雄的性格特
徵。」[79]李歐梵透過對小說人物的分析從而突顯蕭軍身上「知識
份子」與「草莽英雄」的兩種性格，並由此解釋蕭軍與共產黨之
間始終扞格不入的原因。[80]

　　稍晚寫作的《第三代》，蕭軍則透過鄉土書寫再次表達他對
東北農民英雄剛烈性格的喜愛。《第三代》的主要創作時間橫跨
著中日戰爭爆發前夕到戰爭期間，作家顯然有意識地透過對東北
群眾剽悍血性的書寫，召喚面對壓迫勇於反抗的民族精神，而這
正是蕭軍對於晚清以來憂患的東北歷史處境的對應態度。

　　蕭軍利用凌河村「三人松」的傳說故事作為農民英雄的精神
象徵，小說中凌河村的祖先代代流傳著「三人松」的故事，留給
村民的是松樹般如「生鐵鑄成似的那般凝定著」、挺拔堅毅的精
神典範，與強調「復仇」和「前進」的血性昂揚的氣魄。[81]在
「三人松」故事的耳濡目染之下，凌河村並不如其他鄉土小說中
的農村那樣死氣沈沈或貧窮悲哀，這裡有的是倔強頑強的勞苦群

79　李歐梵：《中國現代作家的浪漫一代》，頁 236。有關李歐梵對《八月
　　的鄉村》人物的分析，見頁 233-236。

80　李歐梵：《中國現代作家的浪漫一代》，頁 227-248。

81　「三人松」的完整故事參見蕭軍：《第三代（上）》，頁 350-352。

眾，以及面對壓迫與屈辱時充滿反抗復仇的精神力量。在凌河村被視為「老英雄」的井泉龍與綽號「樂不夠」的林青可說是蕭軍所塑造最具有民間智慧與骨氣的草根英雄的代表。平日裡的井泉龍隨和可親，在農閒群眾聊天的場合，總是能聽到井泉龍老人的豪爽笑聲，他似乎永遠處在喝酒醉的瘋癲狀態，任何孩子都能扯著他的白鬍子玩，但他也是真正剛烈正直的東北硬漢。曾經參加過義和團的他，儘管思想略嫌守舊固執，但卻勇敢而堅決地反抗地主與官軍對農民的剝削與控制，他先後帶領凌河村民反對地主楊洛中打胡子，帶領村民抵制替楊家家宅值夜巡邏的規定，又支持胡子「海交幫」挫挫地主囂張的氣焰，當地主勾結官軍以莫須有的罪名把善良的百姓汪大辮子和林青關押時，井泉龍仗義執言，不畏權勢；當山林土匪被地主與官軍聯合追剿而負傷時，井泉龍收留了土匪中為人正派耿直的劉元，並將女兒嫁給他。井泉龍可謂凌河村守護神一般的存在。

　　而井泉龍的好朋友林青則是可與井泉龍相互對照、補足的另一種類型的「民間英雄」。綽號「樂不夠」的林青總是拉著胡琴，以微笑的面容和平靜的情緒面對生命中的一切困阨，即使他被地主誣陷而關押在獄中時仍是如此。他後來因農村的生活困難，與兒子林榮一家離開故鄉，前往長春城尋求生路。在凌河村時期，他平靜溫和的性格並不如井泉龍明朗外放，但到了長春城，他卻成為複雜紛亂、人心迷茫的城市中最沉穩、最能安定人心的角色。綜合前兩節所論，林青在幾個方面成為城市中雖渺小卻穩定的力量。首先，從「鄉下人進城」的視角來看，面對未知而陌生的城市生活的種種衝擊與挑戰，他都以隨遇而安且知命樂天的態度去面對，在城市的繁華或虛浮面前不卑不亢，既不對城

市生活懷抱過高的期待與妄想，更清醒地護守個人尊嚴，認知自我在城市中的身份與位置。其次，相對於眾多浮游於城市的人物而言，林青又可作為「故鄉」的代稱。他製作胡琴的傳統技藝、悠揚的胡琴聲與吟唱凌河村的民謠，既撫慰漂泊於城市的農民的離鄉失根之苦，又帶著「不忘本源」（鄉土、民族、國家）的提醒。第三，看似柔軟溫和的林青有著鮮明的正義感，當開埠局長為開設工廠而以粗暴的方式強迫貧民窟「愛民村」的居民搬遷時，一向微笑而平和的林青卻帶頭反抗。與知識份子的猶疑多思（如小說中的焦本榮）相互對照，林青看似簡單，卻更具有堅定的決心、果斷的行動力和不容模糊的是非判斷。

　　蕭軍《第三代》中的民間草根英雄並不像《八月的鄉村》中的鐵鷹隊長，是兼具草根英雄性格、啟蒙思維和理想共產黨員等特質的「理想型人物」，他們具有更多蒙昧的色彩和「前現代」的落後思想，例如作為「老義和團」的井泉龍具有反現代性的思維，林青則在知識份子焦本榮的「啟蒙」之下，才初具粗淺的現代國家觀念，並對中國社會結構、歷史處境與國際局勢有概念性的理性認識，也才意識到教育對後代子孫的重要性。但蕭軍也許意圖透過井泉龍和林青強調中國傳統民間道德體系的「底氣」，包括人的尊嚴與骨氣、做人的基本原則與道德底線等等，表現在為人正派、光明磊落、不忘本、有恩報恩有仇報仇等處世行為。也由於草根英雄並不具備現代知識理性，因此當他們遭遇強橫暴力，生存面臨威脅時，更具有反抗的血性義氣與原始生命力。井泉龍與林青的「反抗」，未必是理性思考判斷的行動，更多的是路見不平、情感驅動的本能。蕭軍透過井泉龍與林青分別在凌河村與長春城的「帶頭反抗」，將「民間英雄」與「反抗」特質結

合在一起，這種「反抗」雖然帶有蒙昧的色彩，卻在國家面臨戰爭危難時，看到激發鄉土群眾反抗殖民侵略的可能性。[82]同時，也正是對民間草根英雄的著墨，讓蕭軍的作品展現充沛的男子漢氣概，成為中國現代文學史上的異數。

在寫作《第三代》期間，蕭軍曾在 1941 年 12 月 20 日發表了〈也算試筆〉，在這篇連綴許多經生活感受與思考所得到警句式結論的小短文中，較為完整地呈現蕭軍對「英雄」的相關思考，也可與《第三代》中的「草根英雄」內涵相互對照：

> 我是個新英雄主義者，它的原則是：——為人類、強健自己、競取第一。
>
> ……
>
> 穩、準、狠這本是京戲裡唱黑頭的三字訣，如今我拿它們作為我創作和對敵人戰鬥的三字訣。
>
> 魯迅先生主張韌性戰鬥，我主張在韌性以外再加一個「彈」字。前者是說明戰鬥底質；後者是說明戰鬥的量。
>
> ……
>
> 我很尊敬和愛以下這些人們底某些精神、主張和行為：佛

---

[82] 這種民間反抗的精神顯然也有現實依據，蕭軍曾提到他性格暴戾的父親、當土匪的二叔以及剛強莽撞也殘忍狡猾的三叔，都在「九一八事變」後加入義勇軍。參見蕭軍：《我的童年》第七章「叔叔們」，《蕭軍全集》（第 10 卷），頁 52-53。而小說中的宋七月原本是平凡順從且有點小私心的農民，但當他看到井泉龍堅決反對為地主「守望」，保護農民耕種的時機，以及翠屏在遭遇官軍騷擾後的頑強抵抗，打從心底佩服他們，因此逐漸覺醒，後來也成為保護村民的力量。參見蕭軍：《第三代（上）》，頁 148-168，174-176。

　　　　家的大乘所謂：「勇往、精進、不後退」和「我不入地
　　　　獄，誰入地獄」的精神我是愛的。[83]

在接下來的文章中，蕭軍列舉了他所推崇、喜愛的歷史人物的部
分主張與言行，這些人物包括宗教方面的摩西、耶穌，哲學家蘇
格拉底，中國歷史人物與文學家如項羽、黃巢、曹操、司馬遷
等，西方歷史人物、政治家與文學藝術家如馬克思、列寧、荷
馬、托爾斯泰、凱撒、拿破崙、拜倫、貝多芬、米克哲蘭羅和羅
丹等。從上述引文與蕭軍所列舉的歷史人物可以發現，蕭軍的
「英雄」內涵本身便相當駁雜含混，更多的是他個人對歷史人物
直觀而感性的欣賞與敬佩，而並未有統一的精神型態或體系化的
思想脈絡。

　　但從這篇短文中仍可挖掘蕭軍「英雄」概念的幾個重要內
涵。首先，蕭軍對「英雄」的強調顯然與東北作家自晚清以來深
切感受到被瓜分的、屈辱的國家歷史處境有關。蕭軍強調「強健
自己」，這裡的「強健」可以包含「身體」與「精神」兩個方
面，這個主張可謂對晚清以來中國歷史處境的提醒和回應。回望
百年來中國所經歷的憂患歷史，晚清以降對於中國人生命狀態的
整體概括與描述，以「東亞病夫」為最鮮明的符號。「東亞病
夫」之稱最早起源於西方輿論界對中國在甲午戰爭中一敗塗地的
顢頇表現之批評，指涉的是積重難返、衰敗無能的清廷政府，後
來為中國鼓吹變法的改革派知識份子如嚴復、康有為、梁啟超等
人論述中國改革之道的文章所沿用，並因強調國家富強之本在於

---

[83] 蕭軍：〈也算試筆〉，《蕭軍全集》（第 11 卷），頁 503。

人民的素質，而逐漸由指涉國家轉變為指涉中國人的國民精神，包括「以奴隸自居的奴性、愚昧，但知有小我之私，不知有大我之群，虛偽、懦弱、無動」[84]等導致中國積弱不振的集體性格，再由國民精神弱點延伸到「尚文好利而不尚武好戰」的衰弱體質，同時大力抨擊由吸食鴉片與纏足等文化陋習所造成的身體缺陷和不良發展，由此發出「強國保種」以避免「亡國滅種」的警鐘。而在中國近代民族主義逐漸形成的過程中，「東亞病夫」一詞又由中國知識份子對國家、民族與國民的痛切反省，轉變為西方帝國主義對中國人的羞辱與蔑視，「東亞病夫」便與上海租界公園「華人與狗不得入內」的告示牌相互連結，成為西方帝國主義的言語暴力。[85]而蕭軍對「強健自己」的要求，可以看作是他對屈辱的「東亞病夫」之名的強烈回應。

其次，蕭軍在文中所強調「強健」、「競取」、「勇往、精進、不後退」等概念都充滿「力」的象徵，既可與《第三代》凌河村祖先「三人松」傳說所強調的「復仇」和「前進」相互呼應，也與井泉龍、林青等人的反抗精神一致。這種精神力強調與現實困厄戰鬥到底的剛烈與堅韌，「雖千萬人吾往矣」的豪邁氣魄和「亦余心之所善兮，雖九死其猶未悔」的獨行精神。在蕭軍

---

[84] 楊瑞松：《病夫、黃禍與睡獅——「西方」視野的中國形象與近代中國國族論述想像》（臺北：政大出版社，2010 年 9 月），頁 36。

[85] 楊瑞松在《病夫、黃禍與睡獅——「西方」視野的中國形象與近代中國國族論述想像》一書中透過西方與中國的對視及中國知識份子在百年憂患中的自我審視，完整呈現「東亞病夫」一詞在中、西方語境中的意涵及其內涵的歷史變化。楊瑞松：《病夫、黃禍與睡獅——「西方」視野的中國形象與近代中國國族論述想像》，頁 17-67。

一生的社會行為與文學實踐中，「強健」、「競取」等「力」的強調一方面保留蕭軍心目中民間草根英雄性格中的血性義氣，一方面也繼承魯迅「獨異個人」的啟蒙思想，強調獨立、剛強、健旺的人格精神。對蕭軍來說，強健、競取的精神既能改造病弱怯懦、世故圓滑的國民精神弱點，又能激勵群眾奮起反抗帝國主義的殖民侵略。

其三，蕭軍的「英雄」內涵必須具有「為人類」的寬廣胸襟，「英雄」不僅僅是成就自我的獨立完整與鮮明性格，更重要的是「為他人」的大我精神，並在面對群體危難時，懷抱「我不入地獄，誰入地獄」的「捨我其誰」的氣慨，這也與《第三代》中的井泉龍和林青「為下層群眾發聲」的形象相互呼應。從上述三個面向可知，蕭軍的「英雄」內涵基本上是圍繞著近代中國憂患的歷史處境展開的。

此外，《第三代》中對於民間草根英雄的重視，也與中日戰爭期間的文學表現相吻合。戰爭前期中國文壇的主旋律是「文章下鄉、文章入伍」，因應抗戰現實需要，透過通俗文藝運動達到「動員民眾、教育士兵」的目的。[86] 與此同時，知識份子也開始重新認識群眾的力量。趙園在〈對三四十年代小說知識份子形象

---

[86] 「文章下鄉、文章入伍」的口號最早刊於 1938 年 3 月 1 日《抗到底》第 5 期，並成為 1938 年在武漢成立的「中華全國文藝界抗敵協會」文藝工作的重要宗旨之一。參見錢理群：〈「文章下鄉」：抗戰初期的通俗文藝運動〉，陳子善主編：《中國現代文學編年史──以文學廣告為中心（1937-1949）》（北京：北京大學出版社，2013 年 5 月），頁 22-27。有關「中華全國文藝界抗敵協會」的成立、組織工作與其對抗戰時期文學潮流的影響，可參見段從學：《「文協」與抗戰時期文藝運動》（北京：北京大學出版社，2012 年 7 月）。

創造的某些考察〉一文中，從「知識份子」與「人民」關係的考察視角出發，歷史性地論述五四小說與三、四○年代小說的差異。她認為以 1928 年葉聖陶的《倪煥之》為界，在此之前的五四作家與五四小說中的知識份子往往具有「先覺者的自我意識」，因此知識份子對群眾的描述更具有啟蒙的批判意識。但經過二○年代中期的大革命，知識者重新認識、發現群眾的特質：「知識者在革命中看到了擁有巨大的行動力量的勞動者群眾。同一瞬間，知識者人物有『渺小自我感』。」[87]知識份子與群眾位置的轉變到三、四○年代戰爭爆發後的特殊時期更為強化，作家往往將知識份子置於一個他所不熟悉的環境（例如戰爭前線、逃難旅途中），用以對照知識者的無能與勞動者面對現實環境的優勢。[88]這樣的轉變與知識份子（作家）在戰爭的特殊時期的自我反省與自我批判有關，但在蕭軍這裡，個人以為作家意在挖掘尚未完全啟蒙的民間草根英雄本能式的豪氣與血性，用以重振民族精神，並以此激發群眾反抗殖民侵略的意識。

五、結語

三○年代中期，蕭軍和蕭紅分別以《八月的鄉村》和《生死場》登上文壇，並由此建立東北流亡作家書寫的兩種系統，前者以宣傳抗日精神為主，後者以懷想、書寫故鄉為主。前者富有革

---

[87] 趙園：《艱難的選擇》（上海：上海文藝出版社，1986 年 9 月）上篇第三章「綜論　對三四十年代小說知識份子形象創造的某些考察」，頁 142-143。

[88] 趙園：《艱難的選擇》，頁 148-156。

命激情的浪漫，後者則是懷舊的抒情。蕭軍在《八月的鄉村》之後創作長篇小說《第三代》，也許是蕭紅的《生死場》給予他創作靈感，讓他嘗試縮合兩條書寫系統：在回憶童年故鄉歷史的過程中，尋找反抗日本侵略戰爭的民間力量。

在對《第三代》的討論中，本文主要聚焦在小說中所呈現的「空間」（城鄉書寫）、「時間」（民國初年的東北）與「人」（鄉土群眾精神面貌）三個面向，由此開展蕭軍對近代東北鄉土歷史的觀察與思考。

在「空間」方面，蕭軍透過幼年與青少年時期生活的遼西故鄉與長春城，輻射出民國初年東北的城、鄉對照。遼西故鄉是「農村」與「山林」相互依存的世界，社會結構主要由「地主－官軍」等支配階層與「農民－土匪」等群眾構成，並形成地主、官軍、農民、土匪等四類人物相互勾連又彼此牽制的人際網絡。城市部分則透過長春城的鐵路交通與地景配置呈現列強的角力競逐與官僚、勞資的階級關係，由此開展東北城市「民族衝突」與「階級糾紛」等兩大問題。同時，透過凌河村地主楊洛中的兒子楊承恩到長春城開設工廠的野心，以及汪大辮子等農民到長春城謀生，最後受盡屈辱又回到凌河村的流動路線，將「鄉村」與「城市」兩個空間的權力結構加以鍵連，並突顯東北農民流離於城鄉之間的漂泊命運。

在「時間」方面，蕭軍透過「凌河村」與「長春城」的城鄉對照開展兩個空間不同的時間感覺：「凌河村」是通向過去的古典世界，常以四季循環的自然時間呈現時空感覺的封閉、循環與滯後；「長春城」則是通往現代世界的大城市，東北近代重大的歷史事件與國際局勢在此留下許多痕跡與後遺症。另一方面，小

說透過「凌河村」農民離鄉謀求生路、山林土匪勢力的瓦解、「長春城」所展示列強的欲望競逐、國家的積弱不振、官僚的顢頇享樂與知識份子的徬徨迷茫，凸顯民國初年東北的衰敗面貌。而正是國家衰敗的危機並未得到即時的挽救，終而導致三〇年代東北故鄉淪為殖民地的命運。

　　正因如此，蕭軍在對鄉土人物進行描寫時，特別著力於草根民間英雄形象的塑造，透過井泉龍與林青兩位老農民分別在「凌河村」與「長春城」進行的反抗行動，將草根民間英雄與遭遇強權時的「反抗」意識加以鍵連，從而尋求重振民族精神以抵禦外侮的可能性。

第三章　漂泊者的詩性書寫：

蕭紅小說中的懷鄉抒情與民族寓喻

一、前言

　　蕭紅（1911-1942）是東北作家中最敏銳易感、最富有文學才氣的一位，是三〇年代中國文壇最重要的女作家之一，也是「東北作家」中，最被學界廣泛評論，研究成果最為豐碩的一位。1935 年，蕭紅和蕭軍分別以《生死場》和《八月的鄉村》登上文壇，這兩部作品因作家「東北流亡者」的身份，作品最初是被放在反抗日本帝國主義侵略與殖民的民族國家解放戰爭的論述中而引起注意的，蕭軍《八月的鄉村》直接描寫由農民組成的人民革命軍的戰爭經驗，其鮮明的抗日精神自不待言，而蕭紅的《生死場》則可從魯迅和胡風為其作「前序」與「後記」中見出端倪。魯迅將 1932 年上海「一二八事變」的戰亂及 1935 年日軍進犯華北給上海帶來的騷亂和《生死場》所描寫的哈爾濱和東北鄉土連結起來，感到「北方人民的對於生的堅強，對於死的掙扎」[1]；胡風在蕭紅對農村的描寫中看到東北農民「蟻子似地生

---

[1]　魯迅：〈蕭紅作《生死場》序〉，《魯迅全集》（第 6 卷）（北京：人民文學出版社，1981 年），頁 408-409。

活著」，但在日本的侵略之下，「這些蟻子一樣的愚夫愚婦們就悲壯地站上了神聖的民族戰爭底前線。蟻子似地為死而生的他們現在是巨人似地為生而死了。」[2]。

　　自孟悅、戴錦華的《浮出歷史地表》起，學者更著力於從性別的差異上強調蕭紅的文學特質。其實魯迅和胡風也都注意到蕭紅的女性書寫特質，魯迅提到「女性作者的細緻的觀察和越軌的筆致，又增加了不少明麗和新鮮」[3]；胡風則同時看到蕭紅「女性的纖細的感覺」和「非女性的雄邁的胸境」，而前者是「充滿了全篇」，[4]只是由於時代氛圍與強調文學的社會功能視角，女性特質並非魯迅與胡風論述的重點。孟悅、戴錦華的論述突出蕭紅的女性生命經驗，從蕭紅與祖父真摯、溫暖、信任、自由以及與父親（後母、祖母）傷害、冷漠、粗暴、專制的兩種情感關係出發，貫串其愛情與寫作的經歷，因其女性身份而與社會文化孤軍奮戰，進而形成與主流意識形態不同的歷史洞察力，揭示了埋藏在社會矛盾、階級問題、抗日精神等時代激流下的民族歷史惰性。[5]劉禾則批評文學史對蕭紅作品的討論「一直受民族國家話語的宰制，這種宰制試圖抹煞蕭紅對於民族主義的曖昧態度，以

2　胡風：〈《生死場》讀後記〉，《胡風全集》（第2卷）（武漢：湖北人民出版社，1999年1月），頁431-434。

3　魯迅：〈蕭紅作《生死場》序〉，《魯迅全集》（第6卷），頁408。

4　胡風：〈《生死場》讀後記〉，《胡風全集》（第2卷），頁432-433。

5　孟悅、戴錦華：《浮出歷史地表——中國現代女性文學研究》（臺北：時報文化出版公司，1993年9月），頁243-271。

及她對男性挪用女性身體這一策略的顛覆。」[6]，提出《生死場》著重於表現農婦的女性身體體驗，包括「生育以及由疾病、虐待和自殘導致的死亡」[7]，並以女性身體的受苦和傷害質疑、挑戰男性中心意識形態所形成的有關民族、國家、戰爭等論述。[8]林幸謙以女性主義與性別理論重構現代女性小說的身體與性別書寫，一方面繼承劉禾的女性身體論述，但也對劉禾的論點提出修正並加以深化。林幸謙從蕭紅的女性生命經驗（包括身體感覺與情感、情欲、精神狀態）、女性敘事想像之特質，結合蕭紅筆下的女性身體、病體書寫，較為全面地論述蕭紅的女性敘事如何表達對主體身份、性別、鄉土空間、社會文化與民族國家的觀察與思考。[9]在魯迅、胡風等民族論述與孟悅、戴錦華、劉禾、林幸謙等人的性別論述之間，劉恆興以蕭紅的女性經驗與文本為主

6　劉禾：《跨語際實踐——文學，民族文化與被譯介的現代性（中國，1900-1937）》（北京：三聯書店，2002 年 6 月），頁 287。

7　劉禾：《跨語際實踐——文學，民族文化與被譯介的現代性（中國，1900-1937）》，頁 289。

8　劉禾另有〈文本、批評與民族國家文學——《生死場》的啟示〉一文論述類似的觀點，可參見唐小兵編：《再解讀：大眾文藝與意識形態》（北京：北京大學出版社，2007 年 5 月），頁 1-18。

9　圍繞著「身體」與「性別」等理論概念，林幸謙對蕭紅作品有相當完整的討論，在《身體與符號建構——重讀中國現代女性文學》（香港：中華書局，2014 年 12 月）一書「上編　文化身體與符號書寫：蕭紅的女性敘事想向與建構」中，收錄〈重讀《呼蘭河傳》和《生死場》：女性文化符號與鄉土空間想像〉、〈重讀蕭紅：身體符號與雙重銘刻的書寫策略〉、〈蕭紅與性別政治書寫：情慾符號與病體銘刻〉、〈現代文學洛神的寓喻：蕭紅文本的重新敘述與建構〉等四篇重要論文，頁 3-132。

軸，論述蕭紅如何先後受蕭軍、魯迅的影響，最後形成以「女性」、「鄉土」、「國族」為核心的對於民族歷史文化的思考。[10]陳潔儀則透過蕭紅的生命經驗與文本相互對話、映照，從「自我」、「女性」、「作家」等多重主體面向探究蕭紅的身份建構。[11]此外，還有為數不少的蕭紅傳記或評傳，或以抒情筆法，或重資料考證，鋪展蕭紅短暫卻精彩的一生。[12]

這些傳記與不同的研究論述視角突顯蕭紅作品的迷人之處與內容的豐富性，因此得以受到學術界的長期關注。在這些精彩的論述基礎之上，個人想將蕭紅的作品放在東北作家之中加以對照、比較，用以凸顯蕭紅鄉土敘述的創作特質及其文學遺產。

10　劉恆興：〈女子豈應關大計？：論蕭紅文本性別與國族意識之關涉〉，《文化研究》第七期（2008 年秋季），頁 7-44。

11　陳潔儀：《現實與象徵：蕭紅「自我」、「女性」、「作家」的身份探尋》（香港：中文大學出版社，2005 年）。

12　在蕭紅的傳記中，較重要的有以下幾部：作為蕭紅香港時期病中陪伴的重要友人，駱賓基的《蕭紅小傳》（哈爾濱：北方文藝出版社，1987 年 6 月）是蕭紅最早的傳記。（美）葛浩文的《蕭紅傳》（上海：復旦大學出版社，2011 年 1 月）是早期海外學者研究蕭紅生平與作品的重要著作。此外，丁言昭：《愛路跋涉——蕭紅傳》（臺北：業強出版社，1991 年 7 月）、林賢治：《漂泊者蕭紅》（北京：人民文學出版社，2009 年 1 月）、郭玉斌：《蕭紅評傳》（北京：中國社會出版社，2009 年 6 月）、季紅真：《蕭紅全傳：呼蘭河的女兒》（北京：現代出版社，2012 年 1 月）、葉君：《從異鄉到異鄉：蕭紅傳》（臺北：印刻文學生活雜誌出版公司，2014 年 10 月）等，都是資料翔實的蕭紅傳記。日本學者平石淑子的《蕭紅傳》（北京：中國人民大學出版社，2017 年 10 月）則是近兩年海外學者出版的蕭紅研究專著，本書以「意識到自己是『一個人』，並由此追求『一個人』的幸福與權利」的視角來貫穿詮釋蕭紅所有創作的核心精神，很有啟發性。

　　從 1935 年蕭紅與蕭軍出版的《生死場》與《八月的鄉村》可以窺見，這兩部作品開展出三〇年代東北流亡作家兩條最主要的寫作系統：前者透過書寫鄉土以抒發懷鄉之情，並重在刻劃群眾精神以反省民族文化問題；後者透過描寫抗日行動以激發民族精神。同時，從這兩部作品與兩人後來的創作發展，也凸顯二蕭創作路徑與文學風格上的差異。整體而言，蕭軍的創作從憂患中的民族國家命運等大處著眼，富有客觀、宏闊的「寫史」企圖，前章所論的《第三代》可謂其寫史的代表作；蕭紅則從個人生命經驗與老百姓的日常生活出發，深入挖掘民族文化的精神內核，從而將其文化反省提煉成富有民族託寓的「詩性」書寫，《呼蘭河傳》可謂詩性書寫的代表作。同樣面對列強侵略的東北歷史，蕭軍以剛烈剽悍的血性正面迎擊現實暴力和橫逆，筆下不乏草莽英雄、土匪等富有血性義氣的男子漢形象；蕭紅則展現看似平靜，實則柔韌、持久的民族生命力。

　　蕭紅的文化反省與她作為東北流亡作家的漂泊命運有不可分割的關係，同時蕭紅也是東北作家群中，最擅於書寫流亡者懷舊心緒，其懷舊心緒也最為矛盾複雜的作家。對蕭紅來說，她的漂泊流亡同時包含「家的失落」（個人反叛離家與被家族遺棄的命運）與「故土淪陷」（國家、民族的歷史命運）兩個層次。蕭紅童年時期的快樂與痛苦、她對「家」的歸屬感的渴求、對傳統家族倫理的抵抗與叛離、對女性主體建立與自由的追求、對故鄉自然景致的依戀、對故鄉下層群眾生命狀態的同情理解與冷靜反省、對東北淪陷之歷史命運的感慨與思索，形成她對「家」與「故鄉」既愛又怕、既想念卻又不知回鄉將何以安頓生命的複雜情緒，也使她的作品折射出對於鄉土多重的書寫態度。

　　回顧蕭紅早年在東北時期的創作，多半取材或融合著她個人的生命經歷、生活瑣事與家族故事（如〈棄兒〉、〈小黑狗〉、〈廣告副手〉、〈葉子〉、〈出嫁〉等）、鄉土經驗（如〈王阿嫂的死〉、〈夜風〉等），以及與蕭軍結識哈爾濱文化界友人之後的見聞與思考（如〈看風箏〉、〈腿上的繃帶〉、〈兩個青蛙〉、〈清晨的馬路上〉等）。[13]這些作品已然觸及蕭紅對於東北群眾生命狀態的描寫，但都屬於散點式的呈現，尚未形成完整的思考和表達。而流亡經驗一方面使她脫離鄉土，拉開時空距離，將過往的生命經驗與社會認識沉澱下來，更為客觀、整體地透過審視故鄉思考民族文化問題，另一方面，懷鄉之情則讓她的鄉土書寫得以在深刻而理性的文化反省中，同時富有感性而充滿記憶溫度的懷舊抒情，而正是兩者的交融，讓她的鄉土審視與民族寓喻提升到詩性書寫的審美高度。

　　個人以為，蕭紅的創作立基在「女性」與「漂泊者」雙重的主體狀態，她一方面從個人的生命經驗出發，描述中國女性的命運，並企圖透過書寫完成女性主體的建立，同時又將女性命運的困境與對鄉土（國家、民族）的觀察、思考結合起來，既突出其間的衝突與矛盾，也企圖從中尋求解決的可能，以此展現她對中國（農村）社會、倫理、文化等問題的思考；另一方面，她也在書寫鄉土的同時，抒發個人的「思鄉」、「懷舊」之情，並以此形塑記憶中的故鄉圖景。她的創作同時展現個人生命記憶的重建

13　以上所提及蕭紅東北時期的作品，〈棄兒〉、〈小黑狗〉、〈廣告副手〉收於蕭紅：《蕭紅全集》（散文卷）（北京：北京燕山出版社，2014 年 4 月），頁 1-32，其餘均收於蕭紅：《蕭紅全集》（小說卷 I）（北京：北京燕山出版社，2014 年 4 月）。

與民族文化的思索。在本章中，將透過對蕭紅《生死場》、《呼蘭河傳》及其他短篇小說的討論，分析蕭紅「女性」、「漂泊者」的生命狀態如何形成她不同於其他東北作家，獨特的敘述模式；不同階段的漂泊心緒如何深化她對鄉土群眾與民族文化的理解；而懷舊的情感又讓她建構出怎樣的鄉土圖景和民族寓言。

二、女性話語特色的建立：
《生死場》的敘述特徵、結構模式與鄉土關懷

如前所言，蕭紅的漂泊流亡經驗同時包含「家的失落」與「故土淪陷」兩個層次。蕭紅幼年時期與父母情感的淡漠、少女時期因逃避傳統婚約而與父親產生緊張對立進而決裂的關係、被父親監禁在阿城縣福昌號屯、未婚先孕、積欠旅館費用並被未婚夫王恩甲遺棄在東興順旅館、為了生存不得不在生產後痛苦棄子等經歷，都讓蕭紅嘗盡離家漂泊的「娜拉」的苦果，成為蕭紅生命中難以言說的傷痛，也形成蕭紅對「家」既渴望又懷疑的矛盾心理。

而蕭紅被迫離開東北故土的流亡命運，則與她在「滿洲國」時期在哈爾濱的文化活動有直接關係。蕭紅與蕭軍於 1932 年底在哈爾濱商市街定居後，透過友人金劍嘯、舒群等人的介紹，結識了在「牽牛房」（或稱「牽牛坊」）聚集活動的文化人。「牽牛房」是由哈爾濱左翼名士、業餘畫家馮咏秋所組織的自由開放的文化團體，聚集作家、畫家、職員、教師和學生在此談文論藝，雖然成員思想各異，有中共地下黨員、愛國主義者、民族主義者、自由主義者，但憂慮國家處境的「抗日反滿（滿洲國）」

精神是他們的共通點。蕭紅在此不僅得到珍貴的友誼，也在與哈
爾濱左翼文化人的往來中開拓了生活與精神的視野。[14] 1933
年，蕭紅加入由羅烽與金劍嘯組織的抗日文藝團體「星星劇
團」，在劇團內擔任演員，又與蕭軍在友人舒群、陳幼賓、王歧
山等人的出錢贊助下，自費出版了第一本小說散文集《跋涉》。
然而，《跋涉》送到書店沒幾天就被沒收，禁止發賣，與此同
時，「星星劇團」的成員徐志被日本憲兵逮捕，蕭紅感受到政治
氣氛的恐怖與壓抑，在朋友們的建議和幫助下，於 1934 年 6 月
12 日離開哈爾濱，從大連登船到青島，開啟了流亡歲月。蕭紅
收於《商市街》中的多篇散文，包括〈家庭教師是強盜〉、〈冊
子〉、〈劇團〉、〈白面孔〉、〈又是冬天〉、〈門前的黑
影〉、〈決意〉、〈拍賣家具〉、〈最後的一星期〉等描述了
《跋涉》出版後被日偽政府盯上的恐怖氣氛與決定出逃的準備和
心情。[15]在〈最後的一星期〉中，蕭紅寫下了臨別故鄉前不安難
捨的心情：

14　有關蕭紅與「牽牛房」成員的往來，參見蕭紅散文〈牽牛房〉、〈十元
　　鈔票〉、〈幾個歡快的日子〉等，收於《蕭紅全集》（散文卷），頁
　　154-156、157-159、164-167。另可參考袁時潔：〈「牽牛房」憶舊〉，
　　收於駱賓基：《蕭紅小傳》（哈爾濱：北方文藝出版社，1987 年 6
　　月）「附錄三」，頁 126-130。有關蕭紅在哈爾濱時期的文藝活動與交
　　誼，可參見季紅真：《蕭紅全傳——呼蘭河的女兒》第二十一章「走上
　　左翼文藝之路」，頁 204-219。

15　這些散文均見《蕭紅全集》（散文卷），頁 184-204、216-221。蕭軍在
　　〈哈爾濱之歌第二部曲（1932-1934）〉中還提到他與蕭紅離開哈爾濱
　　之後約一個星期，好友羅烽被捕，1936 年好友金劍嘯與侯小古先後被
　　日本人殺害。蕭軍：《蕭軍全集》（第 10 卷）（北京：華夏出版社，
　　2008 年 6 月），頁 179。

我突然站住，受驚一般地，哈爾濱要與我們別離了！還有
十天，十天以後的日子，我們要過在車上，海上，看不見
松花江了，只要「滿洲國」存在一天，我們是不能來到這
塊土地。[16]

文末描寫離去的時候，腦中如電影鏡頭般一一閃現熟悉的畫面，
家屋、街車、行人、小店鋪、行人道旁的楊樹、商市街，以一連
串哀婉低回的「別了」來告別家園，走上流亡漂泊之路。

蕭紅離開東北到達青島後，即繼續寫作《生死場》[17]。對蕭
紅來說，《生死場》的出版包含諸多意義：這是蕭紅登上中國文
壇的成名作，也是她的第一部長篇小說。同時在這部作品中，首
次看到蕭紅對東北故鄉底層群眾的整體觀照與其獨特的女性話語
對長篇小說結構模式的影響。

（一）女性敘述特徵對長篇小說結構模式的影響

法國著名的女性主義理論家埃萊娜・西蘇在其重要的論文
〈美杜莎的笑聲〉中曾提到女性說話的方式和內容遠比男性受到
更少的社會文化的制約與割裂，而往往是個人生命精神與身體的

16　蕭紅：〈最後的一星期〉，《蕭紅全集》（散文卷），頁 218。

17　蕭紅在哈爾濱時期已開始寫作《生死場》，當時題名《麥場》，即現在
　　《生死場》中第一節的標題。蕭紅曾在 1934 年 4 月 29 日至 5 月 17
　　日，以悄吟的筆名在哈爾濱《國際協報》副刊《國際公園》連載《麥
　　場》前兩部份，即後來《生死場》中的前兩節「麥場」與「菜圃」。參
　　見章海寧、葉君編：〈蕭紅年譜〉，收於蕭紅：《蕭紅全集》（詩歌戲
　　劇書信卷）（北京：北京燕山出版社，2014 年 4 月），頁 268。

完全展現：

> 聽聽婦女在公共集會上的講話吧（如果她還沒有痛苦地泄
> 氣的話）。她不是在「講話」，<u>她將自己顫抖的身體拋向
> 前去；她毫不約束自己；她在飛翔；她的一切都匯入她的
> 聲音，她是在用自己血肉之軀拼命地支持著她演說中的
> 「邏輯」</u>。她的肉體在講真話，她在表白自己的內心。事
> 實上，她通過身體將自己的想法物質化了；她用自己的肉
> 體表達自己的思想。從某種意義上說，她在銘刻自己所說
> 的話，因為她不否認自己的內驅力在講話中難以駕馭並充
> 滿激情的作用。<u>即便是在講「理論性」或「政治性」內容
> 的時候，她的演說也從來不是簡單的，或直線的，或客觀
> 化的、籠統的：她將自己的經歷寫進歷史</u>。[18]

這段文字鮮明地道出女性敘述、書寫的特色，其中至少包含了兩
個重點，第一，女性以自己的方式來說話，她的說話是一種生命
精神與身體感覺的高度結合，「她的一切都匯入她的聲音」，因
此她的說話具有鮮明的主觀感受和個人特色，往往突破現有的各
種規範。第二，「她將自己的經歷寫進歷史」，由於她所憑藉的
是自己的生命經歷，因此其內容「從來不是簡單的，或直線的，
或客觀化的、籠統的」，它不會是一種簡單籠統的概念，而充滿
具體的豐盈的細節，有時甚至是瑣碎的。同時，她的敘述也不僅

---

[18]　（法）埃萊娜・西蘇：〈美杜莎的笑聲〉，收入張京媛主編：《當代女
　　性主義文學批評》（北京：北京大學出版社，1992 年 1 月），頁 195。
　　底線為筆者所加。

僅是封閉於自我經驗內部的喃喃獨語，它充滿著與外在現實（歷史）的種種衝撞與磨合。

正如同西蘇對女性獨特的說話方式的總結，蕭紅的創作也始終源自於個人的生命經驗，並展現其生命感覺與探索。蕭紅在其處女作〈棄兒〉[19]中即彰顯這樣的書寫特質，這篇作品以蕭紅的個人經歷為基礎，透過斷裂的、充滿細節性的描寫，書寫女性未婚懷孕、貧病漂泊、無依無靠的身體痛楚與生命感受，因此這部作品歷來便有「散文」或是「自傳性小說」的文類上的爭議。事實上，蕭紅的所有創作都具有「將自己的經歷寫進歷史」的特質。二蕭的好友，同為東北作家的舒群就曾以《八月的鄉村》和《生死場》對舉，說明二者的基本差異：《八月的鄉村》並不是蕭軍經歷的故事，小說中描寫的當事人是經舒群引見，與蕭軍談了兩整天，蕭軍根據談話內容寫成這部作品；而「蕭紅的《生死場》與《八月的鄉村》不同，作者是有生活基礎的，寫的都是蕭紅親身經歷的事。」[20]而把上述包括以自己的方式說話、將自己的全副身心灌注在自己的說話裡、將自己的經歷寫進歷史等女性獨特的敘述特徵發揮到極致的，正是蕭紅的長篇小說。

這首先表現在蕭紅長篇小說的結構模式上。從小說結構來

---

[19] 〈棄兒〉創作於 1933 年 4 月 18 日，發表於 1933 年 5 月 6 日至 17 日長春《大同報》文藝副刊《大同俱樂部》。在此之前，蕭紅的創作都是詩歌，且多半在生前未發表，因此〈棄兒〉可算是蕭紅的處女作。參見章海寧編：〈蕭紅創作年表〉，收於蕭紅：《蕭紅全集》（詩歌戲劇書信卷），頁 277。

[20] 姜德明：〈聽舒群談蕭紅〉，王觀泉編：《懷念蕭紅》（北京：東方出版社，2011 年 5 月），頁 197。

說，《生死場》共有十七節，以十一節為界，前十節描寫東北農村數十年如一日的封閉與貧窮，其中展演著「生」與「死」的悲歌，「生」與「死」同樣渺小、卑微而痛苦。第十一節「年盤轉動了」，日本侵略推動了歷史的輪盤，讓東北農村的時間感覺擺脫了自然時間的循環規律而開始向前轉動，但老百姓依然在「生」與「死」間掙扎。

這樣的結構說明僅僅是就其內容來說，並不能突顯《生死場》的敘述特徵及其與架構長篇小說形式之間的問題。《生死場》的特殊之處在於，它放棄了小說相當重要的「故事」與「情節」等元素，甚至連「人物」這一元素的重要性和特色也降低許多。魯迅就曾指出《生死場》「敘事和寫景，勝於人物的描寫」[21]；胡風將人物描寫「綜合的想像的加工非常不夠」[22]，視為這部作品的三大弱點之一；葛浩文則認為除了王婆和金枝還能算是真實可信的角色，其餘的人物「都死氣沈沈，而那些人物的行止，讀者都可先猜出來，充其量不過是些漫畫中人物，缺乏真實感。」[23]《生死場》在缺乏故事與情節發展，而人物的塑造又相對單薄的情況下，進而消解了小說嚴謹的結構。也因此，胡風在批評《生死場》的缺點時，首先指出小說結構的散漫：

> 對於題材的組織力不夠，全篇現得是一些散漫的素描，感不到向著中心的發展，不能使讀者得到應該能夠得到的緊

21　魯迅：〈蕭紅作《生死場》序〉，《魯迅全集》（第6卷），頁408。
22　胡風：〈《生死場》讀後記〉，《胡風全集》（第2卷），頁434。
23　（美）葛浩文：《蕭紅傳》，頁41。

張的迫力。[24]

普遍對現實主義小說的要求在於人物塑造與情節發展高度的有機
結合：以人物的行動作為推動情節進展的動力，而人物形象在情
節的發展中愈顯清晰、生動、鮮活、豐富，人物與情節兩者之間
的相輔相成，用以突顯小說的主題和內容。胡風以一般小說的定
義和標準來看待《生死場》，不免感到些許不足和遺憾。然而胡
風感到的不足之處，正是蕭紅的敘述特色之所在，也正是蕭紅對
於長篇小說結構形式的某種突破。

　　蕭紅當然知道當時評論界對她小說結構的批評，但她顯然是
有意為之，且刻意為之。聶紺弩曾在 1938 年間在山西臨汾、西
安等地與蕭紅有較密切的往來，他回憶與蕭紅的談話，其中聊到
蕭紅的創作。聶紺弩對蕭紅說：「你會成為一個了不起的散文
家」，由於聶紺弩說的是「散文家」，因此引起蕭紅的反擊：
「不過人家，包括你在內，說我這樣那樣，意思是說我不會寫小
說。我氣不忿，以後偏要寫！」她並提出她對小說的想法：

> 有一種小說學，小說有一定的寫法，一定要具備某幾種東
> 西，一定要寫得像巴爾扎克或契訶夫的作品那樣。我不相
> 信這一套。有各式各樣的作者，有各式各樣的小說，如
> 《頭髮的故事》、《一件小事》、《鴨的喜劇》等等。[25]

24　胡風：〈《生死場》讀後記〉，《胡風全集》（第 2 卷），頁 434。
25　聶紺弩：〈回憶我和蕭紅的一次談話〉，王觀泉編：《懷念蕭紅》，頁
　　256-257。

蕭紅提到的〈頭髮的故事〉、〈一件小事〉、〈鴨的喜劇〉等，都是魯迅富有散文風格的小說。聶紺弩的這段回憶透露出值得注意的訊息，這段對話表現蕭紅對於文學創作的主見，她根據自己的文學審美感覺，有意識地不遵循一般定義中「小說」的模樣或規範，甚至有意反抗它、突破它。這裡可以看出蕭紅倔強的性格，以及她堅持自我，對外界的質疑勇敢突圍的精神力量。同時，她偏好散文風格的小說形式，也與上述女性獨特的敘述特徵息息相關。

蕭紅的長篇小說取消小說「故事」和「情節」的元素，並弱化「人物」和「結構」，取而代之的是如同流水般流淌、漫延，看似毫無規範卻又有跡可尋的敘述，以及一幅幅靜畫般的鄉土素描。前者是蕭紅的敘述特徵，是動態的，展現蕭紅的女性話語特質及其對女性主體建立的實踐（用自己的方式說話）；後者是蕭紅所開展出來的鄉土世界，是相對靜態的，是蕭紅對於外在現實（鄉土、群眾、民族、歷史）的關懷和思考。

《生死場》中的王婆，是展現女性說話方式的重要人物。小說第一節王婆出場時，即描寫王婆在夜空下的訴說：

> 老王婆工作剩餘的時間，盡是，述說她無窮的命運。她的牙齒為著述說常常切得發響，那樣她表示她的憤恨和潛怒。在星光下，她的臉紋綠了些，眼睛發青，她的眼睛是大而圓形。有時她講到興奮的話句，她發著嘎而沒有曲折的直聲。鄰居的孩子們會說她是一頭「貓頭鷹」，她常常為著小孩子們說她「貓頭鷹」而憤激：她想自己怎麼會成個那樣的怪物呢？像啐著一件什麼東西似的，她開始吐

痰。

孩子們的媽媽打了他們，孩子跑到一邊去哭了！這時王婆
她該終止她的講說，她從窗洞爬進屋去過夜。但有時她並
不注意孩子們哭，她不聽見似地，她仍說著那一年麥子
好；她多買了一條牛，牛又生了小牛，小牛後來又怎
樣？……她的講話總是有起有落；關於一條牛，她能有無
量的言詞：牛是什麼顏色？每天要吃多少水草？甚至要說
到牛睡覺是怎樣的姿勢。

但是今夜院中一個討厭的孩子也沒有，王婆領著兩個鄰
婦，坐在一條餵豬的槽子上，她們的故事便流水一般地在
夜空裡延展開。[26]

在這一長段引文中，可以看到蕭紅敘述與描寫的幾個特色。首
先，蕭紅對於王婆說話神態與內容的描寫可以呼應西蘇所論女性
說話的特徵。作者用「貓頭鷹」形容王婆專注說話時「大而圓
形」的眼睛和「嘠而沒有曲折的直聲」，這是王婆投入全身心訴
說時的模樣。蕭紅常用各種動物形象描寫鄉土人物，林幸謙和平
石淑子都有詳盡的分析，這在後面章節會加以討論。而王婆總是
「述說她無窮的命運」，正是「她的一切都匯入她的聲音」，她
的訴說總是包含著她個人的生命經驗與情感，也正是「將自己的
經歷寫進歷史」。其次，小說描述王婆說話的內容總是圍繞著莊
稼與牲畜，說明農民最關心的總是圍繞著「生存」的基本問題，
暗合《生死場》描寫東北農民「生」與「死」的生命狀態的寫作

---

[26]　蕭紅：《生死場》，蕭紅：《蕭紅全集》（小說卷Ⅰ），頁 205-206。

題旨；而王婆圍繞著「牛」而漫延開的種種零碎話題，又與末句「她們的故事便流水一般地在夜空裡延展開」相互呼應，這是農村婦女家常閒話的說話方式。第三，王婆所展現如同流水般流淌、漫延，看似毫無規範卻又有跡可尋的說話方式，也正是蕭紅長篇小說最重要的敘述特徵。王婆與蕭紅的敘述都呼應西蘇所說，她們的言說不是簡單的、直線的、客觀化的或籠統的概念。在蕭紅的作品中，小說的延展邏輯內在於作者的生命感覺與言說欲望，而非外在於小說人物的行動。

因此，《生死場》從第一節開始，敘述就如流水一般平靜和緩地漫延開來。小說從一隻山羊在嚼著榆樹的根端，分別描寫山羊、榆樹，進而開展出一幅農村寧靜的景色，然後帶出丟失山羊、正在努力尋找的二里半和兒子羅圈腿。隨著小說敘述者視線的移動，來到二里半的房窩，然後開展出對二里半妻子麻面婆的大段描寫。跟著二里半尋找山羊的路徑，帶出了王婆，透過王婆夜間在場院中說的故事，開展出農村婦女在人命與莊稼收成之間的衡量，呈現農村生命的廉價與卑微。在王婆說故事的過程中，二里半插話問候王婆的丈夫趙三，透過趙三和二里半的閒話，進而呈現農民生存的困境：趙三對養牛和種地感到不足，他想到城市去發展。夜間「男人」和「女人」不同群體的談話有不同的偏重性：男性強調對現實困境的突圍（趙三想去城市發展）；女性則更為偏重現實打擊對生命與情感的領悟（王婆在麥田豐收之際想起自己死去的孩子），但兩者都共同指向鄉土的生存困境。隔日早晨，從王婆家老馬在麥場上溫馴地工作打麥，為第三節「老馬走進屠場」中農民與畜生的深厚感情與悲哀命運埋下伏筆；又從家家都在打麥的農村畫面，帶出福發一家人，為第二節「菜

圍」中金枝與福發的侄子成業之間的男女關係埋下伏筆。整部小說缺乏故事主軸，小說世界的呈現並非由故事情節的發生來完成，而是由敘述者視線的移動和流水般平靜漫延的敘述來開展。

　　這種流水般流淌、漫延的敘述方式不僅表現在蕭紅的小說結構，也表現在農村婦女的家常閒話中。除了王婆夜間的故事，小說第四節「荒山」中描寫女人們冬天在王婆家聚集，手上或編麻鞋，或穿針縫補，或奶孩子地做著各種家活，嘴上有一搭沒一搭地聊著生活與人事，從生活中細微的瑣事鋪展農民浮在生命表層的、簡單的、近乎麻木的精神狀態：「在鄉村永久不曉得，永久體驗不到靈魂，只有物質來充實她們。」[27]這裡的麻木並非毫無感覺，而是依憑著生存本能和自古流傳下來的生活經驗與習慣，對生命沒有質疑和多餘的思慮。蕭紅在此透過農婦的閒話家常呈現鄉土生活與農民精神的普遍狀態，到了《呼蘭河傳》則轉化成更為經典、極致的表現，在第五章「小團圓媳婦」的故事中，三姑六婆看似關心實則麻木（依憑傳統習慣）的街頭碎語提供了各種治病的偏方，卻沒有一個人對症下藥，提出不要再虐待小團圓媳婦的建議。流水般四處流淌的敘述方式一方面恰切地表現了女人們充滿細節、毫無規範和邊界的碎語閒話，另一方面卻也更為精準地捕捉農民「什麼事都不會到心裡去」的，「永久體驗不到靈魂」的，簡單、卑微而沒有複雜思慮地活著的生命狀態。

　　同時，流水般漫延、擴展的敘述方式又與《生死場》另一敘述特色——「靜畫般的鄉土素描」恰當地結合在一起。在大部分的小說中，情節的發展除了依附於人物的行動，還有「時間」的

---

[27]　蕭紅：《生死場》，頁231。

流動。然而蕭紅所欲呈現的鄉土是個數十年如一日的世界，因此
她必須捨棄「情節」的發展，以迴避時間的流動感和歷史的進展
感。小說第十節「十年」總結了日本侵略東北之前，東北農村
「寧靜」也「凝固」的狀態：

> 十年前村中的山，山下的小河，而今依舊似十年前，河水
> 靜靜地在流，山坡隨著季節而更換衣裳；大片的村莊生死
> 輪迴著和十年前一樣。
>
> 屋頂的麻雀仍是那樣繁多。太陽也照樣暖和。山下有牧童
> 在唱童謠，那是十年前的舊調：「秋夜長，秋風涼，誰家
> 的孩兒沒有娘，誰家的孩兒沒有娘，……月亮滿西窗。」[28]

蕭紅筆下的東北農村是一個彷彿時間凝止的世界，這裡時間的意
義僅僅是春夏秋冬的四季循環，加之以「中秋節」、「五月節」
等同樣年復一年循環的民俗節日，而非發展中的歷史，甚至連春
夏秋冬的四季循環都不必實指對應的年代，因為每一年的春夏秋
冬幾無差異。而正是靜畫般的鄉土素描，巧妙地呈現凝止的農村
時間感覺。蕭紅少女時期便喜歡繪畫，在哈爾濱東省特別區區立
第一女子中學校讀書時，曾跟隨學校的美術老師高仰山學畫，並
與同學組織野外畫會，經常到松花江沿岸寫生。三〇年代初在哈
爾濱參與各種文藝活動時，蕭紅也曾在羅烽和金劍嘯組織救助
1932 年哈爾濱水災的「維納斯助賑畫展」中展出兩幅粉筆畫，

28　蕭紅：《生死場》，頁 262。

還曾在金劍嘯創辦的天馬廣告社中擔任廣告繪畫助手。[29]小說中大量靜畫般的鄉土景致素描，是蕭紅繪畫才能與文學創作的融通。這種寫作特質到《呼蘭河傳》中有更極致的表現。

　　由於蕭紅呈現的是不斷循環，沒有進展，彷彿時間凝止的鄉土狀態，因此在《生死場》中，「時間」的意義被消解，「空間」的因素被突顯。在第十一節「年盤轉動了」之前的每一個章節，「麥場」、「菜圃」、「老馬走進屠場」、「荒山」、「羊群」、「刑罰的日子」、「罪惡的五月節」、「蚊蟲繁忙著」、「傳染病」、「十年」等標題，多數強調農村的「空間」，透過流水般漫延的敘述方式，鋪展出一個個鄉土空間，以及在此鄉土空間中一代代農民如動物、螻蟻般渺小、卑賤又不斷複製的生存狀態。在具有時間概念的標題如第六節「刑罰的日子」和第七節「罪惡的五月節」中，分別描寫女人和動物生產（繁殖）的季節與發生在五月節「王婆服毒」和「小金枝慘死」兩個死亡事件，「生」與「死」的對照一方面呼應《生死場》的核心主題──生命存在最本質的「生死」課題，一方面以時間的循環強化空間的封閉感，以人事的發生強化生命狀態的輪迴感。

　　巴赫金在〈小說的時間形式和時空體形式〉這篇長文中歸納西方傳統文學中各種形式的「時間－空間」關係（「時空體」），「時空體」研究不但凸顯各種文學類型中的時間、空間

---

29 蕭紅的同父異母弟弟張秀珂曾提到蕭紅很喜歡畫畫，曾說過長大要當畫家。見張秀珂：〈重讀《呼蘭河傳》 回憶姊姊蕭紅〉，收於王觀泉編：《懷念蕭紅》，頁 40。有關蕭紅讀書時期學習繪畫的過程與其三〇年代在哈爾濱參加畫展的經歷，可參見季紅真：《蕭紅全傳──呼蘭河的女兒》，頁 83-86、205。

因素及其表現特色,同時也決定了文學作品與現實世界的關係。在巴赫金對「時空體」的論述中,「時間」是「時空體」的主導因素。他討論福樓拜的《包法利夫人》時,注意到福樓拜呈現的是外省的市儈小城日復一日「圓周式」的日常生活:

> 這樣的小城,是圓周式日常生活時間的地點。這裡沒有事件,而只有反覆的「出現」。時間在這裡失去了向前的歷史進程,而只是在一些狹窄的圈子裡轉動,這就是一日復一日、一週復一週、一月復一月、一生復一生的圓圈。過了一天是老樣子,過了一年也是老樣子,過了一生仍然是老樣子。日復一日地重複著同一些日常的生活行動,同一些話題,同一些詞語等等。……這一時間的標誌很簡單,明顯地表現為物質的東西,並同侷限性的日常生活緊密聯接到一起;這日常生活的侷限事物,是指小城裡的小屋和小房間,昏沉的市街,塵土和蒼蠅,俱樂部,彈子房等等。這裡的時間是沒有事件的時間,因之幾乎像停滯不動一樣。[30]

巴赫金認為這種日復一日圓周式的時間是「濃重黏滯的在空間裡爬行的時間」,難以成為小說的基本時間,因此「小說家利用它作輔助的時間,它同其他非圓周式的時間系列相交織,或為這些

---

[30] （俄）巴赫金:〈小說的時間形式和時空體形式〉,巴赫金:《巴赫金全集》（第三卷）（石家莊:河北教育出版社,1998 年 6 月）,頁449。

系列所打斷。」[31]

　　《生死場》的前十節便是巴赫金提到的「圓周式」循環的時間模式，小說中封閉凝止的鄉土時空到第十一節被打破，出現非圓周式的時間進展。在時間凝滯、空間封閉的鄉土，只為生存奮力的底層群眾並不明瞭東北近代的歷史處境，他們感受到的時間改變是日本旗子在山崗上振蕩，宣傳「王道」[32]的汽車開進農村，蕭紅以此直指東北「九一八事變」之後的歷史命運。在東北作家筆下，現代時間感覺進入東北群眾的視野中，都與列強侵略有關。在前章所論蕭軍的《第三代》中，「凌河村」代表的是傳統農村依四季循環生活的自然時間感覺，「長春城」則直接面對日、俄兩國角力競逐的歷史現實；蕭紅的《生死場》則以代表東北淪陷的「九一八事變」作為歷史進展的重要時間標的。故鄉的淪陷除了鄉土時間感覺的改變，也意味著個人流亡漂泊的命運。

（二）對「弱小者群體」的注目：民族生存狀態的初步呈現

　　蕭紅由於天生的秉性與成長過程中的種種痛苦磨難，使她特別關懷社會底層「弱小者」、「邊緣人」、「被棄者」的生命狀

---

[31]　（俄）巴赫金：〈小說的時間形式和時空體形式〉，頁 449。

[32]　九一八事變之後，1932 年 3 月，由日本人扶持的「滿洲國」打著「民族協和」和「王道主義」的旗幟在長春成立，滿洲國企圖以中國傳統思想中的王道觀念來確立政權的合理性。有關滿洲國提出的王道內涵及其推行過程中產生的矛盾和問題，可參見（日）駒込武：《殖民地帝國日本的文化統合》（臺北：臺大出版中心，2017 年 1 月）第五章〈滿洲國：亞細亞主義的可能性與侷限〉，頁 251-315。

態。[33]她的短篇小說描繪的多半是「個體的弱小者」，《生死場》則首次從宏觀的視角描寫她所認知的「弱小者群體」。由於這些農村底層弱小者群體是構成中國社會數量最龐大也最重要的社會基礎，因此對農村群體弱小者的描繪，便形成蕭紅對於民族生存狀態的最初步的呈現。

在上文引用蕭紅對王婆的描寫時曾提到，蕭紅善於以各種動物形象來比喻人物狀態。平石淑子曾列出詳表統計《生死場》中的各種動植物比喻，[34]同時提到蕭紅也善於以人物狀態描繪自然景物，並認為蕭紅「人擬動物」和「自然擬人」的寫作用意在於取消人類的日常生活與大自然之間的界線：

> 作者通過將擬物化的人物描寫穿插在擬人化的自然描寫中，使得人類的日常生活與大自然之間的界線變得模糊起

---

[33] 在蕭紅許多回憶童年經驗的小說與散文中，可以看到出身地主階級家庭的蕭紅自幼就常出於本性地打破階級界線，關照非自身階級的人的生活與生命狀態。如在小說〈家族以外的人〉中，敘述者「我」經常偷家裡的糧食如饅頭、雞蛋，去和鄰居家的農民小孩一起享用。蕭紅：〈家族以外的人〉，蕭紅：《蕭紅全集》（小說卷Ⅰ），頁 109-142。在散文〈蹲在洋車上〉中，敘述者「我」因頑皮學著鄉巴佬蹲在洋車上，洋車緊急煞車，「我」從車上跌下來，疼愛「我」的祖父因此打了洋車夫。「我」向祖父質問是自己願意蹲著的，為什麼要打洋車夫？祖父回答道：「有錢的孩子是不受什麼氣的。」敘述者「我」由此認識到階級差異的不同命運，同時反感這種階級差異，也反感有錢階級的姿態，散文寫道：「所以後來，無論祖父對我怎樣疼愛，心裡總是生著隔膜，我不同意他打洋車夫。」蕭紅：〈蹲在洋車上〉，蕭紅：《蕭紅散文全編》（杭州：浙江文藝出版社，1994 年 5 月），頁 321-322。

[34] 動物比喻的詳表可參見（日）平石淑子：《蕭紅傳》，頁 157-159。

來，通過這些看似無意的描寫，強調了人類的生命行為不過是自然界行為的一部份。[35]

平石淑子的蕭紅論述著重在「人」認識到自己作為「一個人」的意識開始彰顯的時刻，她認為蕭紅筆下的鄉土人物大多處在蒙昧的狀態，依循著自然循環的生命規律活著，只有在某個面對「死亡」的時刻，人感受到生命的痛苦和悲傷，而正是這種痛苦感讓人意識到自己是作為一個「人」的存在，從而與大自然區別開來。林幸謙對於蕭紅筆下「人擬動物」的討論則偏重在女性角色上，他認為蕭紅描寫女性時的「原始物種擬態手法」從兩個面向擴大了女體的描寫模式，一是女體的醜怪書寫，二是荒野化和流動化的女性身體。前者著重在以「非人」狀態的醜怪書寫表達女性生產或病痛時難以忍受的身體痛楚和心理傷害，後者則在將女體動物化的過程中突破現有的女性形象，增加女性生命狀態的複雜性和流動性。而兩者都讓蕭紅的女體書寫形成獨特的怪誕現實主義。[36]

平石淑子和林幸謙對於蕭紅作品中「人擬動物」的論述都各有其精彩、獨到之處。在此之上，個人從蕭紅「人擬動物」的書寫模式連結到對《生死場》民族寓喻的思考，有以下兩點補充。第一，個人認為蕭紅「人擬動物」的寫法與遠離中原、地處偏遠的東北地域有關。東北地區盛行的民間原始宗教是薩滿教，東北

35　（日）平石淑子：《蕭紅傳》，頁159。

36　林幸謙：〈重讀蕭紅：身體符號與雙重銘刻的書寫策略〉、〈蕭紅與性別政治書寫：情慾符號與病體銘刻〉，林幸謙：《身體與符號建構——重讀中國現代女性文學》，頁33-54，55-88。

作家作品中經常出現「跳大神」的場面，如蕭紅《呼蘭河傳》、端木蕻良《科爾沁旗草原》、《大江》、駱賓基《混沌初開》等，而「跳大神」是薩滿教中很重要的宗教儀式。東北作家對「跳大神」的頻繁書寫，足見薩滿教是東北民間百姓思維中的重要元素。在包含薩滿教在內的大多數原始民間宗教中，「萬物有靈論」是共同的核心精神，從「萬物有靈論」延展出來的重要思維是萬物平等的「齊物觀」（人與萬物同為大自然的一部份，世界並非由人類來主宰），以及打破人、鬼、神與自然萬物之間界線的自由與流動感。[37]中國當代與蕭紅同樣生長在黑龍江的著名女作家遲子建的代表作品，包括《額爾古納河右岸》、《世界上所有的夜晚》、《群山之巔》等，都充分表現「萬物有靈論」的「齊物」思維特質。遲子建在描寫東北少數民族鄂溫克族的《額爾古納河右岸》中，還提到鄂溫克人相信人是動物托生的，在滿月的時候，月亮走到希楞柱（鄂溫克族居住的帳棚）尖頂的小孔時，先看看月亮，再低頭看睡覺的人，就能看到此人的前世：「人們在月圓的日子顯形了，從他們的睡姿上，可以看出他們前世是什麼，有的是熊托生的，有的是虎，有的是蛇，還有的是兔子。」[38]人與動物的比擬和流通，正是萬物平等的文學性表現。

---

[37] 有關薩滿教的信仰觀念與文化內涵，可參見富育光、郭淑雲：《薩滿文化論》（臺北：臺灣學生書局，2005 年 9 月）；有關薩滿教文化對東北作家的影響，可參見逄增玉：《黑土地文化與東北作家群》（長沙：湖南教育出版社，1995 年 8 月），頁 150-162。

[38] 遲子建：《額爾古納河右岸》（北京：人民文學出版社，2010 年 10 月），頁 115。值得注意的是，遲子建的小說也和蕭紅一樣，特別關注「生死」課題，也特別展現在大自然與命運面前，人的卑微與渺小。雖然兩位作家的偏重性有所不同。

儘管蕭紅所描述的不是少數民族，但薩滿教中萬物平等的觀念應該也融混在東北民間百姓的傳統思維中。從這個角度看，蕭紅在《生死場》與《呼蘭河傳》中大量描寫人如畜生、動物的生命狀態，同時包含著兩重視角：一重是五四知識份子的啟蒙視角，以人擬畜生的生存樣貌反省貧困封閉的鄉土社會造成人「非人」的生命狀態；一重是東北民間百姓的普遍思維，人與動物、畜生同為大自然循環中的一部份，在大自然面前，人與動物沒有高下之分，與大自然的四季更替共生共滅，新陳代謝。

第二，延續上述論點回過頭來看《生死場》，《生死場》中構成中國社會鄉土基礎的「弱小者群體」是以動物、螻蟻般渺小而卑微的方式活著，可以視為蕭紅離開東北後回顧鄉土，最初形成的民族寓喻。這裡同時包含著蕭紅對「弱小者群體」生命狀態的冷靜觀察、同情與反省。蕭紅曾這樣評論魯迅的小說：

> 魯迅的小說的調子是很低沉的。那些人物，多是自在性的，甚至可說是動物性的，沒有人的自覺，他們不自覺地在那裡受罪，而魯迅卻自覺地和他們一起受罪。[39]

蕭紅對魯迅作品的評斷是非常精準的，而這段話放回到蕭紅自己的作品上也是適用的。她筆下的「弱小者群體」依憑著生命本能（包括生存與繁衍）和代代相傳的倫理規範而生活著，默默承受自然與傳統鄉土文化的宰制，對於生命的一切沒有質疑和反省。

---

[39] 聶紺弩：〈回憶我和蕭紅的一次談話〉，王觀泉編：《懷念蕭紅》，頁257。

因此胡風對《生死場》中農村群體的總結是很準確的：

> 蟻子似的生活著，糊糊塗塗的生殖，亂七八糟的死亡，用
> 自己底血汗自己底生命肥沃了大地，種出糧食，養出畜
> 類，勤勤苦苦地蠕動在自然的暴君與兩隻腳的暴君的威力
> 下面。[40]

正如胡風的評論，蕭紅筆下的「弱小者群體」雖然如同蟻子般不自覺地活著，但他們依靠生命本能的生存方式，卻也有其柔韌持久的原始生命力，因此他們能「肥沃了大地，種出糧食，養出畜類」。《生死場》作為蕭紅最初對於民族生存狀態的整體觀照，因個人在生產與貧病之間的掙扎經歷，而更偏重在「蟻子似的生活著」的卑微與痛苦。隨著她的創作逐漸成熟，她將更著重在「弱小者群體」柔韌的生命力的展現。

　　《生死場》是蕭紅對於東北鄉土與「弱小者群體」的整體觀照，但其中仍融納了個人身體與情感的痛楚。林幸謙注意到蕭紅如何將個人對未婚懷孕的抗拒與臨盆的痛苦展演成農村女性不斷生產（「繁殖」）的共同宿命，在身體疼痛與死亡邊緣進行著永無止盡的掙扎。[41]除此之外，個人以為小說中的金枝轉化了蕭紅個人的生命經歷。小說第二節描寫金枝發現自己未婚懷孕的恐懼；第六節描寫金枝出嫁不到四個月，「就漸漸會詛咒丈夫，漸

40　胡風：〈《生死場》讀後記〉，《胡風全集》第二卷，頁431。
41　林幸謙：〈重讀蕭紅：身體符號與雙重銘刻的書寫策略〉，林幸謙：
　　《身體與符號建構──重讀中國現代女性文學》，頁43-49。

漸感到男人是嚴涼的人類！」[42]，並且承受著生育的「刑罰」，生產之後不到十幾天，又在院裡辛苦地勞動；第七節描寫丈夫成業在貧窮壓力下恐嚇著將金枝和女兒賣掉，最後小金枝被爸爸親手摔死；第十四節描寫金枝離開暴烈的丈夫，獨自前往哈爾濱時的漂泊與徬徨，在城市邊緣被貧苦所壓抑，最後遭受男人的侮辱之後又回到鄉村；第十六節回到農村的金枝想去做尼姑，但因日本侵略造成的動亂，尼姑們全逃跑了，「金枝又走向哪裡去。她想出家廟庵早已空了！」[43]金枝是《生死場》中描寫最細膩的一個角色，雖然金枝的出身是個鄉下農婦，和蕭紅並不相同，但她暗藏著蕭紅青春時期離開淡漠無愛的家庭之後在哈爾濱街頭流浪、在貧窮中掙扎、遭遇未婚夫的欺騙與拋棄、感受到世事的炎涼、未婚懷孕的恐懼、被困東興順旅館差點被賣作妓女的孤苦無告、生產離女的痛苦與艱辛、如同金枝不知未來人生將走向何方的徬徨等等生命中最痛苦難堪的記憶。在建構東北鄉土的整體感和訴說「弱小者群體」的生命苦境時，蕭紅依然把自己的全部生命鎔鑄在其中，也呼應著西蘇所言：「她的一切都匯入她的聲音」。

三、懷鄉絮語：散文及短篇小說中的鄉土情感

在《生死場》中，打破東北鄉土自然時間的是代表東北淪陷的「九一八事變」。自蕭紅離開東北故鄉後，「九一八」便成為

42　蕭紅：《生死場》，頁 247。
43　蕭紅：《生死場》，頁 290。

蕭紅散文中反覆出現的重要的時間標的。在有關「九一八」的敘述中，蕭紅著重在「故土淪陷」的歷史現實，因此在文中同時展現東北人高揚激越的反抗情緒、不可扼殺的尊嚴與女性溫柔眷戀的思鄉之情。

　　1936 年九月十八日，蕭紅在上海《大滬晚報》第三版發表〈長白山的血跡〉[44]，這篇文章從遙想「雄壯的長白山」、東北「豐富的物產，肥沃的土地，繁茂的森林」到東北人民「強健的體魄，熱烈奔放的情感」，接著敘述九一八之後發生在長白山的日軍侵犯，百姓的躲避、青年人的反抗與敵人大規模的圍剿、殺滅。文章最後慨嘆故鄉的陷落、追悼反抗者的犧牲，但同時激起昂揚奮鬥的精神力：

> 磋峨聳矗的長白山是陷落了，他們是墜滅了，永恆地安息了，他們的鮮血所渲染了的原野開遍了燦爛的鮮花，象徵著他們為民族求生存而奮鬥的精神彪炳塵寰！[45]

在蕭紅的作品中，這篇文章所展現激昂雄壯的情懷和語調是相對少見的，但文中可以看到蕭紅對東北故鄉山川、物產和人民精神感到驕傲。而文中特別提到「時光很快地逝去，變色的山河在敵人掌之下已是五年了」[46]，如此確切地記憶故土淪陷的光陰，足見「九一八」在蕭紅生命中的重要性。

44　蕭紅：〈長白山的血跡〉，蕭紅：《蕭紅全集》（散文卷），頁 222-223。

45　蕭紅：〈長白山的血跡〉，頁 223。

46　蕭紅：〈長白山的血跡〉，頁 223。

1937 年「七七事變」之後，中日戰爭全面爆發。戰爭爆發前，戰爭、淪陷、逃難、流離只是東北人獨有的經驗，戰爭爆發之後，流亡人數、範圍與經驗的迅速擴大使懷鄉抒情的文字獲得更多讀者的同情共感，蕭紅也一再以「九一八」作為東北人在戰爭時期抒發懷鄉情緒的歷史標的。〈寄東北流亡者〉和〈給流亡異地的東北同胞書〉兩文分別發表於 1938 年和 1941 年，「九一八事變」七週年與十週年之前。[47] 兩文文章結構大致相同，只略改部分段落的文字，文章都以流亡思鄉的抒情文字開啟：

> 當每個秋天的月亮快圓的時候，你們的心總被悲涼裝滿。
> 想起高粱油綠的葉子，想起白髮的母親或幼年的親眷。[48]

中日戰爭爆發之前，流亡關內的東北人不敢懷抱回鄉的願望，而 1937 年上海「八一三事變」之後，中國軍隊的反擊開啟了東北流亡者「可能回家」的想像，因此蕭紅寫道：

> 第一個煽惑起東北同胞的思想是：「我們就要回老家了！」
> 家鄉多麼好呀，土地是寬闊的，糧食是充足的，有頂黃的

---

[47] 〈寄東北流亡者〉發表於 1938 年 9 月 18 日漢口《大公報・戰線》，第 191 期，〈給流亡異地的東北同胞書〉發表於 1941 年 9 月 1 日香港《時代文學》第 4 號。參見章海寧編：〈蕭紅創作年表〉，收於蕭紅：《蕭紅全集》（詩歌戲劇書信卷），頁 290，294。

[48] 見蕭紅：〈寄東北流亡者〉、〈給流亡異地的東北同胞書〉，《蕭紅全集》（散文卷），頁 301、391。

> 金子，有頂亮的煤，鴿子在門樓上飛，雞在柳樹下啼著，馬群越著原野而來，黃豆像潮水似的在鐵道上翻湧。[49]

在「可能回家」的精神振奮下，兩文在文末給予同胞不同的叮囑。抗戰前期的〈寄東北流亡者〉以一連串的「我們應該」強調喚醒同胞救國的心志，強調「行動」比「幻想」更重要：

> 我們應該獻身給祖國作前衛的工作，就如我們應該把失地收復一樣。……
> 而且我們要竭力克服殘存的那種「小地主」意識和官僚主義的餘毒，趕快的加入到生產的機構裡，因為九一八之後的社會變更，已經使你們失去了大片土地的依存，要還是固守以前的生活方式，坐吃山空，那你們的資產將只剩了哀愁和苦悶。作個商人去，作個工人去，作一個能生產的人比作一個在幻想上滿足自己的流浪人，要對國家有利的多。[50]

稍晚的〈給流亡異地的東北同胞書〉則以一連串的「努力吧！」給予「堅持到底」的決心和鼓舞：「在最後的鬥爭裡，誰打得最

---

49 此段兩文略有差異，〈給流亡異地的東北同胞書〉鋪敘了東北豐饒的物產。本段引自〈給流亡異地的東北同胞書〉，《蕭紅全集》（散文卷），頁392。

50 蕭紅：〈寄東北流亡者〉，《蕭紅全集》（散文卷），頁303。

沉著，誰就會得勝。」[51]。

　　兩篇文章都以「東北流亡者」作為訴說的對象，透過對家園的懷想抒發對故鄉的思念，也凝聚漂泊多年，四散在中國各地的東北人的民族情感和反抗意識。同時，思鄉之情也召喚起全國各地同樣流離的漂泊者「想回家」的心情。

　　與〈給流亡異地的東北同胞書〉同樣發表於 1941 年九月的〈九一八致弟弟書〉則是以家書的形式「遙寄」並懷想已有四年沒有音訊，遠在西北從事抗日活動的弟弟張秀珂。文中以「漂泊」聯繫姊弟倆共同的命運，回顧生命中幾次「你來我去」的錯過，分述姊弟兩人不同的漂泊路線，更由此設想同樣從東北故鄉出來的許多「弟弟們」「流浪」的艱難生活：

> 我想這些流浪的年青人，都將流浪到哪裡去，常常在街上碰到你們的一伙，你們都是年青的，都是北方的粗直的青年。內心充滿了力量，你們都是被逼著來到這人地生疏的地方，你們都懷著萬分的勇敢，只有向前，沒有回頭。但是你們都充滿了飢餓，所以每天到處找工作。你們是可怕的一群，在街上落葉似的被秋風捲著，寒冷來的時候，只有彎著腰，抱著膀，打著寒顫。肚裡餓的時候，我猜得到，你們彼此的亂跑，到處看看，誰有可吃的東西。[52]

相較於〈寄東北流亡者〉和〈給流亡異地的東北同胞書〉明朗、

---

[51]　蕭紅：〈給流亡異地的東北同胞書〉，《蕭紅全集》（散文卷），頁392。

[52]　蕭紅：〈九一八致弟弟書〉，《蕭紅全集》（散文卷），頁397。

開闊、昂揚的語調，〈九一八致弟弟書〉則更多思念親人的寂寞之情，也更多對漂泊命運的感慨，作為「家人」的弟弟勾起了蕭紅對「家」的複雜心緒。

　　面對東北故鄉，蕭紅無疑是深深想念、眷戀的，但面對「家」，卻猶豫了。寫於 1937 年抗戰爆發後的八月下旬，同樣發表於九月十八日的散文〈失眠之夜〉[53]，表現出作為女性的漂泊者比男性更為幽微複雜的心緒。文章追究「失眠」的原因在於「故鄉的思慮」，從天空的景致與空氣中的味道感知秋天的來臨，於是想家了：「在家鄉那邊，秋天最可愛。」戰爭爆發後走訪東北的朋友們，大家共同的願望是「這回若真的打回滿洲去」，由打回滿洲散射出各式各樣的返鄉願望。蕭紅和蕭軍各自急切地說著自己家鄉的好景致，蕭紅說著蒿草、茄子的紫色小花和黃瓜，蕭軍說著門前的柳樹、菜園和金字塔形的山峰，但「我們講的故事，彼此都好像是講給自己聽，而不是為著對方。」傾訴的急切透露想念的濃烈，彷彿靈魂已經回到可愛的故鄉，然而卻又顯現兩人之間情感的斷裂和隔膜。當蕭軍拿出描繪東北自然資源的地圖《東北富源圖》，說著家鄉的「大凌河」、「小凌河」，計畫著返鄉之路，蕭紅卻寂寞了：

　　　你們家對於外來的所謂「媳婦」也一樣嗎？我想著就這樣
　　　說了。

---

[53] 〈失眠之夜〉發表於1937年9月18日上海《七月》週刊第2期。參見章海寧編：〈蕭紅創作年表〉，收於蕭紅：《蕭紅全集》（詩歌戲劇書信卷），頁289。蕭紅：〈失眠之夜〉，《蕭紅全集》（散文卷），頁240-243。

這失眠大概也許不是因為這個。但買驢子的買驢子，吃鹹鹽豆的吃鹹鹽豆，而我呢？坐在驢子上，所去的仍是生疏的地方，我停留著的仍然是別人的家鄉。

家鄉這個觀念，在我本不甚切，但當別人說起來的時候，我也就心慌了！雖然那塊土地在沒有成為日本的之前，「家」在我就等於沒有了。[54]

能夠回到故鄉自然是欣喜的，但「家」在哪兒呢？這是蕭紅嘴上說著：「家鄉這個觀念，在我本不甚切」，但作品卻不斷懷鄉、懷舊，書寫故鄉一切的創作心理：想把曾經擁有過的「家」與「故鄉」用自己的全部情感，用文字封存保留下來，但現實的「家」卻是個讓人又愛又怕，又希冀又懷疑的存在。

與〈失眠之夜〉類似的還有〈八月之日記一〉和〈八月之日記二〉，兩文與〈失眠之夜〉同樣寫於 1937 年八月，背景都是上海戰事炮火聲中短暫的安寧。〈八月之日記一〉直言心情煩亂的緣由：「也許這又是想家了吧！不，不能說是想家，應該說所思念的是鄉土。」[55]把「家」與「鄉土」區隔開來，顯見「家的失落」與「故土淪陷」對蕭紅來說屬於不同層次的問題，也存在情感上的差異。〈八月之日記二〉則提到上海的戰事在東北人心中引起的騷動：「自從這上海的炮聲開始響，常常要提起家鄉，而又常常避免著家鄉。」[56]從這句話對照文中蕭軍和蕭紅面對故鄉的不同感受：蕭軍時時提起家鄉，總把南方想成北方，「避免

54　蕭紅：〈失眠之夜〉，《蕭紅全集》（散文卷），頁 243。

55　蕭紅：〈八月之日記一〉，《蕭紅全集》（散文卷），頁 259。

56　蕭紅：〈八月之日記二〉，《蕭紅全集》（散文卷），頁 264。

著故鄉」只為壓抑著想家的衝動,因此蕭軍不提故鄉時,卻唱著
京劇《四郎探母》中楊延輝思念老母親的曲調;蕭紅也時時提起
故鄉,但她「避免著故鄉」,因為害怕即使終能回故鄉,也仍在
漂泊之中。

　　除了圍繞著「九一八」的時間點與 1937 年八月上海戰事爆
發後所寫對於故鄉的感懷,在《生死場》之後,蕭紅開始有系統
地梳理、回憶過往的東北經驗,她將與蕭軍同居後的哈爾濱生活
經驗寫成散文《商市街》,於 1936 年八月出版。1936 年七月中
旬至 1937 年一月間,蕭紅旅居日本。她在異國寫下了詩歌〈異
國〉和組詩〈沙粒〉,多次以詩歌形式直抒懷鄉之情:

　　〈異國〉
　　夜間：這窗外的樹聲,
　　　　　聽來好像家鄉田野上抖動著的高粱,
　　　　　但,這不是。
　　　　　這是異國了,
　　　　　踏踏的木屐聲音有時潮水一般了。
　　日裡：這青藍的天空,
　　　　　好像家鄉六月裡廣茫的原野,
　　　　　但,這不是,
　　　　　這是異國了。
　　　　　這異國的蟬鳴也好像更響了一些。[57]

---

[57] 蕭紅：〈異國〉,《蕭紅全集》(詩歌戲劇書信卷),頁 24。

蕭紅總是從異國的景致聯想到東北故鄉，不論「夜間」或「日裡」，更顯現思鄉情緒的綿密悠長，不分日夜。而外在熱鬧的聲響，如踏踏的木屐聲音、蟬鳴，都襯照獨在異國為異客的寂寞心緒。而在組詩〈沙粒〉中，頗為完整地呈現蕭紅在東京時期的精神自省，這裡有對故鄉故國的思念，對漂泊命運的徬徨與感傷，因情感受挫而感到生命的痛苦與悲涼，因得知魯迅過世而感到深沉的悲傷，種種煩擾的情緒纏身卻努力掙扎尋求平靜的願望。其中與漂泊、思鄉直接相關的有以下幾首：

二

我愛鐘樓上的銅鈴，

我也愛屋簷上的麻雀，

因為從孩童時代它們就是我的小歌手啊！

二一

東京落雪了，好像看到了千里外的故鄉。

三〇

野犬的心情，

我不知道；

飛到異鄉去的燕子的心情，

我不知道；

但自己的心情，

自己卻知道。

三一

從異鄉又奔向異鄉，

這願望多麼渺茫，

而況送著我的是海上的波浪，

迎接著我的是異鄉的風霜。

在前引四首中，前兩首可與〈異國〉相呼應，後兩者則抒發從異鄉到異國的漂泊者行路中的顛簸與孤獨感的難以言說且無處傾訴。也許在異國景致勾連起種種故鄉印象與漂泊者想要追尋自己的生命根源的雙重心理作用下，蕭紅開始專注於創作以童年、家族經驗為題材的小說，接連寫出〈紅的果園〉、〈王四的故事〉、〈牛車上〉、〈家族以外的人〉等作品，這些篇章一方面延續《生死場》對鄉土「弱小者」、「邊緣人」、「被棄者」的關注，一方面也可視為四○年代《呼蘭河傳》的醞釀和準備。

在這些篇章中，最被作家珍視的是〈家族以外的人〉，蕭紅從東京寫給蕭軍的書信中，多次提到寫作這篇作品的進度，並流露創作過程中的愉悅，也對成品感到滿意。[58]後來蕭軍告知蕭紅有人想翻譯蕭紅的作品，蕭紅選出的篇章是《生死場》中的〈發誓〉一節、短篇小說〈手〉和〈家族以外的人〉，也可見這篇作品對蕭紅的意義。[59]〈家族以外的人〉描寫的是「有二伯」，可

---

[58]　參見蕭紅 1936 年 8 月 14 日、8 月 27 日、8 月 30 日、8 月 31 日、9 月 4 日寄給蕭軍的信，收於蕭軍：《為了愛的緣故：蕭紅書簡輯存注釋錄》（北京：金城出版社，2011 年 8 月），頁 15、34、41、45、53。

[59]　見蕭紅 1936 年 12 月 5 日寄給蕭軍的信，收於蕭軍：《為了愛的緣故：蕭紅書簡輯存注釋錄》，頁 145。

與《呼蘭河傳》第六章合觀；[60]而〈王四的故事〉也可與〈家族以外的人〉中所提到的廚師楊安相互對照、補充。值得注意的是，〈家族以外的人〉中的有二伯和〈王四的故事〉中的廚師王四，都是長期寄居在家中幫工，「家族以外」卻渴望進入家族之內的邊緣人，他們因多年相處而與主人家熟稔，有時誤以為自己已成為家族內的人，卻在主人的喝斥中，忽而領悟自己終究還是家族以外的人，因而有種游離於家族之外，生命無所歸屬的飄蕩感。蕭紅對「有二伯」的關注，也寄託了蕭紅對「家」的複雜情感。有二伯總是對敘述者「我」說：「你是家裡人哪……」[61]。但現實中的蕭紅雖是「家族內的人」，卻因反叛父親而被家族遺棄，也成為「家族以外的人」。蕭紅對家族外的邊緣人的關注，亦可視為蕭紅對「家」既叛離又渴望的另種表達。同樣在 1936年，蕭紅發表了散文〈永久的憧憬與追求〉，她寫到因父親的吝嗇與冷酷而逃出父親的家庭，但從祖父那裡感受到「溫暖和愛」，「所以我就向這『溫暖』和『愛』的方面，懷著永久的憧

60　林幸謙曾討論蕭紅在〈家族以外的人〉與《呼蘭河傳》中對於「有二伯」敘述態度的差異，在〈家族以外的人〉中，蕭紅採用了主觀的敘述方式，一方面將「我」的「未成年」與「有二伯」作為「家族之外的人」加以連結，成為「弱者」的結盟，共同對抗作為權力代言人的母親，一方面淡化了兩人「偷竊」的道德問題，將偷竊成為一種反抗的象徵。但在《呼蘭河傳》中，敘述者拉開與「有二伯」的距離，以客觀的敘述方式，著重描寫「有二伯」與外在環境的格格不入及其內在的精神狀態，形成對國民性的觀察與反省。林幸謙：〈現代文學洛神的寓喻：蕭紅文本的重新敘述與建構〉，林幸謙：《身體與符號建構——重讀中國現代女性文學》，頁 91-100。

61　蕭紅：〈家族以外的人〉，《蕭紅全集》（小說卷Ⅰ），頁 110。

憬與追求。」[62]「溫暖與愛」才是蕭紅心目中真正的「家」與
「親人」的模樣,也是永久的憧憬與追求。[63]

　　四○年代蕭紅創作《呼蘭河傳》前後,發表的最後三篇短篇
小說,分別是〈後花園〉(1940)、〈北中國〉(1941)和〈小
城三月〉(1941)。這三篇小說在主題上有所不同,但都以家族
故事和東北鄉土作為書寫對象,也從不同面向呈現蕭紅的思鄉、
懷舊與惦念。聯繫著從《生死場》到《呼蘭河傳》對「弱小者群
體」與民族文化的思考,〈後花園〉是特別值得討論的作品。

　　〈後花園〉可與《呼蘭河傳》第七章合觀,寫的是住在後花
園,同樣是「家族以外的人」的磨官馮二成子的故事(《呼蘭河
傳》中稱呼他「馮歪嘴子」)。〈後花園〉的小說主軸描寫平凡
的底層百姓在某個時刻忽然受到生命「啟蒙」,而對生命有新的
領悟的經驗。小說中的馮二成子過著獨身、寂寞的生活,白天拉
磨、夜晚打梆子,重複著單調的工作。直到有一天,他聽到隔壁
鄰居趙姑娘的笑聲,忽然意識到鄰居的存在。趙姑娘的「笑聲」
作為生命的重要提示,讓馮二成子感受到生命中原本無意識但確
實存在的「女性」與「愛情」,也讓他開始回想自己的生命。對
於從未有過戀愛經驗的馮二成子來說,「女性」與「愛情」的連
結讓他聯想到的是「母親」,「母親」同時包含著「女性」與

---

[62] 蕭紅:〈永久的憧憬與追求〉,《蕭紅全集》(散文卷),頁 234。

[63] 許廣平在〈追憶蕭紅〉一文中曾提到:「蕭紅先生因為是東北人,做餃
　　子有特別的技巧,又快又好,從不會煮起來漏穿肉餡。……如果有一個
　　安定的、相當合適的家庭,使蕭紅先生主持家政,我相信她會弄得很體
　　貼的。」,收入王觀泉編:《懷念蕭紅》,頁 55。然而流離的歲月與
　　情感的挫折使失落的家沒有重建的機會。

「愛」、「情感依歸」等內容，因此他回想了母親對他的愛、對他成家的願望與母親的過世等生命經驗。由於馮二成子沒有表白的勇氣，後來趙姑娘就嫁人了。面對趙姑娘的出嫁，馮二成子感到苦悶卻不知如何對應，於是他把對趙姑娘的情感全部投射到趙姑娘的母親趙老太太身上，把她當作親人一樣對待。後來趙老太太也搬家了，馮二成子的情感寄託再次失落，被留下的孤獨讓馮二成子感到生命的沉重與空虛，他忽然發現所有人一輩子重複著同樣的勞動，從不曾得到什麼，卻連自己卑微的生命狀態都沒有意識，因此對生命產生強大的質疑和不滿：

> 你們什麼也不知道，你們只知道為你們的老婆孩子當一輩子牛馬，你們都白活了，你們自己還不知道。你們要吃的吃不到嘴，要穿的穿不上身，你們為了什麼活著，活得那麼起勁！[64]

馮二成子碰觸到生命渺小、孤獨而充滿困惑的本質：「這樣廣茫茫的人間，讓他走到那方面去呢？是誰讓人如此，把人生下來，並不領給他一條路子，就不管他了。」[65]在苦悶中，馮二成子經過深夜仍在縫補衣裳的王寡婦的家，兩個辛苦人淡淡地談著，王寡婦對他說：

> 「人活著就是這麼的，有孩子的為孩子忙，有老婆的為老

64　蕭紅：〈後花園〉，蕭紅：《蕭紅全集》（小說卷Ⅲ）（北京：北京燕山出版社，2014 年 4 月），頁 42。

65　蕭紅：〈後花園〉，頁 43。

> 婆忙，反正做一輩子牛馬。年青的時候，誰還不是像一棵
> 小樹似的，盼著自己往大了長，好像有多少黃金在前邊等
> 著。可是沒有幾年，體力也消耗完了，頭髮黑的黑，白的
> 白⋯⋯」[66]

王寡婦說的只是平凡百姓的平凡一生，但卻讓馮二成子的心寧靜
了。這天晚上兩人安安靜靜地結婚。隔了一年，他們生了孩子，
但是幾年之後，王寡婦死了，孩子也死了，馮二成子就一個人在
磨房裡平平靜靜地活著。

　　這篇作品透過馮二成子描述生命孤獨、甚至孤寂的本質，但
也同時呈現人柔韌的生命力。小說以後花園為中心，以種滿各種
菜蔬、開滿各種花朵，熱鬧鬧的後花園對照冷清清黑洞洞的磨
房，馮二成子原本就處在孤獨、孤寂的狀態而無覺，也可以說是
處在蒙昧的狀態。趙姑娘母女無意間開啟了馮二成子對生命認識
的契機，卻也讓他對生命感到不滿，而王寡婦的話則讓他騷動不
安的靈魂沉澱下來。王寡婦的話看似認命，卻也有著經歷世事之
後對生命的謙卑，讓人聯想到詩人穆旦晚年的詩作〈冥想〉：

> 把生命的突泉捧在我手裏，
> 我只覺得它來得新鮮，
> 是濃烈的酒，清新的泡沫，
> 注入我的奔波、勞作、冒險。
> 仿佛前人從未經臨的園地

---

[66] 蕭紅：〈後花園〉，頁44。

就要展現在我的面前。

但如今，突然面對著墳墓，

我冷眼向過去稍稍回顧，

只見它曲折灌溉的悲喜

都消失在一片亙古的荒漠，

<u>這才知道我的全部努力</u>

<u>不過完成了普通的生活。</u>[67]

知識份子與農村底層未受教育的群眾的「普通生活」自然在內容與層次上有所差異，但在蕭紅眼裡，兩者之間未必有高下之分。而五四「啟蒙」觀念對蕭紅來說也有更廣泛、更多元的來源：能夠「啟蒙」群眾的未必只有知識份子，生活與命運有時也會「啟蒙」群眾。馮二成子正是經歷了趙姑娘母女的情感啟蒙與王寡婦的生命啟蒙，認識了生命的孤獨本質和作為一個人的責任，最終能坦然地面對命運的挫折與打擊，安頓身心，一個人平靜地生活，這也是平凡百姓柔韌的生命表現。

　　馮二成子原本的生命狀態看似蒙昧，但蕭紅仍寫出生命本能所具備的生機與活力。在意識到趙姑娘的存在之前，馮二成子一個人寂寞地住著，看似麻木地活著，但作者特別描寫馮二成子喜歡打梆子，「從午間打起，一打打個通宵」，尤其在人們睡得正熟的時候，他打得特別起勁：

---

[67]　穆旦：〈冥想〉，穆旦：《穆旦詩文集》（第 1 卷）（北京：人民文學出版社，2006 年 12 月），頁 332。底線為筆者所加。

> 他的梆子就更響了，他拼命的打，他用了全身的力量，使
> 那梆子響得爆豆似的。不但如此，那磨房唱了起來了，他
> 大聲急呼的。好像他是照著民間所流傳的，他是招了鬼
> 了。他有意把遠近的人家都驚動起來，他竟亂打起來，他
> 不把梆子打斷了，他不甘心停止似的。[68]

磨房原本是冷清孤寂的，沒有色彩也沒有聲音，馮二成子的暴打
梆子和深夜高唱既是情感的表達，也是打破孤寂的衝動和欲望。
雖然他此時並沒有無意識到生命的孤獨感，但這是生命的本能表
現。

　　蕭紅在進入磨官的描寫之前，有大段對於後花園的描寫。
五、六月的後花園生機蓬勃，花草繁茂，色彩鮮豔，蝴蝶、蜻
蜓、螳螂、蚱蜢的加入讓後花園更加熱鬧。這些富有詩意的描述
帶有蕭紅懷舊抒情的獨特印記，之後在《呼蘭河傳》中有完整地
展現。更重要的是，後花園的描述與磨官的生命狀態也有所呼
應。後花園的草木按照四季循環自生自長，有時也面對自然與人
為的斫傷，但它們依然盡其所能賣力地生長，充滿豐沛的生命
力：

> 它自己的種子，今年落在地上沒有人去拾它，明年它就出
> 來了。明年落了子，又沒有人去采它，它就又自己出來
> 了。
> ……

68　蕭紅：〈後花園〉，頁33。

人們並不把它當做花看待，要折就折，要斷就斷，要連根
拔也都隨便。到這園子裡來玩的孩子隨便折了一堆去，女
人折了插滿了一頭。

這花園從園主一直到來遊園的人，沒有一個人是愛護這花
的。這些花從來不澆水，任著風吹，任著太陽曬，可是卻
越來越紅，越開越旺盛，把園子烜耀得閃眼，把六月誇獎
得和水滾著那麼熱。[69]

後花園的熱鬧一方面對比著磨官的寂寞，只有「人」會感到孤獨
寂寞，這是人的本質。另一方面，人也是自然生命中的一部份，
如同草木有其蓬勃的生命力面對烈陽曝曬與行人摘採，馮二成子
也有生命本能與柔韌的生命力面對命運的剝奪與摧折。蕭紅在
《生死場》中以畜生、螻蟻比喻農村底層群眾渺小而卑微的生
命，在〈後花園〉中則以花木的繁茂示意人類生命即使渺小、卑
微又孤獨，卻也柔韌又堅強。這樣的轉變在《呼蘭河傳》中將有
更完整的呈現。

蕭紅曾對聶紺弩說：

> 魯迅以一個自覺的知識份子，從高處去悲憫他的人物。他
> 的人物，有的也曾經是自覺的知識份子，但處境卻壓迫著
> 他，使他變成聽天由命，不知怎麼好，也無論怎樣都好的
> 人了。這就比別的人更可悲。我開始也悲憫我的人物，他
> 們都是自然奴隸，一切主子的奴隸。但寫來寫去，我的感

　　覺變了。我覺得我不配悲憫他們，恐怕他們倒應該悲憫我
　　咧！悲憫只能從上到下，不能從下到上，也不能施之於同
　　輩之間。我的人物比我高。[70]

這段文字是蕭紅自省她與魯迅在創作上的差異，她感嘆自己沒有
魯迅的高度，但也可以看出蕭紅對「弱小者群體」態度上的變
化。在《生死場》時期，她悲憫鄉土底層的群眾是「自然奴
隸」，是「一切主子的奴隸」，但到了〈後花園〉，她通過王寡
婦與馮二成子展現底層群眾在生命磨難中獲得的生活智慧與生命
安頓之道。也許她在一路漂泊、逃難的行路中，發現這些看似柔
弱的農村底層群眾，儘管遭遇大自然的侵襲與人為的，包括政
治、經濟、社會、文化與列強侵略等各方面的壓迫，卻始終柔韌
而頑強地活著，因此感到「我的人物比我高」。也許這就是她所
發現的民族生命力的來源。

四、「鄉土─民族」象徵：
《呼蘭河傳》的鄉土記憶與詩性書寫

　　根據蕭紅的傳記與年譜所載，蕭紅寫作《呼蘭河傳》的念頭
產生於 1936 年旅居日本時期，1938 年至 1939 年在武漢、重慶
時期陸續寫出部分篇章，最後在香港時期邊寫邊載，於 1940 年
12 月 20 日全部完稿，並於 1940 年 9 月至 12 月間在《星島日

70　聶紺弩：〈回憶我和蕭紅的一次談話〉，王觀泉編：《懷念蕭紅》，頁
　　258。

報》副刊《星座》連載。[71]駱賓基在《蕭紅小傳》中提及蕭紅
1938 年武漢大轟炸後荒涼孤獨的心情，此時她已和蕭軍分手，
但與端木蕻良的關係得不到文壇友人們的情感支持，而端木在生
活上也不是能幹體貼的伴侶，因此反而加重蕭紅心理上和生活上
的負擔，駱賓基判斷「《呼蘭河傳》的寫作的決心和最後的腹稿
也許就在這時候形成的吧？」[72]蕭紅過世之後，許多友人的悼念
文章也從不同的側面透露蕭紅此時的孤獨與思鄉的情緒。與蕭紅
在 1934 年青島時期認識的朋友張梅林在〈憶蕭紅〉一文中提到
武漢大轟炸後，蕭紅在 1938 年九月中旬一個人冒著危險到達重
慶，自傷命運地說：

> 「我總是一個人走路，以前在東北，到了上海去日本，現
> 在的到重慶，都是我自己一個人走路。好像我命定要一個
> 人走路似的……」[73]

高蘭在〈雪夜憶蕭紅〉中也曾提到武漢失守的那個冬天，他輾轉
湖南、廣西到達四川江津，拜訪好友羅烽、白朗夫婦，蕭紅正好

71　參見章海寧、葉君：〈蕭紅年譜〉，《蕭紅全集》（詩歌戲劇書信
　　卷），頁 261-294；季紅真：《蕭紅全傳——呼蘭河的女兒》，頁 473-
　　474；林賢治：《漂泊者蕭紅》（北京：人民文學出版社，2009 年 1
　　月），頁 259-266。武漢時期與二蕭關係密切的蔣錫金在〈蕭紅和她的
　　《呼蘭河傳》〉中則描述了他當時讀了原稿時的感受。錫金：〈蕭紅和
　　她的《呼蘭河傳》〉，王觀泉編：《懷念蕭紅》，頁 29-30。
72　駱賓基：《蕭紅小傳》，頁 87。
73　梅林：〈憶蕭紅〉，王觀泉編：《懷念蕭紅》，頁 161。

在他們家,四個人在寒夜酒後的異鄉想家。高蘭這樣描述臨別時
的景況:

> 「不要回來了!再走就走到咱們家鄉去了!你不想家嗎?
> 家鄉這時候已經下雪了!該有多冷啊!」蕭紅說到這裡頓
> 了一下,好像嘆息似的輕唔了一聲:「我們多麼想那雪
> 呀!」[74]

戰火中的逃難歲月加以情感與生活的無所依傍,讓蕭紅興起強烈
的思鄉情緒,著手寫作《呼蘭河傳》的部分篇章。1940 年到香
港之後,香港聚集了大量因戰事而逃離故土的異鄉人,也促使蕭
紅以邊寫邊連載的方式將《呼蘭河傳》趕寫出來。季紅真曾提到
當時的社會氣氛:

> 1940 年前後,各地的外鄉人紛紛湧入香港,引起物價高
> 漲、住房緊張。整個香港充滿思鄉的濃郁情緒,港九報紙
> 雜誌氾濫著各種鄉音鄉情。編輯趁勢拉稿,蕭紅構思多
> 年,有部分成稿,已經成竹在胸,大概是《呼蘭河傳》邊
> 寫邊發的主客觀原因。[75]

在醞釀、寫作《呼蘭河傳》的同時,蕭紅還寫出了前節所提到的
〈後花園〉、〈北中國〉、〈小城三月〉等短篇小說,這些小說

74　高蘭:〈雪夜憶蕭紅〉,王觀泉編:《懷念蕭紅》,頁 140。
75　季紅真:《蕭紅全傳——呼蘭河的女兒》,頁 473。

同樣圍繞著東北故鄉的人物風土。對故鄉的書寫可以說讓孤獨漂泊的生命得以穩定下來，並獲得些許的宣洩、安慰和補償。

　　從《生死場》到《呼蘭河傳》，蕭紅始終保持女性獨特的話語特色，將自己的生命經驗融入歷史的敘述中，兩部作品所呈現的鄉土時空也都是「封閉」「循環」的世界，但《呼蘭河傳》出現三個方面的轉變。

　　首先，在寫作內容上，《呼蘭河傳》往「童年」時光回溯。趙園曾提到中國現、當代許多作家對於「鄉土」的描述，往往伴隨著對歷史的熱情，因而執著於生命起源的追尋，而對於童年記憶的追溯，便是其中的表徵之一：「懷鄉之作對童年記憶的『複製』，對童年人格的反顧、審視，也是一種起源的追尋——個體生命起源。」[76]《呼蘭河傳》便是這種類型的作品。相較於蕭紅三〇年代的散文慨嘆「無家」的寂寞憂傷，《呼蘭河傳》則記錄、保存童年快樂的時光。[77]而蕭紅對童年家族記憶與鄉土經驗的書寫也啟發了四〇年代之後端木蕻良寫作〈初吻〉、〈早春〉等短篇小說與駱賓基創作《幼年》。

　　第二，在敘述風格上，從《生死場》到《呼蘭河傳》呈現從「散化」到「詩化」的進展。《呼蘭河傳》仍保留《生死場》中

---

[76] 趙園：《地之子》（北京：北京大學出版社，2007 年 1 月），頁 16。

[77] 蕭紅生前最後發表的小說是〈小城三月〉，〈小城三月〉的故事主軸是翠姨的愛情啟蒙，以及愛情無法表白也無法實現的憂傷，而小說的敘述者「我」則生長在一個開明而快樂的家庭，家人甚至會在夜晚合奏樂器。隨著蕭紅離鄉時間逐漸增長，她筆下的「家庭」形象也開始出現溫暖的亮色。蕭紅：〈小城三月〉，蕭紅：《蕭紅全集》（小說卷Ⅲ），頁 73-98。

流水般漫延、流淌的敘述特色，但由於作家對遙遠的童年故鄉拉開更大的時空距離，有更充足的時間沉澱、反省和醞釀，也有更豐富的生命經驗去輔助和應證自己對鄉土的看法與思考，因此《呼蘭河傳》得以將童年鄉土書寫提高到民族文化象徵，並賦予充滿詩情的表現形式。[78]

　　第三，在對鄉土底層群眾的態度上，《生死場》中主要展示「弱小者群體」「生」與「死」的卑微與痛苦，《呼蘭河傳》則更為展現底層人物面對自然命運與鄉俗文化宰制時頑強的生命力。

　　從《呼蘭河傳》的書名和內容來看，文學史的普遍論述都同意《呼蘭河傳》乃蕭紅為她的故鄉「呼蘭」作傳。這部作品在「時空感」上最大的特色在於「封閉」和「循環」。呼蘭河是個封閉荒僻的北國小城，時間的循環感也加深了空間的封閉性。而封閉循環的鄉土時空最終指向對國家、民族、文化與歷史的象徵。

　　小說在第一章中即以呼蘭河「日常的一天」形塑鄉土「封閉循環」的面貌，也為整部小說定調。小說以「嚴冬」的「清晨」起始，既彰顯北國嚴冬酷烈的生存狀態，也開啟了「一天」的時

---

[78] 在戰爭時期，「七月派」的文學同仁們曾討論為何作家經歷了戰爭生活，卻很難立刻寫出描寫戰時生活的優秀作品，蕭紅的發言就特別強調寫作需要沉澱和思索的時間：「如像雷馬克，打了仗，回到了家鄉以後，朋友沒有了，職業沒有了，寂寞孤獨了起來，於是回憶到從前的生活，《西線無戰事》也就寫成了。」談話記錄收於〈抗戰以後的文藝活動動態和展望——座談會記錄〉，蕭紅：《蕭紅全集》（詩歌戲劇書信卷），頁 230。這段談話也非常符合《呼蘭河傳》的創作狀態。

序。順著小說的敘述，第一節從清晨「賣豆腐」、「賣饅頭」的早販寫起，隨著天光漸明而進入視線的呼蘭小城，歷數十字街、東二道街、西二道街的各種店鋪、活計、學校、廟宇等等，最後聚焦到呼蘭河的「新聞製造中心」——東二道街上的「大泥坑」。「大泥坑」的描寫既是現實的，也是象徵的。從張秀琢〈重讀《呼蘭河傳》，回憶姊姊蕭紅〉[79]的描述中可見蕭紅將「大泥坑」的親身經歷轉化為小說內容，同時，圍繞著大泥坑旱季、雨季的循環所產生的各種流言、輿論與行為舉措又使大泥坑成為形塑鄉民「國民性」的最佳象徵。孟悅、戴錦華從鄉土文明的特點，即「人對土地自然的依附或土地對人的囚禁」來解釋鄉民不斷在「淹死人」和「抬馬」之間反覆，卻從未想過把大泥坑填起來的生命狀態[80]；劉恆興則由此指出「如『死水般殺人團式』群體」乃「中國的縮影」[81]，都闡釋「大泥坑」作為「鄉土－民族」的象徵內涵：封閉循環且不斷陷落下去，足以覆滅任何生命的社會狀態，象徵近代中國積重難返的沉痾及其造成的民族危機，以及負壓在群眾身上的苦難。

　　在第一章第二節之後，各行各業與各式鄉土人物依序登場，以具體狀態分別從不同角度填補「大泥坑」所呈現的鄉民精神面貌與鄉俗文化，同時，敘述背後是一天時序的推進。第二節賣豆

---

[79] 張秀琢：〈重讀《呼蘭河傳》，回憶姊姊蕭紅〉，王觀泉編：《懷念蕭紅》，頁 42-43。

[80] 孟悅、戴錦華：《浮出歷史地表——中國現代女性文學研究》，頁 266-268。

[81] 劉恆興：〈女子豈應關大計？：論蕭紅文本性別與國族意識之關涉〉，《文化研究》第七期，2008 年秋季，頁 27。

芽的王寡婦「平平靜靜的活著」，呈現如螻蟻般低賤卑微、逆來順受的生命樣態；第三節的「染缸房」寫人命的廉價與鄉民的善忘；第四、五節以「紮彩舖」做出來的漂亮成品與「紮彩舖」手藝人貧窮破亂的現實生活作為對比，呈現「活人不如死人」的生存現實；第六節從東二道街進入百姓生活的小胡同，出現賣麻花的叫賣聲與胡同裡奔跑哭打的孩童嬉鬧之聲；第七節讓賣麻花、賣涼粉、打著搏楞鼓的貨郎、賣瓦盆、撿頭繩、換破亂的小販先後走過胡同，代表一天時間的遞進。當所有小販回家去後，「只有賣豆腐的則又出來了」[82]。賣豆腐出來代表晚餐時間已到，同時又與第一節中清晨的「賣豆腐」相互呼應。「賣豆腐的一收了市，一天的事情都完了。」[83]農村生活依循「日出而作、日落而息」的慣性，人物的勞動營生退場，天地運行的描寫登場，於是第八節描寫呼蘭故鄉黃昏時著名的火燒雲，緊接著火燒雲出場的是漫天的黑烏鴉。第九節烏鴉飛過，大昴星、天河、月亮、蝙蝠紛紛登場，時序進入深夜，完成一天的循環。而在一天的循環之後，作家以「略筆」描述夏天、秋天、冬天的自然循環中百姓生活的改變：「呼蘭河的人們就是這樣，冬天來了就穿棉衣裳，夏天來了就穿單衣裳。就好像太陽出來了就起來，太陽落了就睡覺似的。」[84]最後以如下文字作結：

> 春夏秋冬，一年四季來回循環的走，那是自古也就這樣的了。風霜雨雪，受得住的就過去了，受不住的，就尋求著

82　蕭紅：《呼蘭河傳》，《蕭紅全集》（小說卷Ⅱ），頁93。

83　蕭紅：《呼蘭河傳》，頁94。

84　蕭紅：《呼蘭河傳》，頁98。

自然的結果。那自然的結果不大好，把一個人默默的一聲
不響的就拉著離開了這人間的世界了。
至於那還沒有被拉去的，就風霜雨雪，仍舊在人間被吹打
著。[85]

這段文字再次強化「封閉循環」的鄉土時空，呈現鄉土百姓自古
不變依循自然時序重複循環的生活，同時帶有「天地不仁」的態
度，冷眼靜觀北國嚴酷的風霜雨雪對一切自然生命的摧殘，人類
也只是自然生命中的一份子。然而「仍舊在人間被吹打著」一
句，又彷彿說明鄉土百姓自有其頑強的生命力，來承受大自然的
無情吹打。

　　小說第一章基本上完成了蕭紅對呼蘭河的整體掌握。相較於
第一章著重於描述呼蘭河的「日常生活」，第二章則從「民俗節
慶」方面入手，先後描述「跳大神」、「七月十五盂蘭會放河
燈」、「秋收後的野台子戲」、「四月十八娘娘廟大會」等，更
全面地開展呼蘭河的鄉俗文化與鄉民精神，並與第一章相互對
照、補足。同時，相較於第一章展現「一天」的循環，第二章則
透過節慶完成「一年」的循環，強化時間的循環感。

　　儘管蕭紅在第二章結束時提到：「這些盛舉，都是為鬼而做
的，並非為人而做的。」[86]看似呼應第一章「紮彩舖」有關「活
人不如死人」的描述，帶有知識份子破除迷信的「啟蒙」觀點，
但事實上小說對於民俗節慶的細節描寫頗為真實地呈現尚未受過

85　蕭紅：《呼蘭河傳》，頁98。
86　蕭紅：《呼蘭河傳》，頁120。

現代化洗禮的鄉民的生命觀與世界觀：如同本章第一節所述，由於薩滿教等民間原始宗教思維的浸染，對他們而言，人並非萬物的主宰，而是大自然的一部份，生與死，人與鬼神之間的界線並非截然二分，而有延續、交融的模糊地帶。「跳大神」讓「鬼神」附身，用以為「人」治病。「放河燈」領著「鬼」脫生，可以說是鄉民對死亡後的生命延續的一種想像，藉此讓死去的人（鬼）放心脫生、投胎，也讓活著的人安穩生活。「秋收後的野台子戲」主在酬謝龍王爺，是鄉民對於「風調雨順」的「豐收」期待。而在「唱戲」期間，鄉民們並不怎樣專注於聽戲，他們的心思全在訪親、說媒、調情或私訂終身，這是鄉民最基本也最重要的人際往來，圍繞著「婚配」與「情感交流」的需求而來。「四月十八娘娘廟大會」的逛廟拜神祭鬼，為的是「求子」。從這個角度看，鄉民的民俗節慶看似圍繞著「鬼神」，實則回應著鄉民最基本的生存、生命需求：期待生者平安（「跳大神」）、死者放心（「放河燈」）、風調雨順、五穀豐收（「野台子戲」）、男女婚配（「野台子戲」）、傳宗接代（「娘娘廟大會」）。這些民俗節慶既有著鄉民蒙昧的意味，卻也呈現鄉民務實柔韌的生命力，同時也是中國這大塊土地幾千年來得以穩固的鄉民「智慧」。當然，這穩固也意味著「封閉循環」。

　　《呼蘭河傳》的前兩章完整、具體而細膩地呈現作家心目中的鄉土，同時表現蕭紅敘述鄉土時的兩重視角：在第一章對日常生活的描寫中，她以知識份子的啟蒙視角，將對「大泥坑」的鄉土描寫提升為民族寓喻，同時以悲憫的眼光哀憐渺小而卑微的鄉土群眾；在第二章對民俗節慶的描寫中，則進入鄉民的生命狀態，發現他們善於利用民俗節慶中的「鬼神」之事來安頓現世生

活的獨特「智慧」，這是鄉土群眾在遭遇現實苦難時得以頑強活著的生命寄託。第三章以降的內容都在「呼蘭河」「內部」發生，一方面充實、豐富前兩章所設定的鄉土形貌，一方面強化鄉土自然時間的循環迴圈。

　　小說的第三、四章分述敘述者「我」的家庭與左鄰右舍的底層居民，這兩章一方面由「正屋」與「後花園」延展「中心」與「邊緣」的空間權力，同時鋪陳「我」的兩重情感脈絡：祖父所代表的愛與溫暖，以及父母親和祖母所代表的冷漠和吝嗇；另一方面則由投注在「邊緣」的眼光，觀察家屋周圍鄰居寧靜而卑微的底層生活，進而感到生命的「荒涼」與「寂寞」，這部分較為完整地展現蕭紅自創作之初便關注「弱小者群體」的心路歷程。三、四兩章可視為蕭紅對童年故鄉的懷舊抒情，相較於前兩章的理性敘述，這兩章尤為溫柔感性。

　　第五、六、七章分述「小團圓媳婦」、「有二伯」和「馮歪嘴子」等三個個體生命的故事，這三章人物素描，在小說中有幾個重要的作用。首先，它讓第一至四章對故鄉與「我」的家族「整全性」的掌握產生畫龍點睛的效果。這三個故事呼應第一、二章所呈現鄉民群眾的生活模式與精神狀態，但前兩章的描寫更偏重在從日常生活與民俗節慶中描寫群體、普遍的生命樣貌，而三個故事則是鄉民生命狀態最具體、鮮明的典型個案，不論人物或其遭遇的事件，都有助於突顯和深化對鄉民心理的刻劃。同時，相較於第三章描寫我與「家族」的關係，這三個故事也從不同角度呈現「人物」與「家庭」、「家族」的關係：「小團圓媳婦」所面對的家族倫理規範與她的天真反抗；「有二伯」作為「家族以外的人」的孤獨感；「馮歪嘴子」對家庭的愛與溫暖，

都包含蕭紅對「家庭」的感受與態度。而三個故事也都延續第四章對家屋周圍「弱小者群體」的關懷。因此這三個故事讓前四章的敘述變得立體而鮮活。

　　其次，如第一節所述，《生死場》的小說時空是「圓周式」和「非圓周式」的共構，其轉折點是第十一節的「年盤轉動了」，用以標誌東北歷史的重要事件——「九一八事變」。同樣的，《呼蘭河傳》的小說時空也是「圓周式」和「非圓周式」的共構。小說前四章所呈現鄉土時空的封閉循環感甚至比《生死場》更加強化。除了第一、二章各自鋪展日復一日、春夏秋冬的循環與年復一年的民俗節慶，第四章中的每一節開頭都回到本章的關鍵句子「我家是荒涼的」展開敘述，也從敘述上強化封閉循環的時空感。而打破前四章循環時間的「非圓周式」時空因素，便由這三個故事來擔任。這三章透過人物所遭遇的各種磨難，從生到死或繼續頑強活著的故事，來推進時間的流動，同時也預示了「尾聲」中對美好童年不再、時光流逝與漂泊命運的感慨：「從前那後花園的主人，而今不見了。老主人死了，小主人逃荒去了。」[87]。

　　第三，「小團圓媳婦」、「有二伯」和「馮歪嘴子」既是蕭紅特別關懷的「弱小者群體」中的一份子，但作家又透過他們的故事來凸顯「弱小者個體」對「群體」的「反抗」。在上節對於〈後花園〉的討論中可以看到，蕭紅透過對馮二成子的描寫展現鄉土底層群眾所具備看似平靜無感，實則柔韌頑強的生命力。這個特點在「小團圓媳婦」、「有二伯」和「馮歪嘴子」的故事中

---

[87]　蕭紅：《呼蘭河傳》，頁 250。

有了更完整的呈現。

〈後花園〉中的馮二成子所遭遇的是普遍人類必然要面對的生離死別的痛苦與寂寞（趙姑娘與趙老太太的離去，妻子與孩子的過世），而「小團圓媳婦」、「有二伯」和「馮歪嘴子」所面對的則是傳統鄉俗文化與鄉土人際關係的壓迫，同時也都是「孤單的個人」面對「廣大的群體」的故事。這三個故事可以從兩個面向來觀察蕭紅對鄉土的思考。一方面，蕭紅以知識份子的「啟蒙」視角來反省傳統文化與國民性問題，包括傳統家庭倫理規範與迷信的「治病」方法如何扼殺了小團圓媳婦的生命；家人和左鄰右舍對有二伯無聊的取笑戲弄如何讓他感到生命的孤單和人心的冷漠；鄉民對王大姑娘的批評、對馮歪嘴子婚姻的議論與喪妻的痛苦如何重壓在平凡百姓的生命中，而故事中鄉民閒來無事的流言碎語、搬弄是非和造謠生事又凸顯群眾精神層面的空洞無聊，以及「泥淖」般封閉循環且缺乏向上動能的農村狀態等等。這種解讀方式可以把《呼蘭河傳》放在魯迅如〈祝福〉等五四「啟蒙」作品的脈絡之下，也可與小說第一章所呈現的「大泥坑」意象相互呼應。

但是另一方面，這三個故事也可以從三人面對外在壓力時的對應模式，來觀察作家如何描寫鄉土「弱小者」柔韌的生命力。三個故事都是「個體」面對「群體」時「單打獨鬥」的故事，「單打獨鬥」本身就意味著個體生命「不從眾」的強悍與勇氣，但三人表現出來的型態略有不同。「小團圓媳婦」可謂「本能式的反抗」，小說中的「小團圓媳婦」是個傻呼呼、樂呵呵，處在蒙昧狀態的十二歲孩子，既不懂傳統家族觀念對「媳婦」的規範，也不懂服從「規矩」來保護自己，她本能地展現自己活潑的

天性，也本能地反擊婆婆對她的「管教」，即使已經受盡各種虐
待，準備面對滾水洗澡的「治病」方法，還是笑呵呵地玩著
「我」給她的玻璃球，不知大禍將至，終於被滾水折磨致死。平
石淑子對小團圓媳婦死後變作哭著嚷著「要回家」的大白兔的描
寫有這樣的解釋：

> 團圓媳婦自始至終堅持反抗，最後不惜通過死亡這一終極
> 手段從人世間的羈絆中解脫出來。可是作者並沒有讓她安
> 息。傳說龍王廟東角的東大橋下聚集著那些不能成佛的冤
> 魂野鬼。[88]

即使死了仍然傻呼呼地堅持表達「想回家」的心願，這是生命面
對壓迫時的反抗本能，只可惜小團圓媳婦對於自己的反抗並沒有
自覺。

　　相較於小團圓媳婦的年幼無知，有二伯和馮歪嘴子都是成年
人，他們各有一套面對痛苦的生存之道。有二伯的人物形象有點
像魯迅小說中「孔乙己」和「阿 Q」的結合體，他既像「孔乙
己」有自己奇特的想法與堅持（儘管某些堅持是無謂的），又帶
有「阿 Q」「好死不如賴活」的生命觀念。有二伯以六十歲的高
齡被三十多歲的「我」父親毆打，從父親打倒他，他又站起來，
一直被打到站不起來為止，可見有二伯頑強不屈服的性格。他因
被打感到屈辱，嚷著要「上吊」、「跳井」，卻只是虛張聲勢，
從沒有一次真正執行，因此鄉人編成歌：「有二伯跳井，沒那麼

回事」[89]有意無意地嘲笑他，但他還是活著。蕭紅對有二伯的描寫既有輕微的嘲諷，也有同情的理解。小說圍繞著有二伯「性情很古怪」，意味著有二伯與群體的格格不入，有二伯抵抗的除了家人與街坊鄰居的捉弄取笑，還有生命中難以言說的「孤獨感」，他經常對著各種動物說話，對人卻說不出一句話，或說出成篇沒人理會的話，都在說明他面對群體的隔膜感與孤獨感。甚至連他引起旁人注意的各種死亡宣言，都可以視作因孤獨感而持續發出的情感需求與情感表達。然而即使到最後連「跳井」「上吊」都沒人理會他，他還是選擇活著而非去死，也可以看做對生命孤獨感的持續戰鬥，儘管這戰鬥是卑微的，而非偉大的。

　　相較於有二伯「好死不如賴活」的生命態度，馮歪嘴子面對鄉民百姓的流言蜚語卻不為所動，一心一意認真愛著自己的家人，在遭逢喪妻之慟後，他依然平靜而柔韌地活著，盡自己的生命本分，為兒子的任何成長感到知足的快樂：

> 可是馮歪嘴子自己，並不像旁觀者眼中的那樣的絕望，好像他活著還很有把握的樣子似的，他不但沒有感到絕望已經洞穿了他。因為他看見了他的兩個孩子，他反而鎮定下來。他覺得在這世界上，他一定要生根的。要長得牢牢的。他不管他自己有這份能力沒有，他看到別人也都是這樣做的，他覺得他也應該這樣做。
>
> 於是他照常的活在世界上，他照常的負著他那份責任。[90]

89　蕭紅：《呼蘭河傳》，頁 221。
90　蕭紅：《呼蘭河傳》，頁 247。

「他一定要生根的」、「要長得牢牢的」的生命直覺和本能，使馮歪嘴子的生命安頓下來。蕭紅筆下的馮歪嘴子看似蒙昧無知，但他卻憑著單純質樸的性格、認命知足的處世態度與富有韌性的原始生命力，度過生命中的艱難歲月。馮歪嘴子所代表的是未受啟蒙的鄉民群眾所能展現最具備「生命智慧」的生存模式。

「小團圓媳婦」、「有二伯」和「馮歪嘴子」都是蕭紅筆下的弱小者、邊緣人，都是未受現代知識教育啟蒙的鄉民群眾，不論是小團圓媳婦的「本能式反抗」、有二伯在群體的嘲笑中保持「古怪的性情」，與生命的孤獨感搏擊，或是馮歪嘴子不顧流言的鎮定和「好好活下去」的耐力，都不是富有意識的反抗，也不具備強大的反省或變革力量，但蕭紅卻在這些人物中看到存在於廣大鄉土中國社會底層的，柔韌而頑強的生命力。

整體來說，《呼蘭河傳》的鄉土書寫同時交織著蕭紅的鄉土經驗與記憶，離鄉後的漂泊生命對鄉土的情感、想像與思考，作為知識份子的文化懷鄉與民族反省，以及作家鄉土書寫的偏重性和特殊性等複雜的元素。[91]蕭紅對鄉土宏觀整體的看法是時空上的「封閉循環」，這與費孝通對於中國鄉土的認識頗一致。費孝通在〈鄉土本色〉中認為中國社會的基層是鄉土性的，鄉土性的特色在於人與土地的密切關係，也因此決定了中國人的生命感覺

---

[91] 趙園在《地之子》中，透過對中國現、當代文學的考察，論述二十世紀中國知識份子普遍的出走、放逐與漂泊經驗形塑「文化懷鄉」的心理模式：「文學中的懷鄉病，多半是一種知識份子病。『鄉土』的象徵使用也是道地知識份子的創造。『文化懷鄉』則根源於知識份子的文化存在，是近代知識份子的社會角色規定了的精神形式。」，趙園：《地之子》，頁20。

與人際往來的行為模式：從人與空間的關係來看，由於人如同植物般扎根於泥土，因此人是「不流動」的。中國鄉土的單位是村落，因為人的流動率小，村落之間的關係是孤立和隔膜的。在此缺少流動性的封閉鄉土中，人際之間的往來是依靠習慣而形成規矩和禮俗，因熟悉而得到信任，這與現代社會是由陌生人組成的型態截然不同。[92]因此蕭紅對鄉土「封閉循環」的描寫也成為「鄉土中國」的歷史象徵。

　　在「封閉循環」的鄉土環境中，鄉民的生活方式與生命狀態受到「自然」與「傳統鄉俗文化」的雙重制約。一方面，如前所述，人並非萬物的主宰或高於萬物的存在，而是大自然循環裡的一部份，因此在第一章的一天循環裡，人類的營生結束後，就由夜晚的動植物和天象來取代時序的推進，人與萬物被安置在同一個層級上。人們按照「天時」的循環生活（冬天穿棉衣，夏天穿單衣），生命低賤卑微（如王寡婦、絮彩舖的手藝人、小團圓媳婦），任自然篩選淘汰、逆來順受（「風霜雨雪，受得住的就過去了，受不住的，就尋求自然的結果。」）。另一方面，他們受制於「傳統鄉俗文化」的規範和約束，因此娘娘廟大會得先拜老爺廟，再拜娘娘廟，因為「人們都以為陰間也是一樣的重男輕女，所以不敢倒反天幹。」[93]漏粉的粗人只配住草房，因為「好房子讓他們一住也怕是住壞了」[94]。小團圓媳婦挨打，因為「不

---

[92]　費孝通：〈鄉土本色〉，《鄉土中國》（上海：上海人民出版社，2013年12月），頁6-11。

[93]　蕭紅：《呼蘭河傳》，頁116。

[94]　蕭紅：《呼蘭河傳》，頁151。

狠那能夠規矩出一個好人來」[95]。然而在北國嚴酷的自然環境與傳統僵固的鄉俗文化的雙重壓迫下，底層群眾依然保有原始的生命本能與生活中累積的「生存智慧」，去對應外界的壓力，活出自己的生命。

最後談小說的敘述風格。如果說蕭紅在《生死場》中建立了女性獨特的話語模式，那麼《呼蘭河傳》則是蕭紅個人敘述風格完整而傑出的展現。蕭紅面對筆下的鄉土，由於懷鄉、懷舊情緒而同時包含多種不同的情感與態度，也由此形成小說多重的敘述語調。然而每一種敘述語調都是蕭紅不同身份與發言位置的「化聲」。小說前兩章對於呼蘭河的整體描寫基本採取「女性」「知識份子」的「成人」視角，一方面帶有知識份子對鄉土中國「啟蒙」式的文化反省，一方面由於長期對底層群眾的同情理解，而得以從「鄉民」的視角呈現東北民間「萬物平等齊一」的傳統思維模式。同時又具備「女性」的生命感受與性別意識，以及蕭紅因長年漂泊而懷舊的情感記憶。而這些不同的「化聲」也經常處在遊移流動的狀態中，例如當她不厭其煩地歷數十字街、東西二道街到小胡同的各種買賣和各色人物時，既有對鄉民生存狀態的冷靜反省，也包含對故鄉的深情懷念；而在「大泥坑」一段，蕭紅的敘述又在「知識份子」與「鄉民百姓」之間遊移，敘述者一面冷靜地展示「大泥坑」的民族寓喻，一面又參與在鄉民七嘴八舌、不斷離題的議論中。

在前兩章對於鄉土整全性的把握之後，小說在第三章對「我家」的描述中，出現第一人稱「我」的「女童」視角。第三章之

95　蕭紅：《呼蘭河傳》，頁 175。

後，小說基本由「女童」與「成人」兩種視角交叉組成，兩種視角分別開展出不同的敘述語調，而有時「成人」視角又囊括對女童成長經驗的重新敘述，兩種敘述交纏在一起。在「女童」成長經驗的敘述方面，藉由內容的鋪展保存快樂的童年時光，也紀錄女童認識世界的過程。第三章的女童形象是頑皮歡快、充滿好奇心的，她在後花園花草樹木和飛鳥昆蟲中感受大自然的寬廣與美好，也在家中暗黑的儲藏室中探險挖寶，「我」、「祖父」與「後花園」的組合是整部小說中最溫暖的亮色。與此同時，她承受祖父的慈愛溫暖與祖母、父母的嚴厲疏離兩種不同的情感教育。第三章的後半部分，分述祖母過世的景況，女童到南河沿遠望未曾去過的地方，女童跟著祖父讀詩等等，這些經歷都意味著女童開始觸摸到生之暗影，包括死亡、生命的渺小與漂泊、文學作品中的遺憾與憂傷，儘管此時的女童仍是懵懂的。在第三章的鋪墊之下，小說第四章開啟「我家是荒涼的」的敘述主軸，可以視做女童成長的重要轉折，女童在認識家屋周圍的底層鄰居艱辛卑微、貧窮破敗的生命狀態，以及「兄友弟恭、父慈子愛」的老胡家的種種「規矩」之時，逐步見識到人間世事的「荒涼」。最後由小團圓媳婦、有二伯與馮歪嘴子三個人物既寫生命的孤獨與人事的「荒涼」，也寫底層百姓柔韌的生命力。整體來說，「女童」的視角帶有蒙昧的色彩，更接近鄉民特質，因此在小團圓媳婦一章中，女童也是圍觀小團圓媳婦洗澡的「看客」。而「成人」視角同時交織著作家「生於斯長於斯」，對於鄉民思維習慣與行為模式的體貼理解，也包含接受現代文明思維的知識份子對故鄉的悲憫與反省。「女童」與「成人」的視角和敘述語調，在小說的「尾聲」重合在一起：這裡有女童稚拙而寂寞的話語，同

時帶有成人對童年時光已逝的感慨。

　　從《生死場》到《呼蘭河傳》，蕭紅也完成從「散化」到「詩化」的歷程。《呼蘭河傳》的「詩化」主要表現在三個方面。一是對鄉土的懷舊抒情和詩意書寫。作家通過對日常生活細節的描繪，既呈現鄉土的「封閉循環」，也展現對鄉土的深情思念，因此小說包含豐富的感官感覺，如十字街景、大泥坑、火燒雲、民俗節慶等視覺形象；如胡同裡的小販叫賣聲、孩童嬉鬧聲、鄉民對大泥坑的議論紛紛等聽覺感受；如豆腐滴上辣椒油再拌上大醬、掉到井裡的鴨子用黃泥包上燒好的可口美味；如後花園的花草香、滿園朽木碎缸破罈亂柴火的荒涼氣息、養豬人家的難聞氣味；如嚴寒的冰凍感、小團圓媳婦洗熱水澡的燒燙疼痛感等等。又例如小說第四章深情款款地細數後花園中朽木頭、亂柴火、舊磚頭、沙泥土、破罈子、豬槽子和鐵犁頭等各種生活器物工具，這些充滿懷舊情感與詩意描寫的感官記憶富有「反思型懷舊」對過往生活記憶細節的捕捉。二是在小說的象徵性方面，小說第一章第一節即提出具有高度「鄉土」、「民族」意喻的「大泥坑」，並在往後的章節中從不同的人事、角度反覆闡釋和深掘「大泥坑」的「鄉土—民族」意象，高度凝練且反覆詠歎，讓《呼蘭河傳》富有詩歌象徵的特質。三是在敘述文字上，蕭紅在細膩地斟酌文字的過程中，將整齊的句式和押韻的文字寫入散化的敘述中，達到詩化的效果。例如：

　　　　滿天星光，滿屋月亮，人生何似，為什麼這麼悲涼。
　　　　過了十天半月的，又是跳神的鼓，當當的響。於是人們又都著了慌，爬牆的爬牆，登門的登門，看看這一家的大

神，顯的是什麼本領，穿的是什麼衣裳。聽聽她唱的是什
麼腔調，看看她的衣裳漂亮不漂亮。

跳到了夜靜時分，又是送神回山。送神回山的鼓，個個都
打得漂亮。

若趕上一個下雨的夜，就特別淒涼，寡婦可以落淚，鰥夫
就要起來徬徨。[96]

同時，蕭紅也善於利用反覆疊唱的句式，例如小說第四章每一節
都從「我家是荒涼的」作為開啟敘述的句子，讓第四章成為一篇
歌詠「荒涼」的詩章。

茅盾於四○年代曾在〈《呼蘭河傳》序〉一文中提到《呼蘭
河傳》給讀者的整體感覺：

也許有人會覺得《呼蘭河傳》不是一部小說。

他們也許會這樣說：沒有貫穿全書的線索，故事和人物都
零零碎碎，都是片段的，不是整體的有機體。

也許又有人覺得《呼蘭河傳》好像是自傳，卻又不完全像
自傳。

但是我卻覺得正因其不完全像自傳，所以更好，更有意
義。

而且我們不也可以說：要點不在《呼蘭河傳》不像是一部
嚴格意義上的說，而在於它這「不像」之外，還有些別的
東西──一些比「像」一部小說更為「誘人」一些的東

西。它是一篇敘事詩，一幅多彩的風俗畫，一串淒婉的歌謠。[97]

上述這段著名的評論展現茅盾文學眼光的精準與文學視界的廣博，他並不以《呼蘭河傳》表面上敘述內容的零碎鬆散為缺點，卻看到蕭紅鄉土世界如同「敘事詩」、「風俗畫」、「歌謠」般的整體感。茅盾曾在二〇年代末到三〇年代初中國現代長篇小說的奠基時期付出過巨大努力，但是由茅盾所建立的「整體感」與蕭紅所展現的「整體感」是截然不同的。在茅盾的長篇小說中，茅盾在高度的理智和思考主導之下，透過精密的人物設定、刻意的情節安排，嚴謹的結構佈局，力求客觀的敘述和力求「真實」、「完整」的細節描寫，企圖呈現一個完整的社會全貌，從中突顯中國具體的社會問題，並指出歷史的發展方向；而蕭紅則完全相反，她的小說消解了「情節」，散化了「結構」，弱化了「人物」，剝除了具體的歷史時間，卻以個人感性的生命感覺與記憶為素材，加之以理性的觀察和思考，潑灑出一幅幅多彩的風俗畫，並將之凝煉、提高，使之同時富有鄉土與民族文化的象徵意義，這便是蕭紅對於長篇小說的獨特創意。

五、結語

1942 年，得知蕭紅在香港病逝的丁玲在陝北的雨夜中寫下

---

[97] 茅盾，〈《呼蘭河傳》序〉，《茅盾全集》（第 23 卷）（北京：人民文學出版社，1996 年），頁 348。

〈風雨中憶蕭紅〉，丁玲這樣描述蕭紅給她的印象：

> 蕭紅和我認識的時候，是在一九三八年春初。那時山西還很冷，很久生活在軍旅中，習慣於粗獷的我，驟睹著她的蒼白的臉，緊緊閉著的嘴唇，敏捷的動作和神經質的笑聲，使我覺得很特別，而喚起許多回憶，但她的說話是很自然而直率的。我很奇怪作為一作家的她，為什麼會那樣少於世故，大概女人都容易保有純潔和幻想，或者也就同時顯得有些稚嫩和軟弱的緣故吧。……我們痛飲過，我們也同度過風雨之夕，我們也互相傾訴。然而現在想來，我們談得是多麼得少啊！我們似乎從沒有一次談到過自己，尤其是我。然而我卻以為她從沒有一句話是失去了自己的，因為我們實在都太真實、太愛在朋友的面前赤裸自己的精神，因為我們又實在覺得是很親近的。[98]

1938 年，已經歷過豐富的革命與政治生活磨礪的丁玲初識蕭紅時，蕭紅給丁玲的印象是「蒼白」、「神經質」、「少於世故」、「稚嫩和軟弱」。兩個女人一見如故，進而長談，在聊天的過程中，丁玲對蕭紅印象最深刻的是「自然而坦率」，「她從沒有一句話是失去了自己的」。個人以為，以丁玲的敏銳和歷練，她對蕭紅的描述應該是相當準確的，不失去自己、用自己的方式說話、說自己的話，可說是蕭紅最鮮明的個性，也是蕭紅敘

---

[98] 丁玲：〈風雨中憶蕭紅〉，《丁玲全集》（第 5 卷）（石家莊：河北人民出版社，2001 年 12 月），頁 135-136。

述風格的核心精神。

　　蕭紅的所有創作立基在「女性」與「漂泊者」雙重的主體感受與思考，她的敘述圍繞著漂泊經驗展開，而她的漂泊經驗包含「家的失落」與「故土淪陷」兩個層次，因此「九一八事變」成為東北歷史重要的時間標的，但她在異鄉懷念故土時，「家」與「故鄉」則帶給她截然不同的情緒。

　　蕭紅的作品大多以東北故鄉為素材，在這些作品中，蕭紅寄託個人懷鄉、懷舊的心緒，又將鄉土作為思考民族文化問題的載體。《生死場》是蕭紅離開東北之後的第一部作品，這部作品以流水般自由漫延、流淌的敘述與靜畫般的鄉土素描取代了嚴謹的結構與情節的發展，從而建立蕭紅獨特的女性話語模式；而她透過對鄉土「弱小者群體」的描寫，呈現其依靠本能生存，如同螻蟻、畜生般生與死的卑微與痛苦，「鄉土」這個「生死場」即是蕭紅創作初期的民族想像。

　　從《生死場》到《呼蘭河傳》，兩者既有繼承也有發展。在小說的時空結構上，兩者同樣描寫「封閉循環」的中國傳統鄉土，因此使用「圓周式」與「非圓周式」共構的模式。但在《生死場》中，改變時間感覺的歷史事件是「九一八事變」，它同時改變了東北故鄉與作家個人的命運；而在《呼蘭河傳》中，小團圓媳婦等三個人物故事改變了「圓周式」的鄉土時空，蕭紅借用人事的更迭慨嘆童年美好時光的流逝。

　　在小說的敘述風格上，《呼蘭河傳》完成小說從「散化」到「詩化」的轉變，也建立了作家個人獨特的話語風格。小說中開展出作家的多重「化聲」，既有「女童」懵懂純真、嬌憨可愛又充滿好奇想像與憧憬的稚拙之語，又有「成人」複雜變化的敘

述，其中包含知識份子理性的觀察與省思、鄉民蒙昧的議論、女性漂泊者對故鄉往事感性的緬懷追想與溫柔訴說，而所有的「化聲」也全是蕭紅的心聲。

在民族想像上，蕭紅在《生死場》中關注「弱小者群體」的生命狀態，鄉土是社會底層生命卑微的「生死場」，到了《呼蘭河傳》，「大泥坑」作為「鄉土－民族」寓喻，象徵近代中國所面對積重難返的文化沉痾及其所造成的民族危機。但與此同時，蕭紅也挖掘出埋藏在底層群眾循環的日常中，代代相傳的生存智慧與柔韌倔強的生命力。

相較於蕭軍召喚剛烈、剽悍、血性的民間草莽英雄來挽救民族危機，蕭紅則在漂泊的行路中體悟鄉土中國底層柔韌頑強的生命力。強悍的反擊多少帶有激情、亢奮的成分，難以持續；柔韌、頑強、倔強則是女性發現的，與苦難作持久戰的現實方法。

第四章

富貴之家與草原之子的大地歌詠：

端木蕻良小說中的個人史、家族史與地方誌

一、前言

在東北作家群中，端木蕻良（1912-1996）的特殊之處在於
他是最早離開東北故鄉，最早與關內的文學、社會團體發生連
結，最早開始有意識地以宏觀的視角書寫家族歷史與東北故鄉歷
史，作品中最具有鮮明的知識份子氣息的作家。但由於作品出版
的波折，他登上文壇且漸為人知的時間反而晚於蕭軍與蕭紅。

端木蕻良原名曹漢文，中學時期因崇拜屈原而自行改名曹京
平。端木蕻良出生在遼寧省昌圖縣大地主的家中。曾祖父曹泰曾
擔任昌圖府的文書官，儘管官位並不高，但由於他富有累積資
本、管理財產的眼光和頭腦，因此在他當家期間，不僅在科爾沁
旗草原上購置了五千多公頃的土地，還娶了縣城首富的滿族女兒
為妻，讓曹家得以在清朝八旗建制的社會中成為「正白旗」的一
員，奠定了曹家富貴的家業。端木的祖父早逝，父親曹仲元則在
精神氣質上與曹泰相近，是個喜歡拉弓射箭、騎馬打槍，富有冒

險精神的「行動派」，年輕時在南方遊歷，因此具備維新的思想
與開闊的眼界，曾大量蒐集太平天國民變與孫中山革命的資料，
並訂購《申報》、《字林西報》與《盛京時報》等書報，對於國
內政局與國際情勢相當關心。[1]

　　由於家世背景的顯赫與父親的開闊眼界與開明作風，端木蕻
良在少年時期便與兄長進入關內，在天津接受教育。1923 年，
十一歲的端木進入美國教會學校匯文中學讀書，在資訊發達的大
城市閱讀到北京《晨報》、《語絲》、《創造》、《奔流》等新
文學雜誌與西方文學作品，並接觸新興的電影藝術，文學藝術視
界的擴大成為往後端木創作的重要資源與養分。1924 年，由於
第二次直奉戰爭爆發造成東北局勢的震盪，導致曹仲元開設的信
託交易所倒閉，無力支付四個兒子在天津的學費，端木與三哥中
斷學業，回到家鄉自學。在四年的自學時光中，端木仍從天津的
二哥處獲取新書新知，同時也在對家族歷史與故鄉土地、社會結
構的認識中，逐漸形塑他的家族史與故鄉歷史。

　　1928 年，端木被二哥帶到天津，進入南開中學就讀，在南
開期間，端木開始活躍於學校的文學社團。他擔任南開校刊《南
開雙週》的編輯，並與好友胡思猷（胡適侄子）、劉克夷、馮厚
生、韓寶善等人組織「新人社」，創辦刊物《新人》（原名《人
間》，出刊一期後改為《新人》）。這段期間，他曾先後發表了
二十多篇政論文章與書評、詩歌和小說等文學作品，可見其對社

---

[1]　有關端木蕻良的家世背景與曾祖父、父親的性格與事蹟，可參見孔海
　　立：《端木蕻良傳》（上海：復旦大學出版社，2011 年 1 月），頁 7-
　　14。亦可參見端木蕻良：〈科爾沁旗前史〉，《端木蕻良文集》（第 1
　　卷）（北京：北京出版社，1998 年 6 月），頁 527-544。

會局勢與西方思潮的關注，亦可見其對文學與政治、社會運動的雙重興趣。[2]

　　「九一八事變」後，端木與「新人社」的朋友們將社團名稱改為「抗日救國團」，並成立學生自治會表達學生團結要求收復失土的決心。隨著學生請願抗日活動的進展與激化，端木在1931 年底被南開中學開除出校，到北平與三哥同住。1932 年三月，日本扶持的滿洲國成立，端木與三哥到熱河、察哈爾一帶參加孫殿英的抗日部隊，同年夏天，因孫殿英部隊調防西北，遠離抗日前線，端木遂脫離軍隊。回到北平的端木結識中國左翼作家聯盟北方部（簡稱「北方左聯」）的陸萬美、臧雲遠等朋友，並由其介紹加入北方左聯。同年秋天考入清華大學歷史系。

　　在清華時期，端木在《清華周刊》發表短篇小說〈母親〉，這篇作品後來成為《科爾沁旗草原》中的一節。另一方面，他積極參與北方左聯的各種活動，與方殷、臧雲遠等人負責左聯刊物《科學新聞》的編輯工作，並在刊物中發表政論文章，對於政治、社會運動頗為熱衷。[3] 1933 年八月，北方左聯在北平藝術學

2　有關端木蕻良在南開中學讀書期間所參與的活動與發表的文章，可參見曹革成：〈端木蕻良年譜（上）〉，《新文學史料》2013 年 2 月，頁93-95。端木在中學時期的生活經歷，可參見端木蕻良：〈我的中學生活〉，端木蕻良：《化為桃林》（上海：上海古籍出版社，2000 年 12月），頁 29-33。

3　《科學新聞》於 1933 年 6 月 24 日出刊，所標註的通信處為「清華大學辛人」，即端木蕻良。端木蕻良以螺旋、丁寧等筆名在刊物中發表政治與文學評論文章。刊物出版四期後因北方左聯在 1933 年 8 月遭遇大逮捕而停刊。《科學新聞》四期之目錄可參見中共北京市委黨史研究室、中共天津市委黨史資料徵集委員會編：《北方左翼文化運動資料匯編》

院開會，因組織部長被捕叛變，會場遭軍警特務包圍，與會代表全數被捕。[4]端木當天未參與會議，得以倖免，但卻不敢再回清華大學，避居天津二哥家中，並就此倉促地結束學生生涯。[5]

　　避居天津的端木因政治活動受挫，在苦悶中尋求生命出路，化名「葉以琳」寫信給魯迅。因收到魯迅回信而感到生命獲得鼓舞，轉而將熱情投注到文學創作上，開始創作長篇小說《科爾沁旗草原》，至 1933 年十二月底完稿。這部作品比二蕭的《八月的鄉村》、《生死場》更早完成，篇幅也更長，可以算是東北作家中第一部重要的長篇小說。《科爾沁旗草原》獲得鄭振鐸的讚賞，並將之推薦給商務出版社。[6]但因小說涉及抗日情節，端木不願聽從鄭振鐸的建議，配合出版做必要的刪除與修改，致使《科爾沁旗草原》延宕至 1939 年才問世。

　　根據端木侄子曹革成的考察，在端木蕻良原本的創作規劃中，《科爾沁旗草原》是「紅糧三部曲」的第一部，而他在 1936 年二月開始創作的《大地的海》則是「紅糧三部曲」的第

　　（北京：北京出版社，1991 年 6 月），頁 543-546。

4　有關 1933 年八月北方左聯的大逮捕，可參見孫席珍：〈關於北方左聯的事情〉，中共北京市委黨史研究室、中共天津市委黨史資料徵集委員會編：《北方左翼文化運動資料匯編》，頁 293。

5　有關端木蕻良求學生涯的經歷，可參見孔海立：《端木蕻良傳》，頁 36-59。

6　鄭振鐸給端木蕻良的信件中表達了他對《科爾沁旗草原》的欣喜，除了「這將是中國十幾年來最長的一部小說，且在質上，也極好。」還包括小說對話「自然而漂亮」，是真正的「大眾語」，「人物的描狀也極深刻」等優點。鄭振鐸的信件內容完整抄錄於 1936 年七月十八日端木蕻良給魯迅的信中。參見端木蕻良：《端木蕻良文集》（第 8 卷下卷）（北京：北京出版社，2009 年 6 月），頁 6。

二部。[7] 1936 年七月，端木蕻良將完稿的《大地的海》寄給魯迅，魯迅因病請胡風代為閱讀，並提醒端木長篇小說出版不易。後來鄭振鐸建議端木先寫短篇，因此端木自 1936 年八月開始，接連發表〈鷺鷺湖的憂鬱〉、〈爺爺為什麼不吃高粱米粥〉、〈遙遠的風沙〉、〈雪夜〉、〈鄉愁〉、〈渾河的激流〉、〈吞蛇兒〉、〈憎恨〉等早期較重要的短篇小說，並在 1937 年六月結集為短篇小說集《憎恨》，成為端木蕻良最早問世的一批小說。而《大地的海》經胡風推薦給上海刊物，1937 年七月起在王統照主編的《文學》雜誌連載，後因中日戰事爆發而未能刊完，最後在 1938 年五月出版。從上述可知，端木蕻良自 1933 年開始創作，但 1936 年八月才因短篇小說登上文壇。寫作的順序是《科爾沁旗草原》、《大地的海》、〈鷺鷺湖的憂鬱〉等短篇小說，但問世的時間卻完全相反。

　　端木蕻良發表短篇小說開始，即署名端木蕻良。「蕻良」之名原為「紅糧」，「紅糧」是端木家鄉一帶盛產的紅高粱。後來因感「紅糧」不像人名，以「蕻」字代「紅」，發表第一篇小說〈鷺鷺湖的憂鬱〉時，被刊登此作品的《文學》雜誌主編王統照將「糧」字改為「良」。[8]從端木蕻良的筆名，對照他最早創作

---

[7]　「紅糧三部曲」的第三部是 1936 年十月開始創作的《在瑰春》，參見曹革成：〈端木蕻良年譜（上）〉，頁 99。但這部作品在現有的端木蕻良作品中並未見到，曹革成的後續年譜中也並未提到這部作品的寫作、發表情況，可能作品並未完成。

[8]　端木蕻良：〈答客問——談我的筆名和出生地〉，端木蕻良：《化為桃林》，頁 6。有關王統照與端木的文學交誼，則可參見端木蕻良：〈統照先生和我〉，收於端木蕻良：《化為桃林》，頁 233-236。

的「紅糧三部曲」，可見他最初的創作動機與欲望圍繞著對故鄉與家族經歷的書寫，而其中孕育「紅糧」的「大地」是最重要的意象。

端木蕻良的《科爾沁旗草原》與《大地的海》分別代表作家父系與母系家族歷史的書寫，也是兩種階級身分的生活經驗與生命故事，前者是富貴之家，後者是大地子民。端木的父祖是大地主，母親則是曹家黃姓地戶的女兒，黃姓地戶三代都服務於曹家。[9]根據端木的記憶和敘述，端木的母親因生得漂亮，其父與兄長又是硬氣的東北漢子，既不攀炎附勢，也不畏權勢，拒絕了曹家的提親，因此端木的父親便以「搶親」的方式將端木的母親強娶做妾，在父親的正室過世之後才得以扶正。地戶之女身分卑微，對於富貴之家的排場和禮儀規矩也難以適應，都讓端木的母親在婚後吃了很多苦。端木的母親是很會說故事的女人，端木身為幼子，與母親的關係非常親近，年少時常聽母親訴說生命的艱辛，母親並叮囑他：「媽媽的話都要記著，將來你長大了，要念好書，把媽媽的苦都記下來。」[10]母親的生命經驗可以說是端木創作的第一個重要動力，因此他曾在短篇小說〈母親〉、長篇小說《科爾沁旗草原》、散文〈科爾沁前史〉等作品中反覆書寫母親被搶婚到婚後的經歷。[11]除此之外，端木求學時期與北方左聯

9　孫一寒：〈黃家為曹家效力的三代人〉，孫一寒：《走進科爾沁旗草原——端木蕻良傳記性小說的虛構與真實初探》（瀋陽：白山出版社，2012年9月），頁69-74。

10　端木蕻良：〈科爾沁前史〉，《端木蕻良文集》（第1卷），頁548。

11　在孫一寒對端木蕻良故鄉與家族歷史所進行的田野調查中，有關端木母親的經歷，基本上與端木從母親處得來的印象與記憶大致不差，包括地

的密切往來，可能也強化他的階級意識，讓他更有意識地在創作中開展父、母輩的階級差異，也以同時擁有兩種階級的血脈感到驕傲。

　　同時，兩部作品的時空分界是九一八事變，《科爾沁旗草原》透過地主家庭的衰敗描述九一八事變之前，東北社會傳統秩序逐漸崩壞的過程，《大地的海》則描寫滿洲國成立之後，東北農民的生活情狀與民族、階級的雙重反抗。將這兩部作品與蕭軍的作品進行對照，則可發現東北男性作家面對故鄉淪陷的命運，都有強大的「寫史」企圖，他們不約而同地開展出兩個系統的書寫，一方面描寫東北傳統社會的衰敗，並紀錄近代以來東北所遭遇的列強侵略史實，如端木的《科爾沁旗草原》、蕭軍的《第三代》；一方面透過東北農民群眾的抗日行動，展現民族的剛強血性，如端木的《大地的海》、蕭軍的《八月的鄉村》。但由於作家的成長背景與精神氣質並不相同，兩人所展現出來的作品風格也有明顯差異。

　　相較於蕭軍的故鄉圖景開展出「山林」的獨特空間，在端木對於東北故鄉的書寫中，一馬平川的科爾沁旗大地、草原是主要空間，也是情感寄託之所在，而父系所承續的富貴血統與母系所代表的大地子民，以及兩者所涵攝的文化內涵與精神意象，則是最重要的兩種元素。本章將透過對《科爾沁旗草原》、《大地的海》，以及四〇年代端木對年少時期家族記憶與個人成長經驗的

戶身分與婚後經歷等，唯獨沒有「搶親」一事。參見孫一寒：《走進科爾沁旗草原——端木蕻良傳記性小說的虛構與真實初探》，頁 75-85。這個部分原本可能來自端木母親因婚姻生活的辛苦而產生的記憶與敘述位移，再加上端木虛構的渲染而成。

書寫，論析端木如何透過小說創作，重塑個人的成長史、家族史與鄉土歷史。

二、家族史與地方誌的結合：
《科爾沁旗草原》的鄉土書寫

　　東北作家在離開東北故鄉後，大多以「懷鄉」作為最重要的創作動機。儘管端木離開東北的時間較早，「九一八事變」時，他在天津南開中學讀書，但故鄉的淪陷仍對端木產生強烈撞擊。此時他的父親已經過世，他冒險回到遼寧昌圖，將生病的母親接到北平居住、治病。[12]之後又加入孫殿英的抗日部隊，經歷短暫的軍旅生涯，讓他後來寫出短篇小說〈遙遠的風沙〉。而他在九一八事變爆發當年年底，即寫出直至 1936 年年底才發表的短篇小說〈鄉愁〉，這篇作品還早於清華大學時期的〈母親〉。〈鄉愁〉可以說是端木創作的起點。

（一）「懷鄉」作為創作的起點

　　〈鄉愁〉描述一對因故鄉淪陷而暫居北平皇城根的祖孫孤苦無依的生活，小說交錯著奶奶與男孩星兒雙重的敘述視角。九一

12　端木蕻良在 1932 年初，回到昌圖將母親接到北平。參見曹革成：〈端木蕻良年譜（上）〉，《新文學史料》2013 年 2 月，頁 95。他在〈有人問起我的家〉一文中，提到九一八之後，他「提著腦袋」回去見過家鄉一次，又「提著腦袋」回來，指的即是在戰亂中冒險回鄉接母親之事。端木蕻良：〈有人問起我的家〉，端木蕻良：《化為桃林》，頁10。

八事變爆發後，星兒的父親加入抗日軍隊，星兒因病隨奶奶到北平養病，從此離開父親與家鄉。年幼天真的星兒不知現實之艱難，唯獨「想回家」的念頭時時騷擾無聊的養病生活。白天時看到黃蜂飛過眼前，他便聯想到家鄉：

> 這要是在家啊，在家裡該多好。沒有黃蜂，可有蝴蝶。蝴蝶有黃的，有花的，有白的，還有小藍花的。小藍花的最好，小藍花的在土豆地裡最多，小藍花的我捉過⋯⋯一落下時，它翅膀喘氣樣的一張一合，上面有銀星⋯⋯[13]

這段星兒懷想家鄉田園景致的描寫，與蕭紅《呼蘭河傳》中對後花園的描寫有異曲同工之妙，對家鄉日常生活中毫不起眼的景致的瑣碎描寫，尤能展現思鄉的情意綿綿。而這種心情也近似前章提到二蕭在 1937 年中日戰爭爆發後，經常因異鄉景致聯想到家鄉景致，從而觸動思鄉情緒的心理狀態。現實不能完成的心願，星兒在夢裡完成。在睡夢裡，他又回到故鄉：

> 故鄉的家裡是個寬大的菜園。菜園裡開滿了火爆爆的黃花，花蜂懶懶的飛著，飛出一種好聽的嗡聲。[14]

星兒的夢境從菜園延伸到涼絲絲的水井、百年的榆樹、斜掛在軋轆把上的柳罐斗子、金線蛇、蛤蟆、爸爸提出冰鎮在井裡的甜

13　端木蕻良：〈鄉愁〉，《端木蕻良文集》（第 3 卷）（北京：北京出版社，1999 年 5 月），頁 70。
14　端木蕻良：〈鄉愁〉，《端木蕻良文集》（第 3 卷），頁 74。

瓜……鋪展出一幅恬適、安靜而幸福的家園生活,這是星兒做的美夢。然而從夢中醒來,爸爸與家鄉都從眼前消失。小說從星兒養病的胡思亂想到病重時的呢喃,都圍繞著「咱們什麼時候回家?」、「我要回家去」的卑微願望,讀來讓人辛酸。

　　相較於星兒單純的「回家」願望,奶奶的敘述視角則開展流離者的艱辛。星兒的父親加入軍隊,已讓她失去一個兒子,而她在北平投靠生活的兒子鄧鐵珊又因參加共產黨而被捕。從鄉下來的老奶奶不識字,也不具備在城市生活的能力,她不知道怎麼使用電話,不知道去哪裡找醫生,也沒有賺錢謀生的能力,城市人際之間的冷漠更讓她膽怯又難堪,當星兒病重時,她手足無措,慌亂得不知如何自處,一心想著聯絡兩天未回家的兒子,卻不知報紙上已刊登兒子被捕的新聞。小說透過奶奶的遭遇既寫出東北許多家庭在淪陷之後,男人出走加入抗日軍隊,家中僅剩老弱婦孺的破碎景象,也寫出流離者離開故土,在異鄉漂泊無依且生存困難的辛酸。而老奶奶先後失去兩個兒子,更暗含中國三〇年代外有列強侵略,國內政治鬥爭嚴酷、政局緊張、社會壓抑,內憂外患的國家處境。

　　〈鄉愁〉的部分內容,來自端木生命經歷的變形和重塑。端木將母親接來北平治病後,與母親同住在皇城根小瓦房胡同。[15]而母親從前在東北治病時,曾受英國大夫影響而從原本信奉佛教改為信奉基督教。[16]北平的居住地與信奉基督教,都與小說中的

---

[15]　曹革成:〈端木蕻良年譜(上)〉,《新文學史料》2013 年 2 月,頁 95。

[16]　端木蕻良:〈科爾沁前史〉,《端木蕻良文集》(第 1 卷),頁 550-551。

奶奶形象相吻合。小說以現實元素進行虛構重塑，但表達「鄉愁」的情緒與對社會現實的批判，卻是端木此作真正的意圖。

　　故鄉淪陷對端木創作的重要影響之一，在於對「家庭」看法的改變。端木在 1937 年中日戰爭前夕發表的〈有人問起我的家〉一文中曾提到：

> 我是沒有那麼飄飄然的襟懷的，也不那麼有出息，我是牢牢的記念著我的家鄉，尤其是失眠之夜。
>
> 在過去，我是從不想家的。小時候我看過了愛羅先珂的「狹的籠」之後，我就把「家」看成了封建的枷鎖，總想一斧頭，將它搗翻。現在好了，用不著我來搗，我的家已在飢餓線上拉成了五段。從江南到東北，倘若我想把我的家人看望完全，我要再這五千里的途程之中停留五段，而那最後的一段，我依然不能看見。（假使你能知道我的家只有幾個人的時候，你會感覺到契訶夫所寫出的含淚的微笑了。）[17]

第一段引文中提到在「失眠之夜」想家，讓人聯想到蕭紅在中日戰爭爆發後所寫的著名散文〈失眠之夜〉，東北作家的「失眠之夜」總與思鄉情緒有關，儘管蕭紅與端木對於「故鄉」與「家」的態度並不完全相同。而在第二段引文中，又顯現東北家庭、家人的破碎離散、飄零各地：「我的家已在飢餓線上拉成了五

---

[17]　端木蕻良：〈有人問起我的家〉，端木蕻良：《化為桃林》，頁 9-10。

段」。更重要的是，1923 年即進入關內讀書的端木，原本對家庭的看法必然帶有五四思潮的典型印記，因此將家庭視為「狹的籠」。但在失去家園之後，對於家族歷史的追溯與重構可能反而成為漂泊的心靈最大的寄託與安慰。也許緣於這樣的創作心理，讓端木興起書寫家族史的念頭，而《科爾沁旗草原》更出現如孔海立所言的矛盾狀態：

> 一開始，端木朦朧的寫作意識似乎是受到了他母親的鼓勵，然而，當他在敘寫不幸的母親的同時，筆下流暢的卻常常是父系家族的輝煌。[18]

端木不僅驕傲於父系家族的輝煌，更在重構家族史的過程中「強化」家族的輝煌。重構的意圖既是家族崩毀的心靈補償，也凸顯帝國侵略下東北的時代巨變。而端木對「家庭」看法的轉變也在小說中留下痕跡，小說在重建家族歷史的過程中，同時進行傳統文化的反省。

（二）《科爾沁旗草原》中的家族史、地方誌與東北歷史

　　端木蕻良在東北作家鄉土書寫方面的重大突破，在於對家族歷史的重建，這當然緣於作家的成長經歷。蕭軍的母親早逝、父親性情冷酷嚴厲、難以親近，蕭軍的童年歲月多在山林野放，少年時期則隨父親工作流浪到城市；蕭紅雖與端木同樣出身地主家庭，但身為女性，在傳統家庭中屬於被支配的一方，讓她感到自

18　孔海立：《端木蕻良傳》，頁 41。

在愉快的天地是遠離家庭權力中心的「後花園」，性情的倔強又讓她承受與家庭決裂的苦楚。相較之下，端木出身富貴之家又是男性，加上父親的開闊眼界，讓他得以在少年時期進入關內，在大城市的名校裡接受良好的教育，又因身為幼子，得到母親的疼愛，因此在三人之中，端木的家族關係最為完整和友善。

　　端木於 1940 年在香港所寫的長篇散文〈科爾沁前史〉，是與《科爾沁旗草原》對讀的重要材料。端木以「開蒙記」稱呼〈科爾沁前史〉，學界也普遍認定，〈科爾沁前史〉是端木真實的生命經歷，《科爾沁旗草原》則是端木以自己的家族故事為本，加以虛構鋪演而成的家族史與東北歷史。[19]但端木在兩部作品中，都有意地「強化」家族的輝煌。

　　在〈科爾沁前史〉中，端木對於自己故鄉的描述並不侷限於他所出生的鄉村鷺鷥樹，或者他所成長的小縣城昌圖縣，而是包含著鷺鷥樹和昌圖縣，且廣闊得多的科爾沁旗草原，並用一馬平川來形容草原的遼闊無邊。同時他說明科爾沁旗草原是蒙王的領地，在土地開禁之後，始有大量關內的漢人來此開荒。端木特別提到此處曾是清末大將僧格林沁的封地，昌圖縣是僧格林沁成長的地方，縣城裡的大喇嘛廟和僧王祠都是僧格林沁遺留下來的古蹟，並歷數僧格林沁的戰功，以及他在晚清內憂外患的局勢中，為國家所做的貢獻。而當他敘述到曹家家業的建立時，他將曾祖

19　劉以鬯在〈評「科爾沁前史」〉、〈大山：端木蕻良塑造的英雄形象〉等文中，認為端木在〈科爾沁前史〉中「老老實實記下了曹家的故事」，並將《科爾沁旗草原》和〈科爾沁前史〉進行比較分析。參見劉以鬯：《端木蕻良論》（香港：世界出版社，1977 年），頁 9-23，68-78。

父曹泰的官位，從昌圖縣管理文書的「經承」置換成權位顯赫得多的「京丞」，所謂「京丞」指北京順天府府尹的副官（相當於副市長）或盛京（瀋陽）府府尹的副官。[20]從上述包括空間、名人事蹟與曾祖父官位等幾個例子可知，在端木蕻良的家族敘述中，他採取從「大」從「高」的敘述模式，由此「強化」家族歷史的輝煌。

同樣的敘述方法也呈現在《科爾沁旗草原》的寫作上。在對於《科爾沁旗草原》小說結構與內容的討論中，論者基本上都同意端木的自述：

> 我寫的是他（東北故鄉──引者註）的多邊的姿態，這是一個很繁難的處理，因為經過比較龐大複雜，所以表現的形式就很是一個問題了。
>
> 我寫出的很多，我採取了電影底片的剪接方法，改削了不少，終於成了現在的模樣。上半是大草原的直截面，下半是他的橫切面；上半可以表現出他不同年輪的歷史，下半可以看出他各方面的姿態，我覺得這樣才能看得更真切些。我描寫的比較縝密，剪接卻很粗魯，我覺得這是我應該作的。[21]

---

20 孔海立根據端木蕻良與他的通信，以及孫一寒對端木蕻良家族紀錄與《科爾沁旗草原》內容的田野調查研究，證明端木蕻良的曾祖父並非「京丞」，而是「經承」。參見孔海立：《端木蕻良傳》，頁 10-11。

21 端木蕻良：〈《科爾沁旗草原》初版後記〉，《端木蕻良文集》（第 1 卷），頁 411。

《科爾沁旗草原》在整體結構上共分成上、下兩部份，上半部自第一章到第三章，歷時性地展現丁府的發跡史，下半部自第四章至第十九章，以共時性的模式描寫丁府所發生的事件與危機，由此開展九一八事變前夕，東北的社會情勢。章節之間與各章內部則採取電影鏡頭的調度、剪接、拼貼來切換不同場景，以丁府為核心，向外延伸出東北社會「多邊的姿態」，而端木自承「描寫的比較縝密，剪接卻很粗魯」。[22]

　　小說分成上、下部分的結構正好展現端木蕻良重建家史與紀錄東北歷史的雙重意圖，而上、下部並非斷裂的，上半部的三章都與下半部產生相互呼應的緊密連結。在上半部的三章內容中，第一章展示丁府祖先從山東逃難到關外，建立家庭拓展農場，並在臨終前找到一塊臥虎藏龍的陰宅，絕佳的風水寶地為丁府的家業奠定了基礎。第二章以端木曾祖父曹泰的精明幹練為原型，描寫丁四太爺擴張家業，成為縣城裡首戶的過程。他老謀深算又深諳群眾心理，買通跳大神的李寡婦，藉仙家之口說明丁四太爺發的是前世修來的胡仙財，乃命中注定，進而堵住鄉民的流言議論，穩固了龐大的家業。第三章則以端木父、母親的故事為原型，描述主人公丁寧的父親小爺搶親的過程。

　　上述三章在整部作品中具有「佈線」的重要用意。第一章具有鮮明的傳奇色彩，蜿蜒綿延的難民隊伍開展一馬平川的草原圖景，而丁府祖先是個仙風道骨的神異老人，他貌似呂洞賓，手持

---

[22] 有關端木蕻良電影剪接式的創作手法，施淑在〈論端木蕻良的小說〉一文中的第二節有完整精彩的討論，施淑特別著重討論端木電影剪接式的手法與作家社會認識的方法論之間的關係。見施淑：《歷史與現實》（臺北：人間出版社，2012年7月），頁119-126。

白蠅甩（可以想像成白拂塵），不僅救了難民群中發狂的少婦，成為難民群的精神領袖，更覓得風水寶地庇蔭子孫。這種寫法正如同〈科爾沁前史〉中從「大」從「高」的模式，進而產生三種效果。第一，重建家族的輝煌。在重塑家族輝煌歷史的書寫中流露端木對家族的驕傲感，也透過書寫補償家族失落的遺憾。第二，不論是現實中僧格林沁的勇敢善戰、忠勇愛國或小說中神異老人的通透智慧與火眼金星，都是端木企圖從科爾沁旗草原召喚的，健康的生命力和精神力，用以和後半部地主家庭的封建腐敗相對照，也與後半部主人公丁寧企圖追尋草原生命力相互呼應，相互承繼。第三，如果從開啟丁家東北發跡歷史的角度來看，神異老人年紀雖長，卻是扭轉家族命運並改變家族歷史的「新人」，也用以和後半部作為知識份子的丁寧與作為農民英雄的大山，兩種類型的「新人」相互對照。同時，如同夏志清所論，小說首尾的相互對照，形成小說的「史詩」結構：

> 這部小說以移民關外的傳說開始，以中國轉變的預言光景結束。第十九章的標題，「一個結束的結束；另一個開始的開始」，將這部小說直截地置於浮吉爾《伊尼亞德》和密爾頓《失樂園》的史詩傳統中。[23]

而整部小說末尾描寫九一八事變爆發，胡子、農民、義勇軍與混雜在其中的流民無賴先後在縣城裡造成的騷亂或抗議，以及在人

23　夏志清：〈端木蕻良的《科爾沁旗草原》〉，夏志清：《夏志清文學評論集》（臺北：聯合文學出版社，2006 年 10 月），頁 181。

群中忽然出現的大山的身影，向東方的啟明星看著，也呼應第一章綿延萬里的難民群：這是時代的轉點，這裡有著群眾頑強堅韌，與各種苦難搏鬥的生命力。這蓬勃的生命力也許因出於本能而缺乏理性的約束，時時造成混亂，但也是民族面對危機時不可或缺的頑強戰力。

　　第二章是輝煌家史承先啟後的一章，也是出現轉折的一章。相較於第一章神異老人是全然正面，傳說般的人物，第二章的丁四太爺則是更為複雜的人物。丁四太爺的精明才幹，大膽謀略和善於把握時機發家致富的獨到眼光，恰似繼承神異老人的血脈，也是輝煌家史中的關鍵人物。但是丁四太爺的貪婪欲望，對地戶的殘忍狠毒，不似神異老人的平靜溫厚，反而更像巴爾札克筆下競逐財富時銳利無情的資產階級。但正是這樣的人物，得以將神異老人所遺留下來的家業版圖擴張到全盛時期。然而盛極必衰，丁四太爺之後，端木描寫了大爺和三爺，大爺嚴厲苛刻，在經濟方面壓迫地戶，三爺好色荒淫，隨時覬覦地盤上的漂亮女孩，地主與地戶之間的階級對立已然形成。這個段落既是後半部大家族腐敗的初兆，也為往後地主與地戶、丁寧與大山的對立衝突埋下伏筆。同時，端木透過本章，呈現東北傳統的經濟形態。東北最大的經濟資本是土地，土地的數量決定了地主的經濟能力與統治勢力，社會階級也由此產生。如同端木在〈《科爾沁旗草原》初版後記〉中曾提到：

　　　　這裡，最主要的財富，是土地。土地可以支配一切，官吏也要向土地飛眼的，因為土地是徵收的財源。於是，土地的握有者，便作了這社會的重心。

> 地主是這裡的重心，有許多制度，罪惡，不成文法，是由
> 他們制定的、發明的、強迫推行的。[24]

而端木對東北經濟形態變化的描寫，也是後半部的重要主題。

第三章描述丁寧父親小爺搶親，到日俄戰爭期間，寧姑生下丁寧、黃大嫂生下大山的經歷，既寫地主對地戶的蠻橫霸道（搶親），也透過寧姑與黃大嫂的姑嫂情誼為往後丁寧與大山之間亦敵亦友的複雜情感埋下伏筆。同時透過日俄戰爭的戰亂背景，既說明近代東北作為帝國爭奪競逐之地，以及日本即將取代俄國宰制東北的歷史處境，也將家史放入東北歷史發展的脈絡裡，從而更為完整地呈現家史衰敗的原因。至此，下半部內容所必須鋪陳的歷史背景與社會結構已然完成。

自第四章起的下半部，是端木在記錄讓他感到驕傲的輝煌家史之外，另一個重要的寫作意圖，即完整呈現家族衰敗的原因。而家族衰敗既有其內在原因，也與東北局勢的動盪有密切關係。因此他採用「橫切面」的模式，以丁府為核心，開展出廣闊的東北社會面貌。如同端木自述：

> 我親眼看見了兩個大崩潰，一個是東北草原的整個崩潰下
> 來（包括經濟的、政治的、軍事的）；一個是我的父親的
> 那一族的老的小的各色各樣的滅亡。這使我明白了許許多
> 多的事物，就像在一個古老的私塾裡我讀完了我的開蒙的

---

[24]　端木蕻良：〈《科爾沁旗草原》初版後記〉，《端木蕻良文集》（第 1
　　卷），頁 409。

課一樣。[25]

透過《科爾沁旗草原》，端木從多面向說明家族衰敗的複雜原因。在家族內部問題方面，包括富貴人家後代的養尊處優和面對變局的欲振乏力（如第六章描寫丁寧父親小爺對資本主義運行模式的不理解和無力感，從而感到意志消沉、意興闌珊），富貴家族內部的荒淫腐敗（如第七章描寫三奶家的佚樂與三十三嬸對丁寧青春肉體的覬覦和引誘），傳統封建文化與家族規範對女性生命的壓抑（如二十三嬸因長期不受寵，寂寞多病，最後抑鬱而終）等。

而從家族向外延伸，小說透過家族生活與農民習俗的描寫，以作為知識份子的丁寧視角反省傳統文化與東北民間信仰的「愚昧性」，包括第五章丁府的當家太太生病時請大法師李常真來「品」病，以靜坐默識的方式來確認病症；第十六章丁寧父親過世後，家族為普渡亡靈舉辦孝佛，而周遭百姓便藉此機會來詢問法師解決各種疑難雜症的偏方，這些百姓活動都讓丁寧感到無聊、愚蠢和厭煩。小說一方面呈現東北地區獨特的風土民情，狐仙與法師是解決群眾生活困擾與精神寄託的主要依歸，同時也藉此反省民族文化的落後性和非理性，是導致東北社會停滯不前、向下淪落，並缺乏對應時代變局能力的重要原因。小說中的丁寧不斷強調「新人」之原因即在此。

然而東北最急迫的危機仍是帝國主義掠奪所造成東北傳統社會全面性的崩潰。在第三章丁寧出生的段落，小說鋪展的是日俄

---

[25]　端木蕻良：〈科爾沁前史〉，《端木蕻良文集》（第1卷），頁569。

戰爭時期的動亂。第四章之後，隨著列強軍事力量的進入，經濟
勢力也改變了東北傳統的資本模式。在小說第十一節丁寧與丁府
錢號劉掌櫃的談話，以及第十二章至第十四章地戶推地運動等章
節，說明時代巨變對經濟造成的巨大影響。如前所述，東北傳統
社會最重要的資本是土地，但因戰亂影響農地耕作、生產與收
成，同時日本侵略的野心昭然若揭，群眾相信只要日本人一來，
土地馬上就被占領，導致土地迅速貶值。土地的貶值同時對地主
與地戶造成影響。因土地貶值，地戶發起推地（拒絕租地耕種）
運動以逼迫地主減租，地主與地戶的衝突迅速升溫。在地戶這
邊，推地必須承擔巨大的生存風險，推地如果導致強硬的地主拒
絕租地，地戶就得被迫遠走他鄉，到江北荒蕪之地面對大自然的
挑戰，重新開荒；如果地主同意減租租地，地戶雖然得以留在故
鄉，卻仍舊得面對戰亂的侵擾與列強的佔地對收成造成的損害。
但如果不參加推地運動，則得承擔戰亂與地主重租的雙重壓迫。
而在地主方面，土地貶值已讓地主資產嚴重縮水，地戶推地運動
的結果則可能導致收租下降，甚至無人租地的窘境。丁寧和劉掌
櫃對家族資產狀況的談話呈現東北資本累積由「土地」轉向「金
錢」的經濟過程，因此地主家紛紛賣地，以經營放高利貸的錢莊
來維持不事生產的富貴家族的大量開銷，而高利貸的經濟壓力，
最終仍是壓在底層群眾身上，讓地主與地戶的階級對立問題更加
嚴峻。小說以此呈現東北社會因帝國勢力的進入，被迫從傳統的
經濟模式轉向資本主義經濟模式過程中所造成的種種痛苦。至
此，小說藉由對丁府家族情況的描寫，同時開展家族內部的衰
敗、傳統文化與積習對民族生命力的壓抑與斲喪，以及時代巨變
對東北社會、經濟產生的衝擊和混亂。

　　夏志清在對《科爾沁旗草原》的討論中，曾將之與同樣創作
於三〇年代初期的茅盾《子夜》、老舍《貓城記》、巴金《家》
等作品合觀，並特別凸顯《科爾沁旗草原》的藝術成就，認為它
在「引人興趣的敘述，形式和技巧的革新，以及民族衰頹和更新
的雙重視境」[26]等方面超越其他三部。值得注意的是，《科爾沁
旗草原》與茅盾的《子夜》同樣著重於列強侵略與資本主義的進
入對中國經濟造成的衝擊。端木對於經濟問題的關注，至少有來
自兩方面的原因。一是個人家族經歷，端木的父親曾因開設的信
託交易所倒閉，導致端木必須回鄉自學，父親過世後，大哥接手
家業，也遭遇到嚴峻的經濟挑戰，導致「聚泰宏」銀號破產，大
哥被迫賣了家裡兩百多畝的土地以還清債務。[27]二是端木在北京
時期對於左翼運動的熱情，也讓他獲得從政治、經濟視角與階級
意識觀察中國社會變化的眼光。可能出於這個原因，端木對茅盾
的作品一直深感興趣。和魯迅一樣，茅盾與東北作家們也有非常
密切的交誼，如前兩章所述，魯迅第一次請二蕭吃飯，茅盾即是
陪客。而個人以為蕭軍《第三代》在創作意圖上繼承《子夜》對
中國社會結構的整體性掌握。此外，茅盾曾為蕭紅《呼蘭河傳》
作序。[28]端木則曾自述到上海後，因參加胡風召集的上海作家會
議而認識茅盾，並在三、四〇年代與茅盾有密切的往來。而他早

26　夏志清：〈端木蕻良的《科爾沁旗草原》〉，頁 174。

27　參見曹革成：〈端木蕻良年譜（上）〉，頁 94。

28　沈衛威曾在〈茅盾與「東北流亡作家」〉一文中整理茅盾對「東北流亡
　　作家」的提攜、照顧與作品推薦，包括李輝英、端木蕻良、駱賓基、蕭
　　紅等人。收於沈衛威：《東北流亡文學史論》（鄭州：河南人民出版
　　社，1992 年 8 月），頁 193-201。

在南開中學讀書時期，便對茅盾的作品非常熟悉：

> 茅盾的三部曲《幻滅》、《動搖》、《追求》和長篇
> 《虹》，我都看過很多遍，認為它們是文壇的扛鼎之作。
> 當時，在我心目中，除了魯迅，就是茅盾了。後來，讀了
> 他的新作《子夜》，我更被吸引住了。這是中國第一部把
> 經濟生活納入小說的作品。在寫作方法上也別開生面，以
> 吳老太爺的死作為開端，接著引出上海灘大做「關」、
> 「財」、「邊」投機倒把買賣的活生生的人物群體。《子
> 夜》只能在上海出現，只有茅盾才能有這種洞察力，才能
> 有這種氣魄。[29]

端木特別提到他對《子夜》的注意，在於《子夜》對於經濟生活
的描寫。端木曾在 1933 年六月由他所發刊的《科學新聞》第一號
以「丁寧」的筆名寫了茅盾〈春蠶〉的書評。[30]作為茅盾「農村
三部曲」之一的〈春蠶〉，與《子夜》一樣都是「經濟破產」主題
的小說，前者是農村養蠶人家，後者則是上海民族資本家。《子
夜》出版於 1933 年初，雖然沒有文獻直接證明端木在 1933 年八
月開始寫作《科爾沁旗草原》時已讀過《子夜》，但從端木對茅
盾作品的長期關注與反覆閱讀來看，端木也很有可能已經讀過。

　　雖然茅盾與端木同樣以經濟崩解描述社會的巨變，但在書寫
位置上並不相同。王富仁曾分析兩人創作位置上的差異，他提到

29　端木蕻良：〈茅盾與我〉，端木蕻良：《化為桃林》，頁 237。
30　《科學新聞》第一號目錄見中共北京市委黨史研究室、中共天津市委黨
　　史資料徵集委員會編：《北方左翼文化運動資料匯編》，頁 543。

茅盾「外在於他所表現的世界」，他不是他筆下所描寫的上海金
融資本家、民族資本家、工人、農民等任何一個角色；而端木內
在於他的作品世界，作品世界也內在於他的心靈：

> 早在端木蕻良接受馬克思主義思想影響之前，科爾沁旗草
> 原的歷史和現實就已經進入到端木蕻良的內心世界中，馬
> 克思主義僅僅提供給了他如何整理和組織這個歷史和世界
> 的方式，而沒有從根本上改變他內在心靈中的這個世界。
> 科爾沁旗草原的歷史與現實既是一個外部的客觀世界，也
> 是端木內在的心靈世界，因為端木內在的心靈世界就是
> 在感受和體驗這樣一個外部世界的過程中逐漸豐富起來
> 的。[31]

王富仁的論述很具體地說明茅盾與東北作家群的差異。儘管同樣
力求掌握歷史變動中社會階級結構的全貌，但茅盾和東北作家群
因書寫位置的不同，而產生作品風格的差異。茅盾是以近似自然
主義的手法冷靜而精準地，求「全」求「真」地描繪社會整體結
構，而東北作家則是以「反思型懷舊」的寫作狀態，在懷念故鄉
或重建家族歷史的同時，藉由對故鄉生存狀態與歷史的梳理，反
省民族歷史淪落的原因，並尋求重建民族精神的方法，因此蕭軍
召喚「民間草根英雄」，蕭紅發現民間原始的生命韌性，端木蕻
良則期待塑造「新人」。

31　王富仁：〈文事滄桑話端木：端木蕻良小說論〉（上），《中國現代文
　　學研究叢刊》2003 年 7 月，頁 88。

　　但另一方面，在東北作家內部，仍因作家生長背景的差異而有看待社會的不同視角與態度。同樣出身遼寧省，蕭軍開展出來的世界是繁林茂木的山林，端木開展出來的是一馬平川的草原；蕭軍凸顯出來的是「農民－土匪」與「地主－官軍」相互對峙的社會結構，端木筆下的官軍也同樣與地主一起對抗、追捕土匪，如小說第十七章描寫土匪天狗在城裡作亂，丁府的砲手與保甲一起抵抗土匪，但地主與地戶、土匪之間的關係卻比蕭軍的作品更為複雜。蕭軍的農民與土匪是結盟關係，而蕭軍站在「農民－土匪」一方，他在農民和土匪間找尋民間草莽英雄的氣質，以張揚反抗現實壓迫的精神力量；而端木既在地主家族內，又因新式知識份子的見識而游離於家族之外，形成反省地主家族問題的視角，也與「農民」、「土匪」處在並不截然對立的位置。因此在端木的筆下，代表地主的丁寧與代表農民的大山是亦敵亦友的關係，他們年幼時一起長大，重逢之後還曾談論《水滸傳》中的英雄人物，當土匪天狗在城裡作亂時，大山幫著丁府追捕逃跑的胡子，並因此被流彈打傷。而當大山所領導的推地事件爆發時，丁寧在拒絕租地的強硬態度與善待地戶的免租主張之間搖擺，他無法如傳統地主一樣純粹站在農民的對立面。而小說中的土匪，則同時具有擄掠民女、殺人越貨的「天狗」一類與在九一八事變之後組織義勇軍的「老北風」兩種形象，正如同端木著名的短篇小說〈遙遠的風沙〉中被官軍收編的土匪「煤黑子」，粗暴蠻橫又任意騷擾群眾、欺壓百姓，完全不服從軍中紀律，但當遭遇日本人的軍隊時，他卻勇猛地抵抗到底。[32]然而，儘管在端木筆下，

32　端木蕻良：〈遙遠的風沙〉，《端木蕻良文集》（第 3 卷），頁 29-45。

地主與地戶、土匪的關係更為複雜，但如同蕭軍在農民與土匪中
尋找民間草根英雄，端木也在農民與土匪中尋找「新人」。

（三）「新人」的建立：知識份子的丁寧與農民英雄的大山

面對地主家族與東北草原的雙重潰敗，端木在南開中學時期
組織「新人社」，在小說中也透過主人公丁寧提出「新人」的概
念，來尋求民族新生的可能性。

端木的「新人」具有兩個重要的思想基礎。第一，「新人」
的提出同時帶有五四「反封建」的思想印記，以及東北淪陷後，
東北作家尋求重振民族精神的情感需求。如同端木所言，在故鄉
淪陷之前，他視家為「狹的籠」，但失去故土之後，他總在失眠
之夜想家。由於家曾經是「狹的籠」，因此他在小說中描寫各式
各樣在地主家族中受苦的女性，包括已逝的母親黃寧、黃大嫂、
二十三嬸與春兄，他們都是家族封建傳統文化的犧牲者。小說描
寫丁寧騎馬走在平川大道上，遠遠地看見進入鷺鷥湖的孔道上立
著「賢孝牌」，過了賢孝牌便是腐敗的三奶家的莊園、輝煌壯麗
的金大老爺的宅院大門，於是丁寧感慨：

> 呵，這神、這宅子、這土著財主的鬥法呀，這吃人不見血
> 的大蟲，這強盜大地的吸血郎！是的，包庇蔭封他們的，
> 是那一個看不見的用時間的筆蘸著被損害者的血寫下的無
> 字天書——制度。[33]

---

[33] 端木蕻良：《科爾沁旗草原》，《端木蕻良文集》（第 1 卷），頁
366-367。

丁寧所看到的「賢孝牌」正如魯迅〈狂人日記〉中的狂人在沒有年代的歷史書上所見的「仁義道德」，都是「吃人」的禮教，這是典型的五四思維。因此丁寧懷抱著拯救春兒的心情，想幫助春兒上學。而幫助被傳統文化所壓抑的弱小者重新認識草原的力量，重建許多「新人」，才能拯救草原遭受列強侵略等潰敗的歷史與現實。

　　第二，端木在小說中並未明確指出「新人」的內涵，但他特別強調剝除層層覆蓋的制度與文化，重新認識「草原」的原始力量。因此「新人」的概念可以和「草原」、「大地」的意象勾連起來。丁寧在與春兒談到大山時，提到春兒與大山同樣處在某種蒙昧的狀態，因為「缺乏一種教育，教育你們認識你們自己所代表的這雄闊的草原的力量」，「所以科爾沁旗草原所賦予給你們的那種雄邁的、超人的、蘊蓄的強固的暴力和野動，仍然不能在你們的身上正確地表示出來」[34]。而當丁寧騎馬馳騁在大地上，回憶起兒時的記憶，遙想著家族起家致富的發源地，他感受到一種強大的力的鼓舞與激盪，來自原始的草原大地：

> 從那時起，頂天立地的科爾沁旗草原哪，比古代還原始，比紅印地安人還健全、信實的大人群哪──這聲音深深地種植在他兒時的靈魂裡。而這聲音一天比一天的長，一天比一天的在眼眶中具體、確實，愈認為確切不移。
> ……
> 是的，這一塊草原，才是中國所唯一儲藏的原始的力呀。

---

[34] 端木蕻良：《科爾沁旗草原》，頁338。

這一個火花，才是黃色民族的唯一的火花……有誰會不這
樣承認呢？有誰會想到這不是真實的呢？[35]

丁寧是透過對祖先與家族發源地的緬懷而感受到草原大地原始豐
沛的生命力，由此將「新人」的概念與小說第一章祖先逃難開
荒、開天闢地的頑強堅韌、第二章丁四太爺擴張家業的雄才大
略、果敢善斷相互聯繫，展現扭轉頹勢的精神力量，而只有這樣
的力量才能夠挽救民族衰亡的危機。同時在這段文字中，也展現
端木在故鄉淪陷後難以回鄉的傷痛中，對故鄉草原的思念之情與
驕傲之感。

　　圍繞著「新人」的概念，小說設置了知識份子的丁寧與農民
英雄的大山兩個角色，讓他們成為小說下半部描寫歷史「橫切
面」時，最重要的兩個人物。黃伯昂與劉以鬯都認為丁寧與大山
是處在對立的位置，大山是用以批評丁寧的理想人物。[36]但個人
認為，兩人在小說中是對照與互補的作用，他們從不同角度展示
「新人」的概念，並用以呈現端木的整體感受和思考。除了地主
與地戶、知識份子與農民英雄的身份差異，整體來說，丁寧是端
木的精神自剖，大山是端木在面對東北淪陷的現實時，以「新

---

[35]　端木蕻良：《科爾沁旗草原》，頁 366。

[36]　黃伯昂即文藝理論家王任叔（巴人），他在〈直立起來的《科爾沁旗草
　　原》〉中提到「大山的出現，是個有力的場面。這作者理想中所代表的
　　人物，自然用來批評丁寧的。」收於鍾耀群、曹革成編：《大地詩篇
　　——端木蕻良作品評論集》（哈爾濱：北方文藝出版社，1997 年 2
　　月），頁 221。劉以鬯則提到「大山與丁寧是對立的。丁寧代表地主的
　　沒落；大山代表群眾的力量。」劉以鬯：〈大山：端木蕻良塑造的英雄
　　形象〉，劉以鬯：《端木蕻良論》，頁 71。

人」概念為核心，企圖形塑足以反抗侵略的理想人物。在小說中，兩人缺一不可，丁寧的教養與開闊的眼界，使他成為「新人」概念的提出者，同時他也是清醒地意識，或者說重新認識到草原力量的先覺者。如前述丁寧對春兄與大山「不認識草原力量」的評論，也可以將丁寧看作是草原群眾的啟蒙者。丁寧同時具備富貴之家的知識教養與草原之子的血脈流淌，使他得以提出重新認識草原力量的「新人」概念，個人以為這正是端木對自己同時擁有兩種階級血脈的驕傲感。然而，端木同時反省到知識份子的精神弱點，因此「新人」在時代轉折點上的作用，必得由作為農民英雄的大山來接續完成。正因如此，小說中由丁寧展開的是「現在進行式」的歷史複雜感，大山則是「未來式」，於是小說對於丁寧與外在現實的碰撞描寫得極為細膩，而大山的形象則充滿象徵性。

丁寧在與「新人社」同伴的談話中，並未具體討論「新人」的概念，反而提出「丁寧主義」。在小說的脈絡中，「丁寧主義」與「新人」的概念並不對接。「丁寧主義」陳述的是丁寧的生命狀態，「新人」則是丁寧對未來的期許。「丁寧主義」[37]是一個複雜的概念，丁寧作為一個在中國憂患時代成長起來的知識青年，面對中國危難的歷史處境，接受五四以降各種紛至沓來的思潮、主義洗禮，富有熱情的理想、急於改變社會現實的熱切心情，想要以狂暴的力量掃除一切舊有的惡勢力，建造理想的生存

---

[37] 在 1939 年上海開明書店的版本中，「丁寧主義」的內容是「虛無主義＋個人主義＋感傷主義＋布爾什維克主義＝丁寧主義」，但端木後來的修訂與最後收入《端木蕻良文集》中的《科爾沁旗草原》，都將最後的「布爾什維克主義」刪去。

狀態。然而他高蹈的思想與現實有所落差，使他感受到漂浮的、
無法著地的孤獨感，這孤獨感既包含知識份子唯我獨尊的驕傲與
優越感，也有與群眾隔膜，無能為力的無用感：

> 「我悲嘆這大草原的命運，我同情了那些被遺棄的被壓抑
> 的。但是我之對他們並無好處，我對他們，在他們看來，
> 並不存在，我只不過是很形式地位置在他們之上，我不屬
> 於他們，只屬於我自己。在我不屬於他們的時候，我立的
> 是特別的高，我可以高出他們沒有相當的尺度可以量，而
> 他們也看著我，如在雲霧裡，不能確定我的價值，這時我
> 是最高的存在，沒有人再能比擬我。雖然我自己的腳，卻
> 常似有點懸空，但我這時是最滿意的享樂。我在屬於我自
> 己的時候，我是最快樂的時候，我自己便是宇宙的一
> 切，……」[38]

而在實踐的過程中，理想也與現實產生強烈碰撞，進而產生扭曲
變形或歪斜歧出，讓他在現實面前感到強烈的挫敗感和虛無感，
進而對自我產生懷疑：

> 「我竟會這樣的無用嗎？我是思想的巨人，行動的侏儒
> 嗎？我崇高的地方在哪裡，我超越的地方又是什麼呢？」[39]

---

[38]　端木蕻良：《科爾沁旗草原》，頁 169。
[39]　端木蕻良：《科爾沁旗草原》，頁 170。

丁寧複雜的生命狀態，施淑將之稱為「少年安那其歌者」，並由此形成作品的獨特氣息：

> 他的作品幾乎全是高歌著人類鷹揚的、潔淨的、健康的品質，而在格調上則恆常散發出一種呼吸高原空氣似的亢奮的、強勁的男子氣息，雖然有時不免流於精神的酩酊或情緒的過度亢奮，無論如何那總是確確實實的生命底氣息。[40]

夏志清認為「丁寧主義」具有三〇年代知識份子的某種總結性和代表性：

> 這左傾的十年間所產生的所有浪漫革命小說的主要人物，都各以不同的組合展示出丁寧主義的這四個特性。[41]

王富仁則在丁寧身上看到各種西方思潮與中國知識份子的思想、情感尚在碰撞、磨合階段，無法完全融合並得出實踐結論的痛苦過程：

> 西方的「主義」被輸入進來了，他們開始用西方的「主義」改造中國，但不論他們信奉西方的什麼樣的「主義」，他們實際的思想傾向和情感趨向都是無法用這種

40　施淑：〈論端木蕻良的小說〉，頁131。
41　夏志清：〈端木蕻良的《科爾沁旗草原》〉，頁190。

「主義」本身來概括的。他們的理想，他們的憧憬，他們
的孤獨，他們的無力，以及所有這些的交錯和互動，使他
們的思想和情感只是由西方各種「主義」的碎片拼湊而成
的。[42]

以上論者都從不同面向發現丁寧形象的獨特性、代表性與豐富
性，各有精彩之處。在此之外，個人認為丁寧形象的成功，不僅
在於透過丁寧複雜矛盾的內在糾結與深刻的自省展現知識份子的
心靈狀態，更在於透過現實對丁寧的反擊，來呈現現實問題的龐
大與複雜。丁寧厭惡三奶家的腐敗，但他卻被設計落入三十三嬸
色誘他的圈套，讓他感到自尊心的受創與生命玷污的骯髒感。他
在面對地戶推地運動的激烈態度時，強大的自尊心與拒絕接受挑
戰的驕傲感使他不自覺地走向傳統地主與地戶對立的位置，採取
強硬的拒絕租地的手法，不惜兩敗俱傷。當他經歷內心的掙扎搖
擺後決定善待地戶，宣布免租的德政，但被務實的大管事先斬後
奏，將「免租」改為「減二成租」，使他原本希望作一個如托爾
斯泰《復活》中的涅赫留多夫那樣富有同情心的地主，卻在無意
間變成東北標準的有威嚴的地主英雄，受地戶「不了解的膜拜」
和「幻想中的怨毒」[43]，如他的祖先丁四太爺那樣。他勉勵春兄
擺脫家庭的束縛，做個「新人」，資助她到南方接受教育，並為
她打開未來美好願景的圖像，沒想到卻面對春兄被胡子擄走的厄
運，讓他痛苦不堪。他一方面對受苦的春兄滿懷同情，卻在心情

---

[42]　王富仁：〈文事滄桑話端木：端木蕻良小說論〉（上），頁88。
[43]　端木蕻良：《科爾沁旗草原》，頁311。

鬱悶之時，將性欲發洩在服侍他的靈子身上，如同任性妄為的富家子弟，並因此導致懷孕的靈子被當家太太強迫喝下毒藥。丁寧並非絕無作為或實踐能力，但他的行動經常遭受思慮的猶疑搖擺或情緒的波動所干擾衝撞，並因此面對嚴酷現實的無情反擊，他有積極奮進的力量，也有沮喪退縮的情緒，這才是真實的現實。

　　相較之下，大山代表的是「未來式」。在小說第四章大山出場時，他便是個多慮深沉、果敢有力的男人。大山出身貧苦底層，曾在江北開荒，因此具有面對艱苦困境的堅韌耐力。同時他在江北時應該曾接受過共產黨或革命理論的思想，因此具備鮮明的階級意識。[44]小說透過兩人互動呈現大山的農民身份與丁寧的地主、知識份子身份的差異，大山與丁寧既有相近的看法，也有意見的分歧，由此形成對照與互補。例如兩人聊到《水滸傳》時，他們都喜歡魯智深，大山以直覺喜歡魯智深，丁寧則有一番完整的理論，認為魯智深是施耐庵心目中最完美的典型。而當他們談到一個丁家的張姓地戶因深夜趕豬回家，經過鐵道而被日本人抓時，丁寧認為東北社會最嚴峻的危機是日本侵略，大山則認為是階級問題。兩者同為東北社會最嚴重的問題，但丁寧面對地主家庭遭遇日本侵略後的經濟危機，因此他的視界包含列強殖民侵略的國際局勢，而大山注目的是自身階級的生存困境，無暇顧

---

[44] 小說對大山在江北接受左翼革命理論或階級理論的經歷寫得很隱諱，僅在地戶發動推地時，透過丁府炮手劉老二之口說道：「當年他在江北就和一個俄國女的攪混，他和她也不學了一些什麼鬼悶怪，見天盡挑著老實的莊稼人亂扯咕；上個月到扶城去討錢，那裡有個李火磨的兒子，剛擱日本回來的，跟他也不知弄些什麼玄虛呢。」見端木蕻良：《科爾沁旗草原》，頁233。

及尚未來到眼前的民族危機。後來大山領導地戶推地，但小說並未直接描寫大山領導推地的過程，而是透過地戶對於是否推地的爭執呈現大山意志的貫徹，但推地運動危機被丁寧和大管事巧妙地化解了。小說描寫了丁寧在推地事件後心情的懊喪感，但迴避了大山在推地過程中遭遇的困難與挑戰，以及推地運動後的反省。

　　丁寧與大山最後的形象分別出現在第十八章末及第十九章末，兩人的形象都具有鮮明的畫面感和象徵性。丁寧在故鄉一連串的挫敗之後離鄉，他騎馬奔馳在草原上，小說透過丁寧的視角開展草原的壯闊：

> 馬跑過下坡，大地又轉成平鋪的綠野。天邊，沒有青山，天邊，也沒有綠水，萬里草原平鋪開去，一碧無垠。
> 地斜轉著，回蕩著，起伏著，波浪著，渦漩著……這萬里的草原，對著那無語的蒼天，坦開焦切的疑問。
> 大地像放大鏡下的戲盤似的，雕刻著盤旋的壟溝，算盤子似的在馬蹄底下旋，旋、輕、搖、轉，飛旋！
> 大地裡有著半破的壟，橫躺著的地頭，抹牛地，乳白色的界石……種種的私有財產制度下的所產生的特異的圖案。破壞了那戲盤的統一的螺旋，編織出種種的方塊形和斜紋的織棉。
> 這平錯出的精巧，無阻地伸到天邊去，純青色的草蓆。
> 唯有這壯闊的草原，才會有的偉大的地之構圖。[45]

45　端木蕻良：《科爾沁旗草原》，頁376。

面對著遼闊的草原，丁寧深深感到內心的孤獨與複雜煩亂的思緒：

> 他是寂寞者；他是獨語者；他是畸零者；他是苦吟的思索家；他是不討回報的施捨者；他是沒有算盤的經濟家；他是憂傷的煩惱者。不因時間而有變，他永不滿足地吸食著雨水、雪、雪水、冰，因為他是個知識的渴求者。……他有亙古的同情心，從未偏倚，但他永為著太多的道路的不平，而流盡了眼淚。[46]

但在漫長的奔馳中，丁寧逐漸從無垠的大地和遼闊的寂寞之間，重新感知大地賦予草原子民沉鬱而渾厚的生命力，因此他迎著旭日，重新振奮起「新生」的願望與力量：

> 丁寧想：我就是大地，我是地之子。他想，我不是海，我沒有海那麼濕潤；我也不是山，我缺乏山的崢嶸。
> 我只是寂寞、寂寞，寂寞的心，雄闊的寂寞呀。
> 這時，他全身都起著光明，他高舉起手臂，額間的髮，迎風飛舞著，全身濕潤。一輪血紅的朝陽，惡魔的巨口似的舐著舌頭，從地平線上飛起，光芒向人寰猛撲，丁寧的血液向上一湧，他掄起了手臂高呼著──
> VITA NOVA！VITA NOVA！VITA NOVA！
> 大地折轉著，大地回旋著，馬蹄翻撥著，綠禾擠攘著，呼

---

46 端木蕻良：《科爾沁旗草原》，頁 376。

聲亢嘯著……大氣焦赤的起浪……

VITA NOVA！VITA NOVA！VITA NOVA！

聲音被邈遠的晨風帶去。

大地在朝陽裡企待。[47]

雖然不知道丁寧的「新生」將依憑何種思想內涵，但他在挫敗之後對「新生」的追求與渴望，正是個人生命力的展現，同時也是改變現狀的力量，民族希望的根源。

　　而大山最後的形象出現在九一八事變後，胡子「天狗」趁亂入城打劫與「老北風」號召的義勇軍進城集結抵抗的混亂中：

　　人在兇號，整個科爾沁旗草原在震顫，在跳躍，在激揚！
　　人在漩渦裡，忽然一亮──是大山古銅色的頭，獅子樣的
　　鬃毛抖動，黑絨鑲邊的大眼，向東方的啟明星看著。天際
　　好像只有三顆發光強烈的星在昏暗的晨曦裡發光。[48]

不論是丁寧在草原奔馳，或是大山在人流中矗立，兩者都開展雄闊的草原場景、豪邁而充滿力量的精神氣象（丁寧即使寂寞，都是「雄闊的寂寞」，而不是幽怨孤零的寂寞），而「朝陽」、「啟明星」等意象，也與「黎明」、「新生」、「希望」、「光亮」與「熱力」等內涵相連結，呼應丁寧所提出的「新人」概

---

[47]　端木蕻良：《科爾沁旗草原》，頁 377。根據夏志清的說法，「VITA
　　　NOVA」是拉丁文的「新生」之意。見夏志清：〈端木蕻良的《科爾沁
　　　旗草原》〉註 15，頁 213。

[48]　端木蕻良：《科爾沁旗草原》，頁 408。

念。而兩人的形象也與第一章山東的難民群來此披荊斬棘、開天闢地遙遙對應，他們都是時代轉折點中的重要人物，也將為時代開啟新的改變契機。

　　端木透過丁寧展現東北知識份子與現實碰撞、挫敗後仍期待新生的強悍，透過大山期待九一八事變之後，農民英雄般的「新人」的出現。大山是端木筆下對抗殖民統治的理想人物，更是端木在民族危機中，對東北農民群眾精神力量的召喚與歌頌。

三、知識分子的農民文化想像：
《大地的海》中的土地與農民

　　《科爾沁旗草原》的小說時間結束在九一八事變爆發，說明父系地主富貴家族的衰敗與富貴生活的完結；《大地的海》的小說背景則在 1932 年三月滿洲國成立之際，名為「蓮花泡」的農村。蓮花泡子是端木故鄉附近的農村，日本佔領東北後，為了戰爭需要，強迫群眾在昌圖縣內修築、改建了九條公路，名為「警備道」。部分道路的修築侵佔、毀壞了許多耕地。[49]小說顯然以此為背景，透過農民因耕地被毀和強徵「善捐」而發動破壞行動，張揚農民群眾的反抗精神。在寫作意圖上，《大地的海》屬於蕭軍《八月的鄉村》等強調抗日精神的作品，但因端木對故鄉草原大地的熱情，使整部小說流露著知識份子對土地的讚嘆歌詠與對農民文化、精神的浪漫想像。因此《大地的海》中對土地的

---

[49]　參見孫一寒：〈蓮花泡子及其岸上的日偽警備道〉，《走進科爾沁旗草原──端木蕻良傳記性小說的虛構與真實初探》，頁86-87。

描寫包含著端木濃烈的思鄉之情，而他筆下的農民精神則延續
《科爾沁旗草原》中的「大山」，是富有草原精神力量的大地子
民的健全形態。從這兩個方面來看，《大地的海》富有「反思型
懷舊」對歷史重述與想像的特色。

　　端木曾說《科爾沁旗草原》和《大地的海》都是關於「土
壤」的故事。[50]《科爾沁旗草原》中的地主家庭依靠土地的擴張
發家致富，又因土地的貶值而資產縮水，而力圖重振草原精神的
地主知識份子則在廣袤的大地上發現沉厚的生命力。而寫作《大
地的海》時，端木懷想的是外祖父那代表東北老年農夫的臉和母
親被掠奪的身世，哀嘆故鄉的同胞是「雙重的奴隸」：「在沒有
失去土地的時候，是某一家人的奴隸。失去了土地之後，是某一
國的奴隸。」，而這些失去土地的奴隸「卻想用他們粗拙的力量
來討回。」[51]。

　　在中國現代作家中，很難找到第二個人，像端木蕻良那樣擅
長描寫遼闊的土地，四季變換中的土地。土地（草原）可以說是
端木創作中最鮮明、最重要也最豐富的空間意象。他在〈我的創
作經驗〉一文中強調土地與自我生命的連結，土地對性格與創作
的影響：

　　　　在人類的歷史上，給我印象最深的是土地。彷彿我生下來
　　　　的第一眼，我便看見了她，而且永遠記起了她。……從
　　　　此，泥土的氣息和稻草的氣息便永遠徘徊在我的前面。在

50　端木蕻良：〈《大地的海》後記〉，端木蕻良：《端木蕻良文集》（第
　　2 卷）（北京：北京出版社，1999 年 5 月），頁 205。
51　端木蕻良：〈《大地的海》後記〉，頁 205-206。

> 沉睡的夢裡，甚至在離開了土地的海洋漂泊的途中，我仍
> 然能聞到土地的氣息和泥土的芳香。
> 土地傳給我一種生命的固執。土地的沉鬱的憂鬱性，猛烈
> 的傳染了我。使我愛好沉厚和真實。使我也像土地一樣負
> 載了許多東西。……土地使我有一種力量，也使我有一種
> 悲傷。我不能理解這是為什麼，總之，我是負載了它。而
> 且，我常常想，假如我死了，埋在土地了，這並不是一件
> 可悲的事，我可以常常親嘗著。我活著好像是專門為了寫
> 出土地的歷史而來的。[52]

這段充滿感性的文字強調故鄉大地對生命內在精神的孕育與教
養，大地的遼闊既讓作家感受人在面對廣天闊地時經常生發的無
由的寂寥與憂鬱（如同陳子昂〈登幽州台歌〉中的「念天地之悠
悠，獨愴然而涕下。」），但故鄉的歸屬感也讓端木擁有與土地
緊密連結的踏實感與厚重感，讓生命得以穩定下來，而大地的堅
硬與沉默又培養性情中的固執與堅韌。

　　大地的無聲賜與平凡得讓人忽視，如果不是遠離故土，且不
知何時才能返鄉的鄉情鬱結，很難讓人重新反省故鄉土地對人的
形塑教養。從表面的情節故事來看，《大地的海》是東北作家強
調反抗殖民統治的表態，但對一向強調小說「潛流」的端木來
說，重新認識、發現、挖掘和重新敘述充滿力量的故鄉的「土
地」與「人民」，才是這部小說最重要的目的，也是他真正的抒

52　端木蕻良：〈我的創作經驗〉，孔海立編：《端木蕻良作品新編》（北
　　京：北京人民出版社，2010 年 1 月），頁 309。

情願望。[53]從這個角度看，楊義稱端木是「土地與人的行吟詩人」[54]，無疑是非常精準的。

《大地的海》中最迷人的片段都與大地的描述有關，端木的草原大地往往不是純粹的自然描寫，而是他的心靈圖像，是他寄託懷鄉情緒的對象。小說第一章開頭兩段開啟萬里無垠、空闊遼遠的荒涼世界：

> 假若世界上要有荒涼而遼闊的地方，那麼，這個地方，要不是那頂頂荒涼、頂頂遼闊的地方，但至少也是其中最出色的一個。
> 這是多麼空闊，多麼遼遠，多麼幽奧渺遠呵！多麼敞快得怕人，多麼平鋪直敘，多麼寬闊無邊呀！比一床白素的被單還要樸素得令人難過的大片草原呵！夜的鬼魅從這草原上飛過也要感到孤單難忍的。[55]

這空闊遼遠，因之感到荒涼孤單的感受，不僅是故鄉大地給端木的感覺，也是端木在遠方懷想故鄉草原的心境和情緒，小說因之

53　端木在〈《端木蕻良小說選》自序〉中曾說：「我覺得作品的後面，總有一個『潛流』。不管有意的，或者無意的，它總會有的。有的願意把它都拿到前台來，那麼，所謂的『潛流』就會少些。反之，『潛流』就會多些。我喜歡『潛流』多些。」，端木蕻良：《端木蕻良小說選》（長沙：湖南人民出版社，1981 年 3 月），頁 3。

54　楊義：《中國現代小說史》（第三卷）（北京：人民文學出版社，1991年 5 月），頁 275。

55　端木蕻良：《大地的海》，端木蕻良：《端木蕻良文集》（第 2 卷），頁 1。

展開一長段富有詩意的抒情。但由於草原大地的壯闊氣象，抒情走得不是溫柔綺旎一路，而是遼遠蕭瑟一路。

從知識份子的懷鄉抒情進入這荒涼空闊的世界，由此展開草原大地人民所面對的生存環境，這裡就不僅是氣象壯闊的盛景，更是一個自然環境無情而嚴酷的世界。一切溫柔的事物都與它無關，「北風逞著荒寒的挺勁」，叢生的刺榆無花無葉，只有尖銳的針刺。即使到了春天，也不比冬天多些顏色、聲響或溫暖，「天空依然是乾燥的、晴朗的、靜止的，而且是那麼高遠，冷冷落落的帶著孤潔的蔚藍」[56]，大地仍被白雪結成堅硬的冰塊，呈現冬眠的狀態。終於等到春暖化雪，以為寒冷荒涼的世界走到盡頭，大地卻又捲起狂暴的風沙，這風是「奇異、自信、橫暴」的，它肆無忌憚、恣意妄為地橫掃而過，把柳樹上僅有的濕潤都吹乾了，連唯一的春意都不肯留下。人們只能期待第一次雨水的到來。

雨水的到來終於讓農家得以播種，在大地上寄託一整年的希望。然而有時仍有發怒的風，「一條張牙舞爪的怒龍，滾過平原，滾過大野，滾過草場」[57]；有時則來暴烈的雨，「狂瀉的雨線，佔滿整個天廓，按照空氣對流的節奏，編成無數的流蘇在天空委折，一個不可描摹的魔舞的裙裾。」[58]而暴雨更對耕地帶來嚴重的傷害，它或將原本浮活鬆軟的土壤拍死，待太陽出來，土壤便成為堅硬的土殼，讓幼苗無力掙扎，在土裡夭折；或毀壞壠台，積水不散，影響小苗的排水與吸肥。由於草原大地的無邊廣

56　端木蕻良：《大地的海》，頁5。

57　端木蕻良：《大地的海》，頁17。

58　端木蕻良：《大地的海》，頁61。

闊，無所遮蔽，因此狂風暴雨對莊稼的撞擊都是直接而強烈的，
毫無迴避的空間。

　　若終能熬到初夏和風到來，大地便成為一片綠色的海，那是
一片「黃絨的綠潮」，「漫無標幟的漾著波紋」，讓凝視它的人
有種恍惚之感：

　　　　大地的永恆狀態，涵育著一種不可捉摸的神秘存在著，使
　　　　注視在上面的眼睛都受著它的磁力的吸引很快的投到土裡
　　　　去。[59]

端木筆下的大地或如寒天凍地的冰封世界、狂風暴雨的無情吹
打，或如空闊渺遠的荒涼、綠潮搖曳的神秘，都讓人在大地面前
顯得卑微而渺小，產生無由的崇敬臣服之心。而大地與農民的關
係正是如此。

　　在端木筆下，大地的嚴酷一方面宰制著農民的生活與勞動，
一方面又磨礪他們的性情，使之粗礪、頑強、堅韌。小說藉由農
民的生命狀態描述土地對農民的餽贈和宰制：

　　　　大地養育了他們，作他們的搖籃、保姆、奶子。看他們睡
　　　　眠、長大、粗苗、粗魯的大笑——然後當他們血液飽滿的
　　　　時候，則把他們套回去，安安靜靜的奪回去，沉默的、毫
　　　　無寬貸的，這樣作著，用苦工，用勞作……。[60]

---

[59]　端木蕻良：《大地的海》，頁 96。
[60]　端木蕻良：《大地的海》，頁 16。

他們都是土地的兒子，被土地養育成人，又將所有的勞力奉獻給
生養他的土地，土地與農民由此形成一代代綿延不絕的循環。費
孝通在《鄉土中國》中曾提到從內蒙旅行回來的美國朋友對他發
出的疑問：「你們中原去的人，到了這最適宜於放牧的草原上，
依舊除地播種，一家家劃著小小的一方地，種植起來；真像是向
土裡一鑽，看不到其他利用這片地的方法了。」費孝通因此深深
感到民族與土地強力的黏著關係：「從土裡長出過光榮的歷史，
自然也會受到土的束縛。」[61]如上節所述，端木筆下的科爾沁旗
草原原是蒙王的封地，來此開荒的也多是關內來的移民，正如費
孝通的美國朋友所述在內蒙劃地耕種的漢民族。而端木也是少見
的，在三〇年代即寫出土地對農民餽贈與宰制的雙重關係的作
家，透過農民隨著季節變化所做的日常勞動，寫出農民依附於土
地，又被土地套牢的生動形象。於是在農忙時節，所有的勞動力
都被編織到大地上，並由此形成農民與土地高度固著的行為規範
與價值判斷：

> 這些日子以來村子裡一切大小的勞力者，都已走到土地裡
> 去，將活動消費在大地的身上了。這村子裡，凡是有勞力
> 的人，都不許可自己稍微虛擲了一滴汗水、一點兒筋力。
> 一切的工作，都必須以大地為對象，都必須是對大地有生
> 產的才被許可。甚至專門以在清明前後偷著跑出來羅雀為
> 唯一樂趣的小孩子，現在也都跟臀絆倒在土裡和土接觸、

---

[61] 費孝通：〈鄉土本色〉，《鄉土中國》（上海：上海人民出版社，2013
年12月），頁6-7。

和土工作了。[62]

所有的勞動力都被土地套牢了，土地因之全權決定了農民思維與
行動的慣性，對土地之外的任何消耗都是浪費的，而「絆倒」的
姿勢格外鮮明地呈現農民對大地的臣服。之後，小說更用來頭走
入耕地裡的形象，既以大地無邊的浩瀚偉大對照人的渺小，也寫
出土地早已決定一代代農民生存樣貌的宿命：

> 大地以一種混然的大力溶解了他。在一個小小的漩渦的轉
> 折中，他便沉落了，不見了。
> 沒有一點海航的標幟，沒有一塊可指點的浮標，以一種頑
> 強不馴的單一的綠色吞食了他，於是停留在永恆的緘寂
> 裡；來頭已經失去他的所在，看不出他在什麼地方，大地
> 就這樣淹沒了他們兩代。[63]

這段文字可謂前述美國人所言「向土裡一鑽，看不到其他利用這
片地的方法」，最鮮明、生動而感性的文學表述。

也正是在這樣的農民文化基礎上，土地變成唯一不可侵犯的
聖物。當日本殖民力量從城市進入農村，並踩到農民的底線——
耕地和農作物，才激發農民的反抗力量，而這一反抗便如東北草
原暴烈的氣候，沛然莫之能禦。在小說中，蓮花泡農民對於滿洲
國的成立，「長春」改為「新京」，只當作茶餘飯後的閒話家

62　端木蕻良：《大地的海》，頁35。
63　端木蕻良：《大地的海》，頁97。

常，並無真切實感，更無贊同或反對的表態。小說利用兩個鮮明的現代化意象──「鐵路」與「柏油馬路」進入農村，象徵殖民統治力量的入侵，而殖民統治的入侵直接傷害、犧牲的是農民的生存憑據，終而引發激烈的反抗。

　　小說先透過張大個子帶來城裡的消息引起蓮花泡農民的緊張情緒。因日本人擔心義勇軍躲藏在高粱地裡突襲鐵路，因此城裡發出公告，鐵道十里內不准再種高粱。農民被迫縮減農地，在氣憤中發出年頭日益敗壞的怨言：

> 「當初老帥少帥在這兒的時候，人們都盼啥年頭老農民才能『翻燒』呢？說是等著吧，等著真主出現就好了。……如今晚，真主當真出現了，洋大人騎在真主脖子上。」[64]

以此諷刺滿洲國的傀儡政權。緊接著大雨沖壞了農村原有的泥路，日本官軍來到蓮花泡宣布修築柏油馬路的消息，並強調大道還要拓寬。但日本官軍不走被大水沖壞的泥路，反而踏著農民的作物而來，激怒了艾老爹。艾老爹在官軍走後，氣憤地將粗重的大靰鞡鞋踏在自己辛苦栽種的幼苗上，發洩著：「雜種，有你們踏的，沒有我自己踏的！」[65]

　　隨著修築公路的進程，巡警前來剷除路邊的小苗，以拓寬道路。艾老爹的耕地是沿著道路的狹長型，因此損失最為慘重。艾老爹一氣之下打傷了巡警，並自暴自棄地親手剷除嫩綠的小苗，

64　端木蕻良：《大地的海》，頁 59。
65　端木蕻良：《大地的海》，頁 68。

在狂怒的發洩後帶著過度悲傷與憤怒之後的麻木和酩酊，感到意
志消沉，生命無望。鄉民沉重地感受到土地的變質，生命與土地
的割裂：

> 雖然他們的腳也踏著土，手也握著土，然而大地已不是他
> 們的了。他們只是大地的奴隸。他們辛苦的勤勞的從大地
> 的乳房裡擠出的奶汁，被另一群吃慣了海錯山珍的人們，
> 在談笑間享用。給他們剩下的只有大塊的土塊，奪去他們
> 生命的土塊。[66]

當生命最重要的依憑也遭遇傷害，背水一戰的生存本能便被激發
出來。小說在鄉民喪氣的對話中呈現從忍耐到反抗的心理轉折，
對話的背景則是村中狗對貓瘋狂的追逐廝殺，以此暗喻殖民統治
對農民的欺凌。

　　之後，壓路機開進蓮花泡，農民將此現代築路機器視為摧毀
村子的惡魔。修築道路的工人是農民群眾和關押在監獄裡的囚
犯，修成的公路將高粱運往他國，將大砲運進來打自己，農民因
此感慨出自己的力，造的卻不是自己的路。[67]在面對殖民者「強
迫現代化」的過程中，農民對於「現代化」並沒有清楚的認知，
他們只務實地考慮「現代化」的過程與結果是否有利於自己的生
存。修築公路侵佔了農民的耕地，破壞了作物，但與此同時，也
將改變的契機帶進了蓮花泡。修路工人中有來自高麗的革命青年

66　端木蕻良：《大地的海》，頁65。
67　端木蕻良：《大地的海》，頁113-117。

金德水和在獄中策反的老電燈匠五丁，透過他們的思想啟蒙，將反抗意識、革命理念與農民的義憤情緒結合起來，利用修築工事的機會，發動農民劫囚車解放犯人，而後農民與囚犯加入了義勇軍的行列。《大地的海》展現的是滿洲國治下「官逼民反」的故事，由廣大農民組成的東北義勇軍或人民革命軍在形成之初，未必具有多麼鮮明的民族存亡危機感與愛國意識，更多的可能是無法生存的本能反抗。[68]

　　東北草原大地嚴酷的自然條件與農民對土地的依附性的確掌控了農民的思維邏輯與行為慣性，但也同樣孕育了頑強堅韌的生存意志。端木蕻良在〈《科爾沁旗草原》初版後記〉中曾提到東北農民在現實的橫逆中忍氣吞聲、忍耐認命，但當忍耐破裂的時候，他們便是「搖天撼地的草莽之王」，這是草原大地賜與的生命力，也是端木所企望的草原「新人」的精神氣象：

> 那蘊含著人類的最強悍的反抗的精神哪，那凱薩一樣強壯的，那長白山的白樺一樣粗大的，那偉大的寶藏啊，那不該使人驚嘆嗎？不該使人想到這力量如能精密地編織到社會的修築裡去，那不會建樹出人類最偉大的奇蹟嗎？！[69]

如同蕭軍在農民與土匪間找尋「民間草根英雄」，端木也在大地

68　端木蕻良著名的短篇小說〈渾河的激流〉也是「官逼民反」的小說，渾河左岸白鹿林子中的獵戶們因無法捕獵到足夠上交滿洲國的狐皮數量，決定集體拒交，加入人民革命軍的行列。端木蕻良：〈渾河的激流〉，《端木蕻良文集》（第3卷），頁99-123。

69　端木蕻良：〈《科爾沁旗草原》初版後記〉，頁412。

草原的子民中召喚充滿力量的「新人」。《大地的海》中經過金
德水和五丁啟蒙、組織後的來頭等農村青年是直接參與戰鬥的中
堅力量，而《科爾沁旗草原》中的理想「新人」大山則在《大地
的海》中成為反抗力量的「藏鏡人」，不論台前幕後的農村青年
的描寫，端木都有意激活草原子民原本就具備的強旺健康的生命
力，以此作為反抗列強侵略、反抗殖民統治與改變民族命運的
「新生」力量。趙園以「由地母造出的巨人」來描述端木作品中
的農民形象，並認為「他的對於『力』的頌揚，對於雄強的性格
的讚美，他的對於農民形象的理想化，詩化，英雄傳奇化，顯然
是由一種自覺要求出發的」[70]，很精準地掌握端木的創作意圖。

　　有意思的是，如同蕭軍在《第三代》中的凌河村塑造了井泉
龍和林青兩個智慧老人，民間英雄人物，端木在《大地的海》中
也塑造了艾老爹和郝老爺兩個象徵草原大地力量的長者，兩組人
物都是一動一靜、一剛一柔的組合。艾老爹是精力旺盛、強健剛
烈的老人，他的形象有點類似井泉龍。小說以「一棵獨生的禿了
皮的大松樹」的意象來形容艾老爹，並延伸出對松樹的大段描
寫：

> 這樹是很可怕的。春天，它是綠的。夏天，是綠的。秋
> 天，依然是綠的。冬天，它還是綠的。風吹來，休想迷惑
> 它搖曳一棵枝條。雪來了，並不能加到他身上以任何的影
> 響。它的哲學就是：重的就比輕的好，粗的就比細的好，

---

[70] 趙園：〈端木蕻良筆下的大地與人〉，趙園：《論小說十家》（上海：
華東師範大學出版社，2014 年 11 月），頁 80。

> 大的就比小的好，方的就比圓的好，長的就比短的好。小
> 鳥是不會落在它身上的，因為它不懂得溫柔。在它整個的
> 生命裡，似乎只有望一下這草原，就夠了。除了空闊它不
> 再需要任何其他的東西。[71]

對獨生松的描寫也正是艾老爹的精神氣象。如第二章所述，《第
三代》中的凌河村有「三人松」的故事，「三人松」強調的是
「復仇」與「前進」的精神力量，獨生松扎根於大地，獨自承受
草原大地的風霜雨雪和孤寂空闊，即使禿了皮、裸著身，沒有任
何保護，依然堅毅挺拔、翠綠長青，這也是精神力量的展現。而
郝老爺走過孤苦無依的一生，默默承受著時局的日益淪落和老境
的淒苦，但他所開設的賣酒小店卻為苦悶的農民提供了傾訴痛苦
與尋求溫暖的好去處，他甚至供他們吃酒，不取現錢，只在收成
時接受農民回贈的口糧，施予與回贈之間都是簡單純樸的人情溫
暖。他也用溫柔體貼的心，去聆聽、理解和寬慰來頭無處宣洩的
青春欲望。當築路工人來到蓮花泡後，他接受五丁和金德水的革
命啟蒙教育，在開會結束後的回家路上，他教導金德水如何透過
蜘蛛結網觀察天氣變化，呈現知識份子與農民在知識領域上的互
補與互助，而兩人之間的互動也讓人聯想到林青與小學教師焦本
榮。不論是強健剛烈的艾老爹或溫和柔韌的郝老爺，也都是大地
子民生命力的展現。

---

[71] 端木蕻良：《大地的海》，頁26。

四、少年的生命啟蒙：短篇小說中的青春記憶

　　1942 年七月與九月，端木蕻良接連寫出〈初吻〉和〈早春〉兩篇描述個人年少時期生活經驗與生命啟蒙的小說，這兩篇小說褪去《科爾沁旗草原》與《大地的海》中雄闊的草原氣象與強旺的生命偉力，展現端木出身富貴人家的生活情趣、審美感覺和生命體悟，也展現端木精緻、綺麗又帶著少年悲傷憂鬱的柔性的抒情筆調。兩種不同的風格呈現巨大的反差。

　　〈初吻〉和〈早春〉的出現在端木創作中具有多重的意義。首先，《科爾沁旗草原》和《大地的海》在記錄東北歷史、描寫故鄉風土、召喚民族精神等創作意圖上都與蕭軍的《第三代》有相近之處，但〈初吻〉與〈早春〉在回憶童年時光、藉由懷舊抒情思考生命問題等內容上卻與蕭紅相近。〈初吻〉和〈早春〉的執筆欲望與動機未必與蕭紅有直接關係，但端木與蕭紅共同生活期間所面對的文學環境與蕭紅創作對他的刺激，必然為他的創作加入新的思考、啟發與養分。

　　如第三章所述，蕭紅與端木於 1940 年到香港後，香港聚集了許多因內地戰亂而逃難來港的異鄉人，社會呈現濃厚的思鄉情緒。蕭紅也許在此氛圍的影響下，專注於三〇年代已經著手創作的《呼蘭河傳》，並以邊寫邊連載的方式趕寫出來，在香港《星島日報》副刊發表，最後在 1940 年 12 月 20 日全部完稿；端木蕻良則在此時寫了被他稱為「開蒙記」的記錄家庭歷史與家族成員故事的長篇散文〈科爾沁前史〉，這篇散文於 1940 年十二月至隔年二月在香港《時代批評》雜誌連載，此時距離端木寫作《科爾沁旗草原》已有六、七年的時間。由於時間點的相近，

〈科爾沁前史〉的寫作極有可能來自於香港社會、文學氛圍與蕭紅《呼蘭河傳》的觸發。

〈科爾沁前史〉與〈初吻〉、〈早春〉都是對過往家庭生活經驗的追述，在寫作內容與題材上有相互連貫、互補之處，但在寫作面向與敘述模式上卻大異其趣。被稱為「開蒙記」的〈科爾沁前史〉向「外」發展，記述成長過程中的社會認識，散文透過父系、母系家族成員與經歷的描述，凸顯家族內部的階級差異，並開展家族歷史與東北鄉土雙重的衰敗過程，整部作品具有開闊的宏觀視角和歷史眼光，以客觀、平實的口吻敘述。而〈初吻〉、〈早春〉則向「內」發展，訴說個人的青春心情與秘密，小說以年少時期與家族女性相處的經驗為素材，描述少年成長過程中的生命啟蒙與情感教育。作品以回溯性敘事的模式來完成，同時包含成人的回憶、反省視角與兒童、少年稚氣的心靈、眼光和口吻。後者的敘述視角極有可能來自於《呼蘭河傳》中「女童視角」的啟發。〈初吻〉、〈早春〉寫在蕭紅過世後半年多的時間，端木在〈早春〉的開頭，還引了蕭紅《呼蘭河傳》「尾聲」中的一句話作為序言：「那早晨的露珠是不是還落在花盆架上」，顯然帶有懷念蕭紅，以作品向蕭紅致意的心意。

其次，在端木蕻良個人的創作脈絡中，〈初吻〉、〈早春〉的出現也並非無跡可循。司馬長風在對《科爾沁旗草原》的分析中曾提到小說不論在題材或筆法上都表現「鮮烈的對襯美」：

> 諸如猛烈果決的大山與溫文因循的丁寧；照耀時代的新理想與固陋愚昧的迷信；少爺搶掠寧姑的兇殘，以及對寧姑的似海柔情；有粗獷的歌，也有綺麗的曲等等。……類似

的粗與細，剛與柔，野與文的對襯筆法，引導讀者不斷從
一個世界，跳進另一個世界，而兩個世界都這樣耀眼分
明，彩色鮮亮。[72]

《科爾沁旗草原》的主調是「粗獷的歌」，但它「綺麗的曲」也
同樣出色，這些段落特別出現在丁寧臥房、女性閨閣等空間，與
家族女性成員如母親，婢女春兄、靈子，三奶家的依姑、小鳳、
二十三嬸、三十三嬸，在小金湯遇到的少女水水等相互連結。這
個世界的鶯聲燕語、溫軟柔香在〈初吻〉、〈早春〉中都得到充
分的發展。同時，端木最早的創作動機來自於替母親寫出女性受
苦的故事，從母親的經驗出發，端木筆下的女性基本上都是受苦
的弱者，她們出身卑微，不是地戶女兒（如寧姑、春兄、水
水），就是大家族裡服侍主子太太的婢女（如春兄、靈子），而
她們的命運也都是封建傳統家庭文化的犧牲者，男性權力的依附
者或被宰制者，許多人更是男性身體暴力的受害者，如寧姑被小
爺搶親，水水、春兄被土匪掠劫，靈子成為丁寧苦悶時的發洩對
象、《大地的海》中的杏子被城裡來的路家三少爺襲殺等等，而
缺乏獨立、自主、強悍、勇敢，「新人」一般的女性角色。〈初
吻〉、〈早春〉基本上延續《科爾沁旗草原》中的女性形象，並
以兒童、少年的眼光一步步認識女性的溫柔美好，以及美好如此
易於幻滅和消逝。

　　第三，端木在蕭紅過世後，於 1942 年二、三月間輾轉來到

72　司馬長風：《中國新文學史（下卷）》（臺北：古楓出版社，1986
　　年），頁 90。

桂林。桂林時期，在寫出〈初吻〉、〈早春〉等小說時，端木同時進行《紅樓夢》的相關研究，寫出包括〈向《紅樓夢》學習描寫人物〉、〈論曹雪芹〉等文論與獨幕話劇《林黛玉》、《晴雯》、三幕話劇《紅樓夢》（後改名《王熙鳳》）。[73]端木自述在年少時期就曾偷看父親皮箱裡的《紅樓夢》，被深深吸引，知道《紅樓夢》的作者與自己同姓，更感親切和高興。[74]端木在《科爾沁旗草原》中也曾提到《紅樓夢》，小說中丁寧和大山討論《水滸傳》，他們一致喜歡魯智深，隨後丁寧進入對於《紅樓夢》的漫想：

> 「曹雪芹所描寫的寶玉或黛玉，都不是健全的性格，都是被批判的性格，當然，曹雪芹他自己並沒有表現出他自己批判的見地和批判的能力。但是他也補寫出一個完全的性格，來作他們的補充，在男人裡就是柳湘蓮，在女人裡就是尤三姐，……」[75]

在《科爾沁旗草原》時期，端木強調健全的「新人」的培養與誕生，因此他筆下的主人公感到寶黛纖細敏感的性格不夠強悍，而認為柳湘蓮和尤三姐的直率爽朗、果敢剛烈才是「完全的性格」，有意思的是，柳湘蓮和尤三姐也是蕭軍喜歡的《紅樓夢》

73　參見曹革成：〈端木蕻良年譜（上　續完）〉，《新文學史料》2013年5月，頁187-190。

74　端木蕻良：〈論懺悔貴族〉，孔海立編：《端木蕻良作品新編》，頁213。

75　端木蕻良：《科爾沁旗草原》，頁177。

人物，由此可見三〇年代端木「召喚民族精神力」的寫作意圖是
與蕭軍相近的。但到了四〇年代，端木透過〈初吻〉和〈早春〉
的書寫開始回憶成長過程中「受苦的女性」時，他喜愛《紅樓
夢》的初衷就此展現出來。端木曾言特別喜愛《紅樓夢》的原
因，在於小說表現出作家的「真情主義」，而「真情主義」在虛
假而市儈的封建傳統貴族文化裡，是不被容許的異教，因此賈寶
玉和林黛玉的相近相親不純粹是愛情，更是「反市儈主義」的結
盟。端木因此對高鶚的續書非常不滿，認為高鶚違背了曹雪芹的
本意，在續書中讓反市儈主義的寶玉向市儈主義的賈政皈依了，
放棄了他對市儈主義的鬥爭。[76]端木對《紅樓夢》的喜愛，也讓
他在往後寫出長篇小說《曹雪芹》。從這個角度看，〈初吻〉、
〈早春〉也許可以說是端木創作中承上（《科爾沁旗草原》）啟
下（《曹雪芹》）的作品。

　　端木對《紅樓夢》「真情主義」的偏好，對封建家庭文化的市
儈主義的批評，也可以成為解讀〈初吻〉、〈早春〉的一個視角。

　　〈初吻〉、〈早春〉中的主人公「蘭柱」是端木童年時的小
名，小說以端木的童年經驗敷演而成，透過第一人稱的回憶視角
追述童年、少年時期情感的失落，反省成長過程中的情感教育與
生命啟蒙。〈初吻〉的內容偏重於兒童、少年情感的萌發與挫
敗，小說透過男孩在父親靜室中對神秘女子的畫像感到著迷；在
花園中與靈姨在池邊玩耍，透過水的倒影看靈姨美麗的臉龐；當
靈姨從樹上抱下「我」時，「我」碰觸到靈姨柔軟的胸脯而感到

---

[76]　端木蕻良：〈論懺悔貴族〉，孔海立編：《端木蕻良作品新編》，頁
　　　213-220。

異樣的顫動；我在睡夢中夢到在充滿甜膩味道的花海中玩耍，被軟綿綿的白色絨毛包圍和覆蓋；再次來到靜室中，「我」輕輕地吻了畫像中的神秘女子，並因此生了一場名為「苦春」的病。這些段落細膩地描寫了少年情愛與性的啟蒙。病癒之後，「我」到天津讀書，三年之後，「我」回到故鄉，在原野中玩耍時無意間與靈姨重逢，靈姨現在住在地頭上的白房子裡。此時的「我」注意到的是靈姨美麗的臉龐、紅櫻桃般的嘴和飽滿的胸脯，代表「我」的成長，「我」已經能夠明確地感知到異性肉體的吸引力，而靈姨深深的靜靜的吻了「我」。但也是在這次重逢，「我」認識到現實的醜陋，靈姨原來是父親遺棄的情婦，美麗的初戀就此幻滅。[77]

　　小說的主軸是少年性與情愛的啟蒙與失落，但也可以看做是美好純真的童心認識現實的醜陋與市儈的過程。小說透過兒童的感知，輻射出男性的權力世界和女性的情感世界，相較之下，女性是比較遠離虛偽與市儈，更讓「我」感到安心和親近的。小說描述「我」在父親的靜室中玩耍，這靜室雖然是父親的，但他卻不常在這裡，他更常待的地方是會客室和書房。會客室和書房是送往迎來、建立人脈和處理公事的地方，都與外在社會習氣相連結。而即使在父親雅致寧靜的靜室，仍有《堪輿指歸》、《龍山虎勢全圖》、《地學發微》等風水之書，也暗示男性世界與財富

---

[77] 孔海立在〈對自我失落的反思——端木蕻良和他的姊妹篇《初吻》和《早春》〉中以「靜室」、「花園」和「白房子」三個空間，來分析主人公對異性的啟蒙與幻滅，頗為精準細膩。收於成歌主編《端木蕻良小說評論集》（北京：北京出版社、文津出版社，2002 年 12 月），頁284-286。

權勢的掌握和擴張相勾連。一直沒有現身的父親在小說末尾以暴虐地鞭打情婦並遺棄她的形象出現，展示男性對女性的掠奪與傷害，以及男性世界的市儈與醜陋。與此相較，小說中大篇幅是主人公與母親、靈姨相處、撒嬌、玩鬧的美好時光，這些片段都說明主人公是個受寵嬌慣的少爺，也顯示作家對這段不知世事醜陋、備受寵愛的幸福時光的眷戀。

　　然而，即使女性相對遠離虛偽和市儈，但那似乎也只是兒童因無知而誤認的假象。小說中的「我」因二哥已到適婚年齡，來家裡送庚帖求親的女孩太多，「我」就得經常幫忙二哥「看女人」，只有「我」看中的女孩，二哥才會再看。這些女孩和她們的父母為了這生命中的大事，無不全力以赴。以「我」的眼光來看，這些女孩都不及靜室畫像中的女人自然而神秘，言下之意在批評現實市儈的利益考量（如求得富貴好姻緣）讓所有人都變得虛假。小說中最美好的女人是母親和靈姨，但到了小說末尾，兩人也都現出真實的面貌：靈姨是父親的情婦，而母親因父親和靈姨的外遇而狠心將「我」所喜歡的靈姨趕出家門。小說中描寫靈姨親吻了「我」，但這吻恐怕並非出於愛「我」的心，而是被父親遺棄後，情感無處寄託而尋求的安慰或補償。然而從另一個角度看，求親女孩的惺惺作態、靈姨作為情婦的真實面貌以及母親趕走靈姨的殘忍，其根源仍在於女性作為男性依附者的社會現實，因此這些「受苦女性」的「醜陋」，也格外讓人感到惋惜與痛苦。面對這樣的生命認識，小說中最美好的描寫都以最「虛幻」的方式來呈現，例如靜室畫像中的女子，池水中靈姨的倒影（並非真正的靈姨），充滿甜膩花香和白色絨毛的夢境等等，似乎悲觀的說明所有純粹、美好的事物都是不存在的。主人公深刻

地認識到現實是複雜的,而現實的醜陋也有其複雜性。

　　相較於〈初吻〉描寫少年的情感啟蒙與生命認識,〈早春〉則可說是少年的懺情錄。小說描述春天時節,「我」跟著金枝姐到野地採野菜,到山澗旁採黃色小花。小說透過採花、失落又重新採得等波折的過程,對比「我」作為少爺的任性嬌慣和「金枝姐」的體貼寬讓。回家路上,「我」告訴金枝姐「我」要請母親讓金枝姐搬來我家同住,「我們」要永遠在一起。但是回到家裡,見到來家訪親的姑姑,「我」開心地膩著姑姑玩耍,東扯西拉,把金枝姐和金枝姐費盡心血為「我」採到的黃色小花都拋到九霄雲外。等「我」隨著去姑姑家玩了一個月回來,「我」才猛然想起金枝姐,但金枝姐已經到北荒去了,而金枝姐為「我」採的黃色小花,早已不知在胡亂中弄到哪裡去了。「我」面對自己的過錯,以及與金枝姐永難再見的別離感到痛苦,並為自己的草率和情感的冷淡善變發出深深的自責和懊悔:

> 「為什麼與我那樣有關係的事,我處理得那樣草率,而且,為什麼我那樣認真的事,那麼容易就忘記,為什麼那麼密切的事,我又突然的看得那麼冷淡,在我的靈魂深處一定有一種魔鬼,它在那兒支配著我,使我不能自主。……為什麼我在可能把握一切的時候,彷彿故意似的,我失去了機會,等她真的失去,我又要死要活的從頭追悔?……為什麼我在見解上一點也不妥協,我在行動上總是自動投降?……」[78]

---

[78] 端木蕻良:〈早春〉,《端木蕻良文集》(第3卷),頁460。

小說發出一連串的痛苦詰問，自剖人性中的冷漠與殘忍。

　　與〈初吻〉一樣，〈早春〉描寫的雖然都是蘭柱所接觸的女性世界，但仍隱隱有個男性世界作為對照。小說描述姑姑來訪作客，是想要找母親在春天補過一個快樂的，純粹女性的「體己年」，意味著年節期間，所有的女性都在大家族的團聚中分擔職責，沒有自己，這讓人聯想到端木母親婚後在家族裡服侍長輩的艱辛。而在母親與姑姑的閒聊中，她們都懷念未出嫁前快樂的少女時代，訴說婚後家族生活的苦惱，也意味著傳統婚姻與封建家庭對女性生命的束縛，這也是端木筆下盡是「受苦的女性」的文化根源。此外更為重要的是由「我」和金枝姐對照出來的階級差異與性別權力，「我」對於金枝姐的輕忽和遺忘，如同〈初吻〉中父親對靈姨的遺棄，端木父親對母親的搶親，都是地主、男性身份對女性的傷害。而這傷害還往往因其地主、男性身份的高傲而毫無自覺。而「我」正是因為這樣的發現和反省，而對自己感到憤怒和厭倦。弔詭的是，我面對痛苦的情緒，「只盼望爹早早回來，爹回來好帶著我騎馬在草原上瘋狂的奔馳」[79]，以地主貴族式的娛樂來宣洩痛苦，那麼這自覺和反省，又能維持多長的時間？又能有怎樣的改變呢？這也許就是《科爾沁旗草原》中的丁寧不斷在知識份子的清醒自持與地主子弟的高傲任性間不斷擺盪的原因。

　　端木在寫於 1941 年三月的〈論懺悔貴族〉中提到俄羅斯的懺悔貴族「放棄了維護市儈主義的立場，而宣言了自己明澈的態度」，因此「對封建貴族的統治的完美作了一個大破壞」。而他

---

[79] 端木蕻良：〈早春〉，頁 460。

認為「貴族的懺悔，就是在於他們接受了新的號召。」[80]並因此提出對中國的反省：

> 中國的解放是中國現在每個人的責任，因為中國是一個民族解放的運動，中國的命運的完成是在於統一戰線的完成。殖民地次殖民裡，「人的覺醒」和「硬骨頭」的性格是最可珍貴的。[81]

這也是端木從創作之初，便強調「新人」的思想根源。只有「新人」的形成，才能挽救民族衰敗的危機，也才可能解放「受苦的女性」。

五、結語

家族歷史的書寫與重建可以說是端木蕻良創作中的最大特色，也是他為東北作家鄉土敘述所做的重大突破。端木最初的創作動機源自於為母親寫下受苦的女性歷史，但在認識家族歷史的過程中，逐漸形成寬廣的社會認識，包括家族的興旺與衰敗、地主與地戶的階級關係、列強侵略對東北傳統經濟與社會結構的破壞。

端木蕻良的家族書寫呈現「向外」與「向內」兩種內容走

---

80 端木蕻良：〈論懺悔貴族〉，孔海立編：《端木蕻良作品新編》，頁219。

81 端木蕻良：〈論懺悔貴族〉，孔海立編：《端木蕻良作品新編》，頁220。

向。《科爾沁旗草原》與《大地的海》屬於「向外」的社會認識
與民族思考。《科爾沁旗草原》以父系地主家族的歷史為素材，
透過書寫丁府的發家歷史，一方面展現先輩從中原來此開天闢
地、開疆拓土的壯心豪氣，以此流露作家對家族歷史的自豪感，
一方面也呈現家族盛極而衰的歷史走向，剖析導致衰敗的內、外
原因，從而將家族歷史與傳統文化的桎梏、列強侵略的民族危機
等近代東北歷史現實結合起來。最後提出「新人」的概念，重振
草原大地所賜予的民族生命力，重新張揚先祖開荒時堅韌頑強的
鬥志，以挽救時代的危局。

　　《大地的海》則以母系地戶家族的生命狀態為核心，透過對
草原土地的歌詠抒發作家對故鄉大地的思念之情，同時描述東北
大地嚴酷的氣候環境與生存條件，並呈現農民對土地高度的依附
性和黏著性。也因此，當殖民統治者掠奪百姓的土地，農民的反
抗便如火燎原地展開了。農民的反抗未必帶有清楚的民族危機感
和愛國意識，更多的是為求生存的本能反抗。

　　端木在四〇年代發表的短篇小說〈初吻〉、〈早春〉則屬於
「向內」的個人生命啟蒙和情感教育。〈初吻〉透過少年情愛與
性的啟蒙與幻滅，書寫成長過程中認識現實醜陋與市儈的過程；
〈早春〉則是少年的懺情錄，透過「我」對金枝姐輕忽草率的對
待所造成不可挽回的錯誤，認識人性中的冷漠與殘忍，反省地主
階級高傲任性、自我中心的性情對他人的傷害，也以此回應為母
親書寫「受苦女性」的創作初衷。

　　吳福輝在〈戰爭、文學與個人記憶〉中提到各種不同型態的
抗戰文學，他特別注意到東北作家在抗戰時期對於「童年記憶」
書寫的心理狀態：

> 東北愛國作家都有亡國之痛，他們是一點閒情逸致都沒有
> 的左翼文人，回憶童年，實際上是反省生活，是帶著戰爭
> 留給他們的人生磨練經驗和寶貴的體悟來重新審視自己的
> 成長史。這些作家又一個個都是富裕家庭出身，但激越的
> 政治思想讓他們的視野從醜惡荒淫的富貴一直延伸至正義
> 高潔的貧困。還有一個基本的思想線索，是在童年回憶裡
> 尋找屈辱中的尊嚴和愚昧中的覺醒。[82]

以這段文字說明端木蕻良的家族書寫，無疑是非常恰當的。

---

[82] 吳福輝：〈戰爭、文學與個人記憶〉，吳福輝：《多棱鏡下》（北京：
人民文學出版社，2010 年 2 月），頁 33。

第五章

東北邊境的城鄉書寫與多元文化：

駱賓基《混沌初開》中的
童年記憶與鄉土圖景

一、前言

　　在本書所討論的東北作家中，駱賓基（1917-1994）是生年最晚的一個。在他的創作中，可以看到他有意無意地追隨東北前輩作家的足跡，不斷吸取各種文學養分，並在創作實踐中逐漸形成自己的文學風格。

　　駱賓基原名張璞君，原籍山東省平度縣（膠東半島西部），出生、成長於中國邊境城市吉林省琿春縣。駱賓基的父親張成儉出身山東貧苦農家，年輕時「闖關東」到關外修築中東鐵路，之後到海參崴做生意，繼而在吉林省琿春縣開雜貨舖，逐漸發達成為當地的富商。年近四十時回到山東娶家鄉的金姓少女做「二房」，少女嫁到張家才發現自己被騙「做小」，不願和原配一起生活，因此跟著丈夫來到東北，這個少女便是駱賓基的母親。駱賓基年幼時父親因被騙誤收大量貶值的俄國盧布而破產，賦閒在

家，靠著變賣店裡的存貨，以及母親管理早年領到的「占荒地」為生。駱賓基的童年便生長在家道中落的富商家庭中。[1]

九一八事變爆發前，駱賓基在琿春度過既憂鬱又快樂的童年與少年時光。父親破產後的消沉，意欲南歸山東老家而與希望留在東北的妻子產生各種冷戰和爭執，上縣立小學時，因頑皮而被老師視為「指標人物」等童年時期家庭、學校的遭遇，都是駱賓基憂鬱的來源。而富商家庭相對優渥的生活條件、作為獨子所受到的寵愛、與左鄰右舍玩伴和同學結伴在大街上遊蕩冒險的經歷、就讀縣立高小一年級時遇到溫和開明的白全泰老師、山東老家親戚帶來的各種家族故事、母親經營的「屯落」（來到東北的關內移民因「占荒地」而擁有的荒野農地）的經管人帶他領略東北山林的壯闊與神秘等等，這些經驗都讓駱賓基擁有許多美好的童年、故鄉記憶。

1931 年九一八事變爆發，學校停課，十四歲的駱賓基跟隨許多師長、同學報名參加抗日救國軍，但被父母發現加以阻攔，之後隨家人避居家族經營的屯落黑頂子山九道泡子，靠務農為生，駱賓基也因此被迫結束童年至少年時期較為完整的求學階段，但這段務農的經歷讓駱賓基對邊境鄉野的生活方式與族群結構有更為完整清晰的認識，成為後來小說創作的重要素材。1933 年，在父母的安排下，駱賓基回到原籍山東省平度縣農村務農。之後曾輾轉在濟南、北平短暫讀書，終因父喪家貧而中斷學業。

1935 年駱賓基計畫到蘇聯留學，因此回到東北，在哈爾濱

1　有關駱賓基父親早年「闖關東」的經歷與父母的婚姻狀態，參見韓文敏：《現代作家駱賓基》（北京：北京燕山出版社，1989 年 4 月），頁 1-4。

外語補習學校「精華學院」學習俄語，同時擔任補習學校的國文
與初級英文教師。在哈爾濱期間，駱賓基結識了話劇導演賈小
蓉，並在賈小蓉的引見下，認識了「二蕭」的好友金劍嘯與音樂
教師李仲華，又經由金劍嘯的介紹閱讀了二蕭在朋友間流通的
《跋涉》，並聽聞二蕭藉由《八月的鄉村》和《生死場》登上文
壇的消息。根據駱賓基日後的追憶，「二蕭」為他開啟了往後文
學與人生的道路，並讓他興起自編文學刊物的念頭：

> 蕭軍和蕭紅為我們以後從哈爾濱逃亡上海開闢了一條路，
> 一條通往魯迅和茅盾所構成的左翼文壇重心——新現實主
> 義大本營的道路，以後成了決定我們命運、逃亡上海的關
> 鍵因素之一。[2]

因此當駱賓基在 1936 年與精華學院的日語教員安本元八發生口
角，並被安本元八向日本憲兵隊密告閱讀左翼書刊後，駱賓基的
出逃路線便由哈爾濱經遼寧營口到山東煙台，轉往上海。至此，
因九一八事變後被迫離開從小生長的琿春，先退至荒野屯落務
農，再退至山東老家務農，之後走上漂泊之路的駱賓基，一步步
走近東北作家的行列。

　　孤身來到上海之後的駱賓基，在異鄉尋找東北同鄉以相互扶
持取暖，並在貧窮困窘的生活中，開始創作以「九一八事變」後
琿春抗日救國軍戰鬥故事為題材的《邊陲線上》，小說的素材來

2　駱賓基：〈初到哈爾濱的時候〉，《初春集》（南昌：江西人民出版
　　社，1982 年 10 月），頁 289。

自於參加抗日救國軍王玉振旅的同班同學穆學武在退役之後所講述的參軍經驗。小說完稿時，魯迅已經過世，駱賓基遂將稿件送交茅盾，在茅盾的介紹和推薦下，幾經周折，最後在 1939 年由巴金主持的上海文化生活出版社出版。[3]

　　「七七事變」的爆發，同樣激起來自東北的駱賓基高昂的抗日情緒和濃烈的思鄉情懷，他在〈抗日戰爭爆發那一天——紀念抗戰爆發五十週年〉中，追述「七七事變」之後，他與在上海流浪的東北朋友們，包括琿春同鄉張棣賡、東北流亡詩人辛勞、陳亞丁、年輕的散文作家林珏、蕭紅的弟弟張秀珂等，幾乎天天在黃昏晚飯後，抱肩高歌懷想遙遠的家鄉：

> 每當飯罷歸來，就必然遙望著里弄上空一道藍天出現的色彩斑爛的晚霞而開始作著種種遐思冥想，醞釀準備歌唱的情緒，開始懷念起遙遠的早已喪失的國土山川懷念起遙遠有著父母庇護的溫飽而幸福的家鄉生活，於是如教堂的領詩班一樣唱起：「我的家在松花江上」來了！起頭或是低沉的獨唱，一會兒就轉成三四人的大合唱了！而詩人辛勞總是手伸兩臂，抱著我們的肩膀。我們唱過《五月的鮮花》，又唱《大刀進行曲》，唱過高爾基的《囚徒歌》，又唱蘇聯電影插曲《我們生在海上》。[4]

---

[3]　有關駱賓基在哈爾濱的生活與初到上海的創作經歷，參見駱賓基〈初到哈爾濱的時候〉、〈作者自傳〉等文，均收於《初春集》。另參考韓文敏：《現代作家駱賓基》，頁 8-19。

[4]　駱賓基：〈抗日戰爭爆發那一天——紀念抗戰爆發五十週年〉，《瞭望時代的窗口》（北京：人民日報出版社，1988 年 5 月），頁 149。

「八一三事變」後，騾賓基與好友張棟賡參加「上海青年防滬團」，並將戰爭爆發後的上海生活經驗寫成報告文學《大上海的一日》。之後經由胡愈之和王任叔的介紹，與茅盾、馮雪峰的資助，轉往浙東前線參加共產黨組織的抗日救亡宣傳工作。在1938 年至 1940 年間，騾賓基輾轉在浙江嵊縣、紹興、金華與皖南各地從事各種抗日革命組織工作，最後在 1940 年中到達廣西桂林，又在 1941 年下旬，經由廣州、澳門到達香港。[5]

　　來到香港之後的騾賓基最重要的生命經歷，便是與蕭紅結識。兩人相識於 1941 年十一月太平洋戰爭爆發前夕。在此之前，蕭紅已是因《生死場》、《商市街》、《牛車上》等作品聞名於中國的女作家，剛剛完成《呼蘭河傳》的寫作和連載；而騾賓基則是發表了《邊陲線上》、《大上海的一日》、《夏忙》等抗日題材的小說與報告文學的年輕作家。1941 年底至 1942 年初在蕭紅生命的最後階段，騾賓基是陪伴在病床前的重要友人，蕭紅對騾賓基講述自己一生的艱難跋涉，也分享了對文學的思考和想法。蕭紅過世之後，騾賓基與端木蕻良將蕭紅的骨灰葬在香港淺水灣。1942 年三月，騾賓基經澳門赴桂林，並在桂林開啟他創作的高峰與成熟時期。

　　回顧騾賓基在 1949 年之前的創作歷程，若以香港時期作為

5　有關騾賓基早年在故鄉琿春、父親老家山東平度、北平與哈爾濱輾轉求
　　學、工作的經驗，1936 年到上海開始創作以及抗戰爆發後到浙東嵊
　　縣、紹興、金華等地參加共產黨抗日救亡組織工作，並擔任中共嵊縣縣
　　委宣傳部長等經驗，可參考韓文敏：《現代作家騾賓基》，頁 5-36；
　　于立影：《騾賓基評傳》（長春：東北師範大學中文系博士論文，2006
　　年 5 月），頁 2-63。

分界,前期的創作題材與文學風格顯然更接近蕭軍《八月的鄉村》,包括描寫「九一八事變」後琿春抗日救國軍戰鬥生活的長篇小說《邊陲線上》;描寫 1937 年「八一三」淞滬戰爭爆發後戰事的緊張與混亂,以及租界內外難民生活景象的報告文學集《大上海的一日》;描寫「八一三」上海事變時,由上海郊區工人與學生自願組成的民兵隊伍實戰經驗的中篇小說〈東戰場別動隊〉;取材自駱賓基在浙東從事農村抗日宣傳組織工作的報告文學集《夏忙》等,這些作品的創作意圖都以紀錄戰爭狀況、宣揚抗日精神為主。[6]

　　後期的創作主要在桂林完成,包括長篇小說《姜步畏家史》中的第一部《幼年》,以及〈北望園的春天〉、〈老爺們的故事〉、〈老女僕〉、〈周啟之老爺〉、〈鄉親──康天剛〉等一系列優秀的短篇小說,這些作品代表駱賓基文學風格的建立與成熟。從駱賓基後期的作品來看,有三個作品顯然遺留著與蕭紅友誼的痕跡,是駱賓基在蕭紅病榻前的對談所得到的文學啟發。第一是駱賓基在 1943 年發表了〈紅玻璃的故事〉,在這部作品的後記中,駱賓基提到此作的原始素材是太平洋戰爭爆發後某個砲火隆隆的夜晚,蕭紅在避居香港思豪大酒店時講述給駱賓基聽的故事,駱賓基在 1943 年 1 月 22 日蕭紅逝世一週年時,將之追撰

6　駱賓基:《邊陲線上》(長春:吉林人民出版社,1984 年 10 月);駱賓基:〈東戰場別動隊〉,收於駱賓基:《駱賓基小說選》(長沙:湖南人民出版社,1982 年 1 月),頁 192-246;《大上海的一日》與《夏忙》兩個報告文學集,均收於駱賓基:《初春集》(南昌:江西人民出版社,1982 年 10 月),頁 9-31,32-64。

而成。[7]趙園在〈駱賓基在四十年代小說壇〉一文中提到這部作品中對於王大媽的描寫，同時包含著蕭紅頓悟式的，「偶然地」對個人生命產生整體懷疑的思想印記與駱賓基式的輕喜劇的敘述語調。[8]這部作品可以算是兩人的合作。第二是駱賓基在 1946 年根據蕭紅過世前的口述資料，寫成《蕭紅小傳》[9]，這部作品是蕭紅最早的傳記，對蕭紅登上文壇後的心路歷程與香港時期的生活有輪廓式的描寫，是往後蕭紅傳記寫作與研究最重要的基礎材料之一。第三是駱賓基在 1942 年蕭紅逝世後，由香港赴桂林不久，便開始撰寫長篇自傳體小說《姜步畏家史》中的第一部《幼年》，在這部作品中，駱賓基開始回憶並描述個人的故鄉與童年成長經驗，個人認為這樣的轉變明顯受到蕭紅《呼蘭河傳》的啟發。

　　在駱賓基的作品中，《姜步畏家史》（後稱《混沌初開》）同時包含駱賓基在遙遠的西南一角（桂林）對故鄉琿春的思念之情、對童年生活的懷舊情緒、對流動家史的敘述，對東北邊境城鄉面貌的整體書寫。本章將以《混沌初開》為核心，論析駱賓基筆下的東北邊境城鄉書寫與敘述特色。

---

[7]　參考駱賓基：〈紅玻璃的故事〉文末「後記」，駱賓基：《駱賓基短篇小說選》（北京：人民文學出版社，1980 年 5 月），頁 59。

[8]　趙園：〈駱賓基在四十年代小說壇〉，《論小說十家》（上海：華東師範大學出版社，2014 年 11 月），頁 179。

[9]　駱賓基：《蕭紅小傳》（哈爾濱：北方文藝出版社，1987 年 6 月）。

二、個人史、流動家史與邊境城市風情：
《混沌初開》的社會記憶

　　《姜步畏家史》的創作與出版過程極其曲折。這部作品原本訂名為《姜步畏家史》，1942 年駱賓基在桂林開始計畫寫作這部長篇巨制，最初預計寫成《幼年》、《少年》、《青年》（又名《混沌》、《氤氳》、《黎明》）等三部曲，小說時間橫跨蘇聯 1917 年十月革命之後到 1937 年中國對日戰爭爆發，透過主人公姜步畏的成長經歷，描寫家庭景況與中國邊境城市琿春的變遷。[10]駱賓基自 1942 年開始寫作第一部《幼年》，隔年完成，1944 年在桂林三戶書店出版，但因戰時印數不多，且時值大後方戰線潰敗、桂林大撤退之際，因此作品流通狀況並不好。抗戰結束後，1947 年上海新群出版社重印此書，更名為《混沌》。1949 年中共建國之後，上海文藝出版社及北京作家出版社先後重新排版印行此書。文化大革命結束之後，文化藝術出版社再次出版，並將書名又改回抗戰時期第一版的《幼年》。相較於第一部《幼年》（《混沌》）的多次出版，第二部《少年》寫於1945 年至 1946 年間，並先後在邵荃麟主編的《文學》及吳祖光主編的《清明》等雜誌連載，但從未出版，直至 1985 年，駱賓基修訂及重寫四〇年代已完稿的《少年》，至 1988 年結束。然而《少年》修訂完成後，駱賓基便因腦栓塞病倒，出版事宜因此延宕下來。1994 年，第二部《少年》始與第一部《幼年》合

10　韓文敏：《現代作家駱賓基》，頁 54。

璧，由北京十月文藝出版社出版，題名《混沌初開》。[11] 1997
年駱賓基過世，第三部《青年》的內容永遠無法猜測。為方便引
用及論述，本文以最後訂本《混沌初開》稱呼已完成的《姜步畏
家史》第一部「幼年」與第二部「少年」。

　　駱賓基在香港結識蕭紅與端木蕻良，他與蕭紅有更多的相處
和對話，從蕭紅處獲得的文學養分也更為具體和鮮明，但他對端
木蕻良的創作應該也不陌生。《混沌初開》的完成，同時包含蕭
紅《呼蘭河傳》的童年記憶與端木蕻良《科爾沁旗草原》書寫家
族歷史的心願。相較於蕭紅的《呼蘭河傳》以呼蘭河為書寫核
心，將童年記憶融入到對故鄉的描寫，並以此寄託民族寓喻；端
木蕻良的《科爾沁旗草原》在記錄家族歷史的過程中展現東北故
鄉的衰敗，並提出「新人」的概念以挽救民族危機；駱賓基的
《混沌初開》從某方面來看較為單純，它具有高度的自傳性，以
個人的成長經驗為小說主軸，開展對流動家史、鄉土空間與時代
氛圍的描述，整部作品充滿懷舊思鄉情緒。

　　《混沌初開》中的主人公姜步畏的家庭背景與成長經歷大致
與駱賓基吻合。小說以主人公姜步畏童年、少年的成長軌跡為主
軸，第一部《幼年》涵蓋的時間較長，描述姜步畏（小名連哥
兒）自兩、三歲有記憶以來，在琿春縣城的童年回憶，結束在十
歲左右，在高小遇到為他帶來「五四」文學氣息的白全野老師，

11　《混沌初開》第一部和第二部曲折漫長的出版過程，可見駱賓基：
　　〈《混沌初開》後記〉，《混沌初開》（北京：北京十月文藝出版社，
　　1994 年 8 月），頁 554-558。經核對，《混沌初開》中的第一部「幼
　　年」的內容與文革結束後 1982 年由文化藝術出版社出版的《幼年》完
　　全一致。

讓他的生命開啟了新的視野。[12]第二部《少年》則聚焦在 1927
年秋天，書寫姜步畏隨母親到位於黑頂子山的九道泡子視察租
地，度過了一個秋收季節。城裡的少年初識荒野森林的遼闊、租
地佃戶的質樸耐勞、旗人地主的作派，以及東北邊境滿人、漢人
與因被日本殖民而逃亡至此的朝鮮人之間複雜的權力關係，同時
也體會居住在縣城裡的母親管理土地的艱難。《幼年》書寫縣
城，《少年》書寫鄉野，兩者正好形成邊境地區城鄉書寫的對
照。本節的討論將以第一部《幼年》為主，著重在對姜步畏個人
史、流動家史與邊境城市書寫的分析。

相較於《呼蘭河傳》中的鄉土時空是「封閉循環」的，呼蘭
河是深埋在中國大地內部的一個荒僻小城，鄉民隨順著春夏秋冬
的四季流轉過著日復一日年復一年沒有變化的生活；《混沌初
開》的鄉土時空則是「開放流動」的，小說因主人公的移民家史
而打開東北與海南（渤海之南的山東老家）的空間流動與生活差
異，更因琿春地處中國邊境，混居著滿人、移民漢人、流亡而來
的俄羅斯人和朝鮮人，而展現近代世界歷史的縮影。

《混沌初開》從個人史、流動家史與城市風貌等三個面向展
開流動開放的鄉土時空，進而凸顯琿春二〇年代的城市氛圍與時
代感覺。從個人史的角度來看，書名《混沌初開》意味著主人公
從蒙昧無知到鑿開七竅、打開視界的成長歷程，小說是姜步畏的
個人成長史，小說主軸以第一人稱「我」為敘述視角，隨著姜步
畏對父母、親族、社會、鄉土與國家的認識而展開。

12　駱賓基曾在〈父子情——琿春縣人物小志〉描述小說中「白全野老師」
　　的原型人物白全泰老師的事蹟，可與小說相互參照。駱賓基：《瞭望時
　　代的窗口》，頁 140-141。

　　第一部《幼年》共十一章，依主人公的成長大致可分為三部分。第一章以兩、三歲稚齡的眼光接觸世界，「我」的目光以母親為中心，描寫跟隨母親去紅旗河洗衣，因頑皮而差點落水的幼時經驗，接著擴及對門鄰居梅姐，以及梅姐的父母親的韓四叔、四嬸，最後出現的是在街道上經商，帶著玩具和時髦商品如俄國式小馬靴、日本製的膠皮立人等回家的父親姜青山。此時主人公的視野局限在家庭與鄰居。

　　第二章至第八章父親帶「我」上街，「我」開始見識父親的社交網絡與縣城風貌，眼界也從家庭、鄰居延伸到琿春熱鬧的大街、父親的商店、戲院等成人的娛樂場所。「我」隨父親參加宴會而感到父親在商場上尊為「會辦」的高貴地位，但不久之後父親就因盧布貶值而破產回家。賦閒在家的父親成為「我」的啟蒙老師，同時「我」也開始察覺父母之間的爭執與冷戰。盧布貶值導致父親破產呈現的是東北近代歷史與俄國、日本等列強國內政局緊密連動的現實，父母之間的爭執則讓「我」開始認識「流動家史」，生活的複雜性與現實感逐漸具體。

　　另一方面，「我」跟隨玩伴琴琴姊姊在街上遊蕩，蹤跡遍及街道、糖果店、紅旗河、溜冰場等，這些地方是兒童的快樂天堂，與父親帶「我」去的場所完全不同。同時，生活中照顧「我」的是貪嘴但慈愛的山東褓母崔婆，崔婆為「我」帶來許多山東老家的遙遠故事；而總是在冬季時節率領高麗佃戶的糧車進城，強壯粗獷的佃戶經管人古班則為「我」帶來深山屯子原始質樸的生命氣息。崔婆與古班為「我」開啟對遠方世界的想像，一個是從未謀面的、更為遙遠的故鄉「海南」，一個是與琿春縣城截然不同的荒野山林，孩童的空間想像由此超出他的生活範圍。

　　第九章至第十一章，「我」進入縣立兩級小學二年級作插班生，有了學名「姜步畏」，也開啟了「我」的「頑童歷險記」，「我」與同學在放學後到處探險，和高麗同學打架鬥毆，並因此被老師盯上。直到「我」升上四年級，遇到慈幼院出身的北京大學畢業生白全野班導師，白老師對「我」的溫和善待，讓「我」產生「做個好學生」的決定，也開始喜歡上課。這三章中的「我」隨著學校生活的開展，逐漸建立個人的人際網絡，而邊境城市的民族問題也進入到孩童的日常生活中。

　　在姜步畏的個人成長史之外，小說透過主人公的生活觀察，從雙親冷漠、爭吵的原因，開展出關內與關外、山東與關東、海北與海南的「流動家史」。許多東北作家都有祖先逃荒「闖關東」的家史，蕭軍的祖先從山東來，蕭紅也曾提到「我們本是山東人，我們的曾祖，擔著擔子逃荒到關東的。」[13]端木蕻良的祖先從河北「闖關東」而來，[14]他在《科爾沁旗草原》第一章中以神話傳說般的筆法鋪展祖先的逃荒歷史，則改成了山東水患導致綿延逃荒的難民潮。[15]與前述作家相比，駱賓基的獨特之處在於家族「闖關東」的歷史較近，因此《混沌初開》透過生活細節，更為完整地呈現東北與山東老家的情感聯繫和情感糾葛。而在駱賓基的創作中，經常呈現東北與山東的「雙鄉」狀態，他有許多

13　蕭紅：〈九一八致弟弟書〉，《蕭紅全集》（散文卷）（北京：北京燕山出版社，2014 年 4 月），頁 395。

14　孔海立：《端木蕻良傳》（上海：復旦大學出版社，2011 年 1 月），頁 10。

15　端木蕻良：《科爾沁旗草原》，《端木蕻良文集》（第 1 卷）（北京：北京出版社，1998 年 6 月），頁 5。

小說都以東北（中、朝、俄邊境）和山東（膠東半島）為背景，
如《邊陲線上》、《混沌初開》、神話〈藍色的圖們江〉、短篇
小說〈鄉親——康天剛〉等作品描寫東北琿春邊境一帶[16]；長篇
小說《人與土地》（在香港戰火中丟失原稿，現僅存曾於 1941
年在香港《時代文學》上刊登的首三章）[17]、中篇小說〈膠東的
「暴民」〉[18]（又名〈一個倔強的人〉、〈仇恨〉）等作品則以
山東為背景，而短篇小說〈鄉親——康天剛〉中的康天剛則是從
山東到關東掙錢的採蔘人，同樣串起山東與東北的聯繫。

　　《混沌初開》中姜步畏的母親當年結婚時被騙做了「二
房」，因此她不願回鄉面對原配，決心久居關東。她沒有回頭路
的處境使她堅強而獨立，積極經營早年所分配到的「占荒地」，
但被迫離鄉背井的悲涼也使她對丈夫產生怨懟之情。這種怨懟在
丈夫因生意破產、閒居在家、意欲歸南時到達極點，夫妻兩人幾
度爭吵和冷戰。小說透過父親在經商失敗之前的尊貴地位與破產
之後的意志消沉，對比當年父親「闖關東」發跡時的意氣風發、
風華正茂，鋪展父從年輕時豪放不羈，中年養尊處優到破產後
衰老慈祥的性情變化；也透過父母的隔膜與對峙，呈現母親因被
騙而抑鬱寡歡的新婚生活，到東北後想家又決心久居關東的堅
持，以及積極經營屯落而逐漸成為一個精明幹練的「女財東」的
過程。因此山東與關東的流動家史同時隱含著父、母親的生命經

16　〈鄉親——康天剛〉與〈藍色的圖們江〉均收於駱賓基：《大後方》
　　（北京：作家出版社，1990 年 5 月），頁 68-92，267-327。

17　《人與土地》現存的首三章可參見駱賓基：《中國現代作家選集：駱賓
　　基》（香港：三聯書店，1994 年 12 月），頁 31-117。

18　〈膠東的「暴民」〉收於駱賓基：《駱賓基小說選》，頁 338-408。

歷。

同時，小說也透過姜家的褓母、傭人崔婆與母親的日常閒聊，不厭其煩地絮叨著「海南」家鄉的天氣、物產、風俗、人情與往事，來顯示「闖關東」的第一代對中原家鄉的眷戀難忘。崔婆的閒話讓人聯想到蕭紅《生死場》中王婆如流水般漫延的夜間談話，小說中描述崔婆總有說不盡的話題，遇到熱天氣，她就說：「咱們海南家快拔麥子了。」從拔麥子說到忙莊稼、作女紅的各種鄉間勞動；遇到樹木落葉了，她就說：「咱們海南家這時候，正唱野台子戲了。」從野台子戲又說到唱魚皮大鼓，綽號李太白的說書人，說到他唱的目連救母。崔婆的漫談總能引起「我」對遠方故鄉的神秘想像：

> 每次我都聽得神迷魂蕩，並且生出許多美麗的幻想。那渤海南的鄉村，給了我神話一樣的誘惑和憧憬，雖然我還沒有見過鄉村，甚至現在連城外的郊野都沒有見識過。[19]

而駱賓基重述當年崔婆如何絮叨山東老家的風土，其實正與作家在中國西南一角絮叨童年生活的情感一致，都是懷鄉心情。

此外，小說第九章透過堂兄姜學禮渡海到東北投靠「我」的父母，希望能在荒地開墾謀生，來記錄山東姜家大伯與兩個兒子的家族糾紛，以及母親對山東姜家的情感恩怨。而堂兄姜學禮投靠東北叔父的原因，除了家族糾紛，還有海南岸「北軍」（奉系軍閥）與「南軍」（直系軍閥）的征戰造成農民收成不易，因應

---

[19] 駱賓基：《混沌初開》，頁91。

戰事而強行拉伕或強徵各種苛捐雜稅，讓百姓難以生存，只得變
賣土地遠走他鄉。姜學禮從山東到東北的移動路線，正呼應作者
對民國初年各地軍閥爭奪地盤，征戰廝殺所造成的混亂時局的批
評：

> 那年代的中國的執政者，沒有餘力照顧那些無血可吸的廣
> 大的中國人民了。他們的全部精力集中在賭博上，有直系
> 的軍隊，有奉系的軍隊，如他們所說：「有南軍，有北
> 軍。」他們得珍重押下他們的政治生命的賭注，勝的是吳
> 佩孚呢？張作霖呢？段祺瑞呢？孫傳芳呢？還是南方的革
> 命軍。就在這塊人所共有的土地上，那些雇佣軍隊的主
> 人，彼此砲轟、槍擊，誰屠殺的人多，誰就是這塊土地的
> 主人。[20]

母親後來安排姜學禮夫婦經管駱駝河子窩棚地，也開展出姜家屯
落的兩處窩棚，一處是距離琿春縣城二十里外的駱駝河子，是草
原地，讓高麗農戶在此租地耕種；一處是離城九十華里遠，在俄
羅斯邊境附近的黑頂子山，黑頂子山是荒山僻野，父親將家鄉貧
窮無告，來此投靠的鄉親都安置在此開荒。兩處窩棚也讓姜步畏
得以認識邊境的荒野生活。

　　小說透過姜步畏的「流動家史」，紀錄父、母親的生命經
歷，也透過山東、東北的移動路線，勾連關內、關外的情感記
憶，並由此展開縣城琿春之外，山東故鄉和東北邊境荒野的開放

20　駱賓基：《混沌初開》，頁230。

空間，輻射出民國初年的混亂政局與內憂外患。

　　在個人史、流動家史之外，《混沌初開》最引人注意的是中國邊境縣城琿春獨特的城市風情。琿春北臨俄羅斯，南接朝鮮，小說開篇所描述的縣城籠罩在海霧中，淒清而神秘：

> 我出生的縣城，靠近海參崴海口的中國邊境，距離朝鮮的
> 清津港也很近；所以秋冬兩季的早晨，海霧永遠都是很濃
> 重的，充滿了街道，充滿了我們住的院落。[21]

小說透過男童認識世界的過程，藉由日常生活的描寫開展琿春城市雜居著滿族、移民漢族、高麗人、俄羅斯人、猶太人、日本人等不同民族、國籍、人種所融混的多元文化，讓城市充滿豐富而神秘的異國情調。但在迷人的城市風情背後，小說除了展示多元民族、文化的交融與滲透，也交錯著二〇年代邊界城市幾種政治勢力的擠壓和衝撞。

　　小說第二章透過主人公父親與帳房焦急的對話，寫出俄國十月革命之後，盧布貶值的經濟震盪影響了姜青山的事業，導致姜青山破產；而潰敗流亡到中國邊境城市的俄羅斯「富黨」也給這個城市帶來流浪、感傷、絕望的氣息。小說擅於從生活細節描寫民族間的摩擦，例如當俄羅斯軍官搬到民居院落，便引來大批群眾好奇圍觀「老毛子」，在「我」眼中的俄羅斯軍官有著漂亮神氣的衣裝和頹敗憔悴的神情。俄羅斯軍官對左鄰右舍的圍觀感到不安和憤怒，出口罵人，便引起圍觀群眾的回嘴：「這些猢猻，

21　駱賓基：《混沌初開》，頁3。

打敗仗了，還這樣兇，這是中國地界了，不是在你們本國，他媽的，還不讓人看，非趕走你們不可。」[22] 這些細節的描寫透過東北百姓與「老毛子」的相互觀看，既呈現東北百姓對於「老毛子」的好奇，也呈現頹喪的俄羅斯流亡者在作為「他者」的群眾圍觀之下感到的羞辱、難堪與厭煩，而東北群眾的圍觀心理又融混著「地頭蛇」的霸道與魯迅筆下「阿 Q」式的自大的精神面貌。

　　除了俄羅斯政局的變動為琿春帶來新的移民，日本對朝鮮的殖民也改變了琿春的城市面貌。日本殖民朝鮮導致大量難以為生的朝鮮難民在每年春天成群結隊、攜家帶眷地往琿春移動，企圖在中國地界找到新的生存之地：

> 這座縣城每年春天，必定有成群結伙可憐的高麗農民來臨，帶著他們僅有的銅質的餐具、沙巴力碗和長柄勺、剷飯的海螺、妻子的嫁妝櫃子……婦女用頭頂頂著，男人就用背背著，從朝鮮咸北道，從慶源府，從靠海的清津，像潰散的災民一樣降臨了。[23]

他們來到琿春便找到高麗民會，透過高麗僑民朴斗寅的介紹，散落到四鄉各地開荒。高麗難民之外，還有許多反抗殖民的高麗獨立黨在邊境地區流竄，姜步畏父親的店裡便經常通報著獨立黨活動和逃亡的消息與路線。而縣城裡也因高麗人數的增加而出現許

22　駱賓基：《混沌初開》，頁 40。
23　駱賓基：《混沌初開》，頁 202。

多高麗居民區，他們經營「下宿屋」和有著藝妓的花酒館，西城外還有高麗人聚集的糧食市場。隨著高麗人的進入，孩童之間的紛爭也不免發生，小說由此鋪陳姜步畏上學之後，與高麗學生打群架的種種事蹟。

除了居民百姓日常生活的各種磨擦，在官方，中日雙方也充滿緊張的角力。中國的地方警察查緝混跡邊疆的高麗煙土犯，但根據晚清以來簽訂的領事裁判權，中國逮捕的高麗犯人都必須交付日本領事館，而日本領事館通常很快就釋放犯人，引起中國警察的強烈不滿，於是中國警察便採取庇護日本警察追捕的高麗獨立黨的態度，以示報復。在屯落裡，中日警察之間火拼的狀況時有所見，而城市裡則發生日本普通學校學生與滿漢兩級學校學生間的鬥毆事件。[24]

小說藉由街景的描寫、居民百姓的日常生活，呈現琿春作為邊境城市的獨特面貌，這裡雜居多種民族，多元文化的並行、交融、混雜與磨合顯示城市的流動、開放與包容，而民族間的摩擦與角力既呈現居民百姓日常生活中的利益衝突，也呈現近代東北承受日、俄兩國覬覦侵略的歷史現實。

三、城市少年的鄉野經驗：
邊境荒野的自然風貌與族群關係

《混沌初開》第一部《幼年》的時空背景是二十世紀一〇年代末至二〇年代的琿春縣城，以姜步畏從幼年到入學之後的生活

24　駱賓基：《混沌初開》，頁 202-203。

經驗，展開姜步畏的個人成長史、流動家史，並呈現琿春的城市
面貌及其背後的民族角力。第二部《少年》的小說時間集中在
1927 年秋天到冬初，「我」隨著母親到屯落分糧。「我」的生
活經歷因此由琿春擴展到黑頂子山的屯落。黑頂子山位於俄羅斯
海參崴與朝鮮軍糧城之間的三角地帶，比琿春縣城更靠近邊境。
鄉野經歷為城市少年帶來各種震撼，「我」在黑頂子山的荒野山
林中感受到大自然的遼闊與嚴酷，也在滿族、漢族與高麗人，
「旗戶」與「移民戶」，地主與地戶之間的差異與矛盾中認識了
民族文化與社會階級的衝突與交融。將《幼年》與《少年》並
讀，則呈現東北邊境城、鄉生活的差異。

　　相較於《幼年》大量的琿春街景描寫，《少年》中主人公的
鄉野經驗首先為城市少年展開東北邊境寬闊遼遠的荒野天地與變
化多姿的自然景致。小說描述「我」所坐的高麗牛車從琿春出發
到九十華里外的黑頂子山，從大盤嶺、沙坨子鎮往九道泡子前
進，漫長無垠的道路上盡是秋天蕭索寂寞的景象，道路的顛簸讓
旅途愈加疲憊困頓：

　　　　北方的秋天，霜很大，九月間硬實的樹葉，就在路上給風
　　　　吹得飛滾。無論白樺樹、白楊都脫光了，他們的落葉一片
　　　　一片疊落在地上，只有作為橡樹幼林的「菠藜蕎子」枯
　　　　葉，在路上隨風飛滾時，發出喊喊喳喳的聲音，等你拾到
　　　　手裡，葉子枯乾得立刻會裂開來。它們是那麼焦脆，完全
　　　　失去了生機。榛樹叢、狼尾草、貓爪子什麼的，也全凋萎
　　　　不堪。只見滿山一片禿林，白草，又加陣陣秋風，時時衝
　　　　擊著車棚，我們局促地坐在牛車上，越覺瑟縮、困頓，因

為本來就被這輛長途農車顛得倦怠了。[25]

過了三道泡子，牛車翻過最後一座山峰，「反映在眼裡的，是一望無際的草原的黑影，遍野一片全是唧唧的蟲鳴聲。」[26]，從漫長的車程，遼闊的天地與蕭索的秋景，小說展示東北邊境荒野的壯闊原始與生存環境的艱難嚴酷。

在九道泡子，「我」跟隨朝鮮屯的經管人金秉湖的女兒寶莉在夜裡去挖土豆，走在月光下的密林中，山野的景象卻是寧靜、飄渺而神秘，如同仙境一般：

> 東西兩側的山嶺上，密林之間，到處圍腰的暮霧，輕紗般飄盪著，它們是那麼輕柔、幽美、飄渺。距離雖有五六里，但在月光底下卻彷彿近在眼前。這裡的月夜幽靜，而月下的林色、霧氣，是我從未見到過的美妙，那是秋天的蒼白月光、霧氣朵朵的富有神秘情調的空間，彷彿時時會有草蟲精靈和山妖出現似的。這種神秘性的幽美感的本身，對我來說是一種多麼奇妙的享受啊！[27]

這段夜晚山中的神秘體驗讓人聯想到駱賓基的神話〈藍色的圖們江〉[28]，內容描述王母娘娘果木園裡的果木仙因犯罪被貶謫到圖們江岸的山谷中，留下了二十四對草精靈（人參）經歷時代變遷

---

[25] 駱賓基：《混沌初開》，頁 275-276。

[26] 駱賓基：《混沌初開》，頁 277。

[27] 駱賓基：《混沌初開》，頁 292。

[28] 駱賓基：〈藍色的圖們江〉，駱賓基：《大後方》，頁 267-327。

的故事。〈藍色的圖們江〉中對於精靈神秘世界的營造，顯然源自於東北邊境荒野的自然美景帶給駱賓基的文學想像。

　　小說最末，九道泡子的鄉親舉辦露天晚餐閒聊同樂，「我」吃醉了酒半躺在草捆上欣賞黃昏天空的晚霞：

> 黃昏的晚霞，漸漸地遠了篝火灰燼上的氣流，如湖浪般飄動著。湖面起伏的微波平行地展動著，將熄的篝火上的氣波，卻如倒垂簾一般從下向上立體的波動著。……這時見到北方的天空，晚霞是濃黑中透紅，美極了。這是只有吉林東部秋天的丘陵地和廣闊的大草原上才能見到的一種雲霞，它們是如此渾厚壯觀，那黑色與紫色相混合而又諧美的大塊雲色呈現著自然界雄偉而開闊的氣魄。[29]

《少年》中有大量的自然景致描寫，高聳翠綠的原始密林、一馬平川的高地草原、毫無人跡的荒僻溝谷、濃綠神秘的深靜潭水、雲霧繚繞的山腰、炫彩瑰麗的晚霞、月光下銀白色的世界，都呈現關東邊境地區荒野自然的豐富寶藏。

　　除此之外，小說中更多的自然景致描寫穿插在主人公的鄉野活動中，小說透過姜步畏與寶莉挖土豆、經管九道泡子的族親老姜帶姜步畏騎馬、和田家大院的少爺田大寶去荷神潭划船、在九道泡子南沿的關炮兒家看跳大神、與根土隨盛大伯去打魚等各種鄉間活動展現東北山林、湖水、草原、天空的壯闊與秀麗。同時也透過鄉間活動讓城市少年體驗鄉野生活與邊境風土，更透過接

---

[29]　駱賓基：《混沌初開》，頁 547-548。

觸到的各色人物，呈現暗藏在悠閒緩慢的生活步調之下，複雜的民族關係與經濟角力。

　　姜步畏的母親作為生活在縣城、遠離屯落的女財東，當她親臨屯落時，才明瞭邊境地區旗戶（滿族，前清在旗者稱為「旗戶」）、民戶（漢族移民）與朝鮮戶（朝鮮移民）之間的矛盾。而跟隨母親到鄉間的姜步畏，看到屯落經管人老姜在母親面前的殷勤招呼與人後的埋怨，以及農戶對老姜的恭敬巴結，才發現老姜因女財東長期遠離九道泡子，而在屯落農民中豎立起自己的威嚴，儼然是當家人的模樣，並認為母親不了解現實的複雜，沒有能耐管理屯落。小說從少年的視角描述母親所認識的族群矛盾與「我」所感受到的族群差異，以及「我」觀察到老姜與農民對母親態度的變化，體會邊境地區族群關係的複雜與母親經營屯落的艱難。

　　東北作為滿族的發源地，滿族的勢力最大，在地旗戶又被稱為「坐地戶」，俗稱「坐地虎」，形容其勢力穩固，家大業大。小說透過少年姜步畏受邀到當地著名旗戶田家大院作客的經驗，展現「坐地戶」的穩固勢力。小說隨著主人公的視角，從遠而近地見識到田家大院的氣派，「我」先從土豆田遠望九道泡子與朝鮮軍糧城之間矮嶺坡上的磚瓦建築，知道那是八道泡子著名的旗戶地主莊園田家大院。田家大院的主人田一駿是鑲紅旗，在吳大澂任琿春都統衙門時曾在衙門裡當差，現在是琿春縣城有名的大糧戶。隨後「我」到田家大院作客，便見到田家大院莊嚴雄偉的門面：

　　　　那高高的磚牆圍子，那黑邊鑲銅環的紅色大門，城樓上面

還有城牆式的瞭望垛垛，這哪裡是莊稼大院，倒很像琿春
縣城裡那一座滿清式縣衙門。[30]

「我」與母親在田家大院受到熱情款待，「我」隨著田家人的帶
領，由大而小、由粗而細地深入領略田家大院的豪族氣息，包括
大院依山傍水、建築在嶺崗上的開闊地勢，莊院周圍所見雄偉山
壁與秀美茂林的自然景致，建築的氣派宏偉與室內家具、裝飾的
華麗精緻。例如暖炕四周鑲著雕花板壁的門臉兒上刻著做工細
緻、活靈活現的「八仙過海」，讓出身縣城富商之家的主人公也
大開眼見，不禁慨嘆：「在縣城裡，我所來往的滿漢人家，從來
沒有見過暖炕外還鑲著這樣的帶雕刻的門臉兒，也沒有見過這種
精美悅目而又細緻入微的木雕。」[31]隨後又見識到莊園主人田一
駿的爽朗粗獷和田大嬸的穩健理智，再再顯示「坐地虎」自信尊
貴的作派。

　　田家大院的作客經驗從而讓「我」強烈地感受到在地旗戶與
九道泡子的漢族民戶生活情狀的巨大落差：

　　這個田家莊院的青磚灰瓦的建築，古堡式的炮台，縣衙門
　　式的大門，還有圍繞在住宅的那道磚築套院牆的牆簷，鑲
　　著銅飾的獸頭門環，畫著紅藍兩色的一排長廊標頭，尤其
　　是暖炕門臉的木雕，描金的各式人物的穿戴，在我的印象

30　駱賓基：《混沌初開》，頁 332。
31　駱賓基：《混沌初開》，頁 345。

中形成一種壯觀的美感。[32]

相較之下，九道泡子顯得侷促寒傖：

> 我們九道泡子多窮啊！盛家那三間土壁農舍，紙窗又小又
> 沒有後窗，更沒有院子，連樹幹編排的柵欄式圍牆也沒
> 有，任什麼擋頂也沒有。整個屯子不要說沒有一間鐵皮頂
> 的木板糧倉，連木柵欄式的豬圈也沒有。[33]

八道泡子的在地旗戶不僅擁有雄偉華麗的莊院，更建立起體系完
整的農莊事業。他們在租地給農戶的同時，還準備充足的牛隻、
馬匹、農具、口糧、飼料、種子、現錢等種地所需的金錢物資供
農戶租用借貸，因此八道泡子旗戶地主的農莊事業自成一個完整
封閉的循環，農戶的一切花費與收成完全掌控在地主手中，不沾
外債。反觀九道泡子，就像一般「佔荒地」的移民地主一樣，並
不專門依靠農業開墾為生，也不具備開荒的完整知識，僅雇用屯
落經管人來管理租地的農戶，沒有建設自己的住宅和莊園，更沒
有建立土地之外，完整的農業生產所需配備，因此農戶得向其他
外人租借牲口、農具、種子和牲口飼料等勞動材料。而當收成季
節到來時，像母親一樣「佔荒地」的移民地主就得與農戶的其他
債權人搶分糧食、收地租，因而時有爭奪、摩擦的糾紛發生。

　　而當外來的經濟勢力進入邊境，移民地主的處境更顯艱難。

32　駱賓基：《混沌初開》，頁353。
33　駱賓基：《混沌初開》，頁353。

小說中透過「我」看田莊大院的田一駿大叔與母親面對朝鮮經紀人朴斗寅的態度差異，凸顯移民地主的困境。田一駿提到朴斗寅時用的是「這個老狐狸」的輕蔑態度，但完全不將他看在眼裡；而母親卻像「豬欄外頭見到狼偷偷溜來那般緊張」[34]。朴斗寅是精明銳利、老謀深算的朝鮮經紀人，壟斷朝鮮難民在琿春縣城與邊境荒野的農業經營與放貸事業。當大批朝鮮難民來到邊境，投靠朝鮮民會，便透過朴斗寅的介紹，分散到各個移民地主的荒地上墾荒。朴斗寅也建立完整的開荒配備，將牲口、農具等開荒所需租借給滿、漢、朝鮮農戶。同時他又幫中國地主向農戶放貸，從中收取仲介費。而他背後更有日本洋行與買賣青苗的投機商做靠山，透過他向農戶放取高利貸。當時的中國移民地主對洋行的商業行為與手段並不熟悉，無法與之競爭，因此朴斗寅在琿春縣城與邊境荒野形成一股主宰滿、漢、朝鮮各族農戶經濟命脈的龐大勢力，作為地主的姜步畏母親也懼他幾分。相較之下，不借外債，完全掌控八道泡子農業生產的田莊大院則暫時沒有受到外來經濟勢力的壓迫。

　　母親無力對抗朴斗寅，而旗人墾戶依傍在地旗戶的勢力，經常佔九道泡子漢族莊園主和民戶的便宜，母親知道詳情之後很生氣，認為民國之後，旗戶、民戶地位平等，因此埋怨經管人老姜不應該縱容旗戶，但長年面對糾紛的老姜卻認為母親不知現實、不識時務，他對姜步畏說：

　　　　「你娘的脾氣，逞強好勝，性子又烈。這在關東山怎麼

34　駱賓基：《混沌初開》，頁382。

行！這裡是山高皇帝遠的地場。這裡也不比琿春縣城，別
看旗人沒有『皇糧』吃了，可咱們民戶人家得罪不得！高
麗也一樣，別看是些亡國奴，可是在咱們這裡都偷偷在了
『民會』，背後有日本人撐腰，處不好，可要吃大虧。」[35]

老姜的說法呈現琿春邊境的漢族移民地主、地戶在作為坐地虎的
旗戶與外來經濟勢力的夾殺之下的生存困境，但同時也呈現邊境
漢族移民地戶的普遍心理：他們大多仍惦念海南老家，並沒有在
此落地生根、安家立業的打算，只想要賺一筆錢回海南家置產過
財主日子，因此老姜也說服姜步畏：

「要你大伯說，不如勸勸你娘，拾掇拾掇，回海南去。在
海南家添置一二百畝地，那才是真真正正的『便家』日子
呀！咱們移民人家，可不能在這裡和人家坐地戶旗人比
呀！」[36]

《少年》描述姜步畏在家族荒野屯落九道泡子的所見所聞與鄉野
經歷，也是一種東北的土地敘述。相較於《科爾沁旗草原》從地
主家庭的腐敗、地主與地戶的對立關係、日本資本主義經濟勢力
的入侵造成土地貶值、傳統經濟的瓦解等面向說明地主家庭的衰
敗；《大地的海》描述東北農民與土地的依附性，以及依附關係
被日本侵略者強行撕裂之後，激起農民義憤的反抗；駱賓基《混

35　駱賓基：《混沌初開》，頁 523-524。

36　駱賓基：《混沌初開》，頁 523。

沌初開》中的《少年》部分則以家族經營「佔荒地」的屯落經驗，詳實地鋪展來自關內的漢人移民地主在邊境經營屯落所遭遇的挑戰，由此開展滿人、漢人與外國經濟勢力之間的競爭與角力。

小說在描寫荒野山林的自然景致與邊境民族、經濟勢力的競逐外，也透過百姓的民俗儀式來展示邊境荒野的獨特風情。東北作家經常描寫「跳大神」的民間習俗，但每個作家筆下的「跳大神」場景各有不同的風貌與作用。

在《呼蘭河傳》中，「跳大神」的完整描寫出現在第二章第一節，蕭紅筆下的「跳大神」帶著知識份子的啟蒙觀點，從三個面向透視「跳大神」所意味的蒙昧性。首先，「跳大神」主要是與民間百姓的「治病」功用相結合，顯示呼蘭河的鄉民尚未接受現代科學知識的洗禮，慣於以近似巫醫、巫術等原始、傳統的方法治病。其次，蕭紅對「女大神」的描述帶著輕微的調侃，揭示「跳大神」的某種表演性和欺騙性，大神得以從中獲取利益與名氣。例如她描述「女大神」一圍上紅色的裙子，精神立刻發生變化，從頭到腳先是哆嗦，後是打顫，「每一打顫，就裝出來要倒的樣子」；女大神的對面擺放著一塊牌位，這塊牌位越舊越好，「好顯得她一年之中跳神的次數不少，越跳多了就越好，她的信用就遠近皆知。」；有時與大神搭檔的二神會故意刺激大神，讓大神鬧起來，出言恐嚇病人的家屬、親戚，這時為求治病的病人家屬便會燒香點酒、送上紅布，甚而殺雞，層層加碼，以求大神吉言，而這一切利益所得盡歸大神所有。[37]第三，蕭紅描述鄉村

---

[37] 蕭紅：《呼蘭河傳》，《蕭紅全集》（小說卷Ⅱ）（北京：北京燕山出版社，2014年4月），頁99-100。

夜間只要一打起鼓、準備跳神，便引來左鄰右舍圍觀的「看客」：「若是夏天，就屋裡屋外都擠滿了人。還有些女人，拉著孩子，抱著孩子，哭天叫地的從牆頭上跳過來，跳過來看跳神的。」這種鄉民圍觀看熱鬧的行為模式，一方面呈現封閉鄉土生活的單調無聊，只要有不同於日常的活動，便能引起群眾的強烈興致，另一方面也呈現鄉民依憑本能生活，簡單而近似於空洞的靈魂狀態。而這種圍觀行為，在「大泥坑」與「小團圓媳婦」治病等事件中一再重複。蕭紅在具有啟蒙觀點的文化反省之外，也在敘述中流露自身的生命感慨，她描述跳神到半夜時分，準備送神歸山時，大神的曲調變得森冷悽愴，讓有心者夜不能寐，進而慨歎：「人生何似，為什麼這麼悲涼。」[38]蕭紅透過故鄉「跳大神」的習俗描述故鄉的封閉蒙昧，卻也在回憶大神的歌曲中夢迴故鄉，陷入懷鄉的心緒。

　　而在端木蕻良的《科爾沁旗草原》中，主人公丁寧的祖先，精明幹練且手段毒辣的丁四太爺在與競爭對手北天王爭奪田產財富的過程中，利用東北民間百姓「跳大神」的習俗信仰，鞏固自己在地方的名聲與財富。他先與知府聯手以「神道設教、嘯眾篡反」的罪名鬥倒北天王，奪取北天王的地產，再買通跳大神的李寡婦，利用仙家附身，傳達「北天王惡貫滿盈，遭受天罰，而丁四太爺是白虎星轉世，發狐仙財」的因果論調，讓在場圍觀的群眾相信北天王的遭罪是咎由自取，而非丁四太爺設計陷害，丁家的財富乃命中註定，而非強取豪奪，由此奠定丁家在當地的財

38　蕭紅：《呼蘭河傳》，頁 102。

富、聲譽、地位與權勢。[39]相較於蕭紅以抒情簡筆捕捉「跳大神」的氛圍，端木蕻良則完整詳盡地描述「跳大神」的過程，將大神、二神的對話與群眾的議論具體呈現，由此展示「跳大神」對群眾輿論與心理的影響。

端木蕻良對「跳大神」的描述同樣具有高於群眾的啟蒙眼光，而他觀察、思考的角度與蕭紅略有不同。端木蕻良同樣揭示「跳大神」的表演性與欺騙性，但相較於蕭紅對「跳大神」虛假的表演性採取輕微的調侃，暗示其詐財行為，端木蕻良則展現權勢之家與「大神」暗盤操作的手法，以及赤裸裸的利益勾結與交換。蕭紅透過群眾的圍觀行為展現鄉民簡單、無聊的精神面貌，端木蕻良則呈現中國傳統鄉土百姓對神佛仙道的敬畏、對因果宿命論的深信以及民間宗教信仰對群眾輿論與心理的輕易擺弄，兩人都從不同面向反省鄉土群眾的蒙昧性。同時，在家族史書寫的脈絡下，端木蕻良對丁四太爺的態度也頗為複雜，既對他殘忍狠毒、暗使陰謀的心計與手段不以為然，又對他的雄才大略與果決明斷頗為敬服。

相較之下，駱賓基《混沌初開》中的少年視角使他對「跳大神」的描述剝除了蕭紅與端木蕻良的啟蒙眼光。出身於城市富商之家的主人公姜步畏從未親見過東北農村民間百姓的「跳大神」儀式，因此來到邊境荒野的少年姜步畏成為擁擠在群眾中的看客之一，以外來者好奇的眼光觀看新鮮的事物，見識到東北傳統薩滿教「跳大神」儀式的神秘與魅惑。

---

[39]　端木蕻良：《科爾沁旗草原》，《端木蕻良文集》（第 1 卷）（北京：北京出版社，1998 年 6 月），頁 19-35。

駱賓基和端木蕻良一樣，詳盡地描述「跳大神」的過程，但端木蕻良的詳盡之處在於「跳大神」的熱鬧氣氛如何感染、眩惑群眾，以及「大神」與「二神」的對話內容如何翻轉群眾對於丁四太爺強取豪奪北天王地產的輿論。而駱賓基的詳盡之處，則在於跳大神給初識此儀式的少年強烈而鮮明的印象，其中包括圍觀群眾觀看跳大神儀式時的興奮神情，大神一身的紅色穿著和肩上、腰間、赤足上的鈴鐺與手上掛著許多鈴鐺的手鼓共同發出悅耳的、附有節奏感的音響，以及大神忘我地跳舞時洋溢著青春煥發的迷人氣息：

> 周圍的眼光，對她是那麼虔敬、崇拜，我一開始就為她在臉上所閃耀的青春的生命光輝所迷惑了！她是這樣的美，簡直像剛剛開放的花朵一般，新鮮悅目。可以看出，她本是一個眉目秀慧的女子，臉形原也平常，但由於她的自我沉醉的舞蹈，由於血液的高度活躍而閃現出來的忘我的興奮的情緒，而改變了整個面容，彷彿桃花盛開一般紅紅吧，彷彿她的青春生命在閃著光，一種原始的自然的生命美感在誘惑著人們，使人們真的隨著她的浪漫主義的歌唱，而馳思遐想於渺茫的神秘的境界裡去了！[40]

駱賓基以少年對跳大神儀式的新奇感間接展示民間習俗的必要性。對鄉民百姓來說，跳大神除了「治病」等實質功能，也符應生活的娛樂性和精神上的需求。大神唱歌跳舞時的美感體驗，以

---

[40] 駱賓基：《混沌初開》，頁401。

及因歌曲內容所帶引無邊的玄思幻想，都讓鄉民百姓的靈魂暫時脫離勞苦的現實生活，獲得某種解放的愉悅和滿足。因此少年姜步畏在欣賞過跳大神的儀式後不禁感嘆：

> 我不得不擠到門口，透透風。感到屋裡是那麼誘惑人：神秘的腰鈴、肩鈴、掛鈴是那麼和諧，伴隨著手鼓的聲音，是那麼美妙。多好的歌舞呀！是慶祝秋收、為人祈福的晚會呀！[41]

駱賓基將跳大神儀式作為一種民間生活的美感經驗來描寫，這樣的觀察視角與描述方式一方面反證在東北作家筆下，跳大神儀式始終能吸引眾多看客圍觀的原因，另一方面，當蕭紅和端木蕻良以知識份子具有現代性意義的啟蒙視角對跳大神的習俗進行文化反省時，駱賓基則從群眾視角與群眾心理展示跳大神獨特的民俗風情，並藉此說明民間傳統文化對鄉民日常生活的重要性。

　　同時，如同《少年》著重在描述作為漢族移民後代的姜步畏對東北邊境荒野多民族雜居的社會結構與生活情狀的認識，跳大神儀式也從不同的面向展現東北滿族旗戶的心理狀態。姜步畏在田家大院的參觀中體認到滿族「坐地虎」的龐大家業與聲勢，而從女大神悠遠哀傷的唱詞與在場旗裝老婦的慨嘆則顯示，即使已經進入民國，東北的滿族旗戶依然對已經覆滅的滿清王朝充滿懷舊眷戀之情，他們在大神的唱曲中懷想著已經失去的遙遠的「吃皇糧」的時代。在這抒情的描述中，既呈現廣大的中國農村荒野

41　駱賓基：《混沌初開》，頁 403。

中「時代滯後性」的群眾心理,同時也可以發現,駱賓基總是透過各種小說人物對舊時故地的緬懷(如崔婆對海南山東老家的叨念、滿族旗戶對滿清王朝的眷戀),來寄託作家個人對失落故鄉的懷舊之情,小說由此展開各類人物不同層面的懷舊抒情。

四、懷舊的抒情:
回溯性敘事中的「成人─兒童」視角

　　《混沌初開》在內容上透過主人公姜步畏的成長,展示中國邊境縣城琿春的城市風貌與邊境荒野的自然景致和族群關係,呈現與關內的文學作品截然不同的世界,而其敘事方式則以姜步畏成長過程中的兒童、少年視角作為小說的敘述主軸。

　　吳曉東將包括《呼蘭河傳》、《混沌初開》這類以兒童視角進行的童年記憶書寫稱之為「回溯性敘事中的『兒童視角』」,並提到回溯性敘事的重要特色在於在敘述層面「存在著一個或隱或顯的成年敘事者的聲音」:

> 儘管這個敘事者並不一定在小說中直接露面,但讀者完全可以感受到他的存在。從敘事策略上講,小說家如何控制這一成年敘事者的姿態,成年敘事者如何干預他所回憶的故事,便成為一個首要的詩學問題。[42]

---

[42] 吳曉東:〈回溯性敘事中的『兒童視角』〉,收於錢理群主講:《對話與漫遊──四十年代小說研讀》(上海:上海文藝出版社,1999 年 8 月),頁 191。

小說表面上的敘述主體是成長中的主人公，但此成長中的主人公
對世界的認知，則隱隱然受到成年主人公與作家的雙重控制。而
吳曉東認為：

> 回溯性敘事中的「兒童視角」的豐富的詩學蘊涵正表現在
> 這裡，即在敘事者當下的時空與過去的時空中存在著一個
> 時間跨度，諸多意味都生成於這個跨度之中。[43]

吳曉東這兩段文字說明了具有「兒童視角」的回溯性敘事的兩個
重點。第一，這類回溯性敘事的文本必然同時包含書寫當下作為
「回憶主體」的「成人視角」與回憶內容中在當時作為「感知主
體」的「兒童視角」，「成人視角」表現「現在」作為回憶主體
的整體的生命狀態，而「兒童視角」則代表「過去」對世界的感
知與認識。第二，兩種視角之間所形成的時間跨度與時間張力是
小說中最值得深掘的課題。一般而言，「成人視角」大於且高於
「兒童視角」，對「兒童視角」帶著俯視的、回顧性的、反省式
的重新觀看的眼光，「成人視角」回憶、紀錄「兒童」的感知與
認識，並可進行種種干預，包括理解、修正、解釋、分析「兒童
視角」，或將「兒童視角」中種種零碎的片段加以組合、重述，
並賦予其敘述意義。在這種種干預中，必然包含記憶主體從兒童
至成人的成長過程中的各種經驗與思考。而這類作品中的「兒童
視角」，則經常具備兩個重要作用，一是激活記憶，將兒童感知
世界的方式、思維、情感以兒童的語言再次重現，讓記憶變得鮮

---

[43]　吳曉東：〈回溯性敘事中的『兒童視角』〉，頁 196。

活、生動；二是兒童感知世界的方式較不受成人世界的思維慣性、規則性和邏輯性所束縛，往往能以不同的角度重新發現生活中看似微不足道的豐富內容。

在東北作家的作品中，《混沌初開》並不是具有「兒童視角」的回溯性敘事文本的個案，但卻是發展得最完整、極致的一個。蕭紅《呼蘭河傳》的前兩章基本上是成人視角對於呼蘭河整體面貌的敘述，至第三章才出現「女童」視角，且只有第三章，較為完整地呈現女童成長的內在感受。端木蕻良的〈初吻〉、〈早春〉都是短篇。只有《混沌初開》在《幼年》、《少年》兩部長篇小說中，一以貫之地以回溯性的敘事模式，將「男童視角」與「成人視角」兩種敘述穿插交錯並行，而「男童視角」更隨著男童的成長改變、增加其感知能力和觀察興趣。

個人以為，《混沌初開》的回溯性敘事可稱之為「懷舊的抒情」，透過「男童」和「成人」兩種敘述模式，前者寄託作家個人在流亡大後方時懷想童年時光、遙望故鄉的情懷，充滿童真活潑的好奇與想像，並展現豐富、具體的歷史感受，文字風格較為主觀抒情；後者則以成人的眼光重新審視或解釋童年的感受和心情，並補足「男童」視角無法顧及的，對家史與東北現實歷史的整體描述，較為客觀理性，兩者相輔相成、相互對照。而透過書寫童年經歷以記錄家史與邊境風貌，並抒發懷舊思鄉之情，是這部小說最重要的書寫目的。

由於上述回溯性敘事中「兒童」、「成人」視角並行的敘述模式，使得小說產生以下幾個獨特風格。

第一，駱賓基在《混沌初開》中意欲呈現二十世紀一〇年代末至二〇年代東北邊境琿春的歷史感和時代氛圍，但由於小說以

「男童視角」為敘述主軸，因此它展現歷史與時代氛圍的方式是
透過對日常生活細節的描繪來完成的。以蕭軍的《第三代》作為
對照，即可凸顯其差異。如第二章所述，蕭軍對於長春城的描
寫，具有知識份子的宏觀視角，他特別著重城市的地景與空間權
力，因此在鐵路的分佈之外，特別透過「長春城」、「公園以
外」、「天河酒館」、「愛民村」等章節的描寫，先將長春城的
地景配置與區隔做一鳥瞰式的呈現，再將人物活動和情節事件織
入其中，凸顯作家所想表達的民族危機與階級問題。與此相較，
《混沌初開》並沒有重大的故事情節與事件，它以男童的日常生
活經驗為線索，由小而大地拓展視野，逐步構築琿春的街道面
貌。透過小說較難概括出琿春的地景配置，但由於男童初識世界
的感知方式，讓小說具有鮮明的物質記憶和感官感覺，這些內容
展現琿春市民的生活實感。同時，與《第三代》相較，小說的創
作意圖更偏重在平實地呈現童年故鄉，而非凸顯東北的歷史現實
問題。

　　透過姜步畏的成長環境與經歷，小說展現琿春縣城的獨特風
貌。多元民族與文化的交融與滲透可以說是駱賓基的鄉土書寫中
最重要的特色，小說便以生活中的物質記憶來呈現。[44]在日常生
活中，縣城裡的商人家中都裝有俄國式的「別列器」——冬季用
來燒煤取暖的爐子；主人公聽到父親在客室裡談話的內容盡是
「盧布」、「黃條子」、「馬克」、「窮黨」、「富黨」、「獨
立黨」等關於俄國十月革命與朝鮮反抗日本殖民，尋求獨立的時

---

[44] 駱賓基在〈我的故鄉——琿春小志〉中另有對童年時期琿春縣城的描
　　述，亦可與小說相互參照。駱賓基：《書簡·序跋·雜記》（西寧：青
　　海人民出版社，1986 年 12 月），頁 155-183。

局討論；養的「洛布達」是俄國種的雄狗；街道上並行著高麗農車、中式的四輪車和俄國載客用的四輪式篷車，冬季日子還有往來延吉、琿春長途運貨的四輪商車和從深山載皮毛、木材的兩輪馬車；而街上最觸目的過往路人是紅臉、紅額、紅髮、紅眼睛的猶太籍的毛子[45]；主人公最嚮往的高級零食是俄國糖果店「劉不林斯基」中鐵鑄的各種物體模型的扁小的糖盒糖果；妹妹克克懷抱的是日本洋娃娃。小說敘述姜步畏和父母親經過繁華的半邊街市，俄羅斯苦力站在中國式的櫃臺外喝白酒，啃一根酸黃瓜；高麗花酒館席炕上盤坐的高麗富農則享受著高麗酒妓伴著小鼓的歌唱，這是憂鬱而頹廢，充滿異國情調的近海城市的夜晚：

> 這是冬天夜裡的最幸福而又最憂鬱的人們的消夜區，那些流浪在外國的高麗農民和無國籍的遊民斯拉夫族人，用辛勞而獲得的一點點報酬，十錢或五十錢的日幣培養他們的樂園——發洩懷鄉感情的解愁地，即使一個養尊處優的中國人從這經過，也會立刻給那異國情調感染，望著他們的

---

[45]　在中國東北生活的猶太人大多為俄國籍猶太人，1903 年至 1908 年間，俄國曾有一次激烈的反猶運動，造成大量的俄國猶太人流亡國外，1917年十月革命之後，又有一批富有的猶太人害怕受到蘇聯政權的迫害而出走。他們逃亡的路線之一，即沿著中東鐵路進入中國東北，大多數選擇定居哈爾濱及其他中東鐵路沿線的城市。琿春因鄰近中俄邊境與中東鐵路終點海參崴，也成為猶太人聚居的地方。有關二十世紀猶太人流亡東北的情形，可參見劉晚航編著：《流散中國的猶太人》（武漢：武漢大學出版社，2014 年 3 月）第五章，頁 131-152。

醉態狂步，望著他們的笑容歡貌而憂鬱起來。[46]

同時，各民族之間的日常相處也不免產生各種矛盾與摩擦，大量
的朝鮮農民因日本殖民而越過邊境逃難東北，使得縣城除去中心
大街和西城大街之外，都被高麗居民盤據，他們經營「下宿屋」
和花酒館，聚集此處的顧客多是私鹽販子、偷稅的布匹販子和青
魚販子。凡此種種，小說透過對日常生活物質記憶鉅細靡遺地描
繪，來重現童年故鄉的城市氛圍，同時展現「反思型懷舊」對於
失落的童年、故鄉的懷想與記憶。

　　第二，由於孩童具有豐沛的好奇心，經常注意到被大人既定
成見與思維慣性所遮蔽的，不足為取的細微末節，並對這些瑣碎
的事物觀察入微且興味盎然，因此「男童視角」不僅使小說內容
呈現日常生活的細節，更常「見成人所不見」，「想成人所不
想」，因而使小說的某些段落充滿孩童獨特的感知能力和想像
力。同時，小說也隨著男童的成長，逐漸增強、改變他的感知能
力與觀察興趣，也對外在世界產生更多的反應、思考和行動。

　　在小說的開頭，「男童視角」是兩、三歲的幼兒，因此他的
視線非常短淺，他的目光是從家裡的臥房看向庭院：

> 每天我一睜開眼睛，就跪在窗口上，望著那塊現著乳白色
> 煙霧的玻璃，奇怪它為什麼在我們吃過飯的時候，會變成
> 透明的，把鋪滿院子的陽光，窗外的花盆木架和花紅葉綠

---

[46]　駱賓基：《混沌初開》，頁106。

的鮮美色彩都現出來。[47]

三歲多，「我」隨著母親去紅旗河洗衣服，「我」握著母親的手指頭，看著自己的步伐跨過腳下的木排：

> 這時候，只能看見一根一根順序躺在腳下的木排。覺得一根方木和一根方木的距離，都是我的步度跨不過去的，實際上它們用粗藤束在一起，方木和方木之間，至多閃著一兩分的空隙而已。不過我望著空隙間的水溝，總是懼怕，尤其是這裡的水和家裡的水不同，這裡的水是會動的，而且活動得是那樣快，只要大人的腳步從這棵踏在那棵方木上的時候，它們之間的水就會跳躍起來，做著向人攫撲的威嚇姿勢。[48]

這是年幼的孩童首次走在大河的木排上的恐懼感覺，真實而鮮活。又如「我」看到鄰居韓四叔的手裡悠閒地旋轉玩弄著兩顆紫紅色的「樹腰子」，又看到愛發脾氣的韓四嬸養著一隻精明強悍的母雞，當天晚上便夢見「那隻冠子鮮紅的母雞，突然變成韓四嬸，走來走去，召喚著她的雞雛」，「閃著毫無原由的忿怒的目光」，而韓四叔手裡的「樹腰子」變成「滿是結著紫光木蛋的樹林」。[49]孩童的生活所見幻化成神奇的夢境，就像色彩鮮豔的兒童繪本。

47　駱賓基：《混沌初開》，頁3。

48　駱賓基：《混沌初開》，頁5。

49　駱賓基：《混沌初開》，頁12-16。

到了五、六歲，「我」最喜歡父親帶回來的糖果：

> 其間我最愛的是火柴盒一樣大小裝潢的彩色糖豆兒，據說
> 那是白俄將軍劉不林斯基新開的糖果店的精制品。而且我
> 不是愛吃那種糖，而是喜歡盒裡的一種輕鐵質的模型，有
> 時是一座帶風鈴和十字架的教堂，有時是公共汽車。每盒
> 抽出來的都不同，而且這些小巧玲瓏的玩物，每盒又只有
> 一個。我已經收存了七個物體不同的模型了。[50]

這段文字同樣表現生動鮮活的男童心理，對於糖果的喜愛不在於
它是零食，而在於它是玩具。每盒糖果的模型都不同，因此打開
盒子揭曉時既有抽獎的快感，又有收集的樂趣。而糖果模型的造
型又充滿異國風情，符應琿春混雜多元文化的城市氛圍。而後來
當姜步畏與琴琴姊姊一起在街上遊蕩時，劉不林斯基的糖果店便
成為他們經常駐足、流連的地方。

　　冬天到來時，家族屯落的滿族經管人古班率領高麗佃戶的糧
車入城，也給姜步畏帶來兩隻小兔子，小說便以長段篇幅描述
「我」偷偷餵小兔子吃「我」的晚餐——餃子，因此遭來母親的
責罵。又仔細觀察小兔子的耳朵、眼睛和吃東西的模樣，還引出
各式各樣孩童式的疑問，例如牠們的嘴唇為什麼分做三瓣？[51]之
後隨著主人公的成長，他也逐漸辨識出城市、街道上更為細緻的
差異：

50　駱賓基：《混沌初開》，頁 67。
51　駱賓基：《混沌初開》，頁 81-86。

這時候，城市給我的印象也不同了，除了白俄常常出現在
街道上以外，本來是沒有什麼變化的，倒是因為我自己的
感覺兩樣了。從前我所看見的種種景象，全是一個輪廓，
譬如四輪的農車吧！我現在不但能分辨出哪一匹馬剽悍可
愛，而且也注意及它們的項鈴，和額前配飾的紅纓子花
球。那是純粹為山東移民所講究的。至於高麗人，常常是
趕著獨牛駕轅的兩輪車，男人用面巾裹著頭，女人用毯子
包著身子。最富裕的農民進城，最多不過騎著一匹矮小的
純高麗種的馬，而馬額的鬃毛，結著一兩條紅布帶兒而
已。[52]

這是男童對車子和馬匹的高度興趣和細緻觀察。這些細節描寫使
得小說滿溢著童年生活的情味。

　　等到姜步畏入學之後，他的人際網絡也從家庭擴展到學校，
上學經驗讓他從不同角度認識琿春城市在多元文化之外的民族衝
突，他的認知方式也從具體的物質記憶和感官感覺拓展到更為幽
微複雜的人際互動與情緒狀態。高麗居民為數眾多，不免和中國
居民發生衝突。姜步畏入學之後，經常和金鎖兒、魏學文、于兆
祥一起上學，這群年輕氣盛的頑童結伴上學的原因固然在於一同
玩耍閒蕩，但更重要的原因則是製造與高麗學生碰面時的聲勢。
在街頭遇見迎面而來的高麗學生，他們會刻意在經過時用肩相
撞，若不小心擦搶走火，雙方便或單挑或群架地扭打起來。在同
學中，魏學文打架時最勇猛，因此在姜步畏的眼中，「每年的兩

52　駱賓基：《混沌初開》，頁76。

期大考的列榜，我是不重視的，相反我羨慕著魏學文的勇敢，完全是崇敬一個可愛的英雄那樣結交著的。」[53]男孩少年時期普遍存在的「英雄崇拜」心理已然形成。中國學生和日本、朝鮮學生時有摩擦，而在中國兩級學校裡，從山東移民而來的子弟與當地出身八旗皇族的子弟也彼此敵視，滿族八旗子弟稱山東移民子弟為「山東棒子」、「暴發戶」，山東移民子弟則反稱「大麻哈」、「落破戶」。小說透過姜步畏入學之後的同儕互動，一方面呈現頑童的魯莽衝動與好奇冒險，一方面以更為具體、複雜的人際關係，展現中國邊境城市在漢、滿、朝鮮、白俄等民族雜居，而日本領事館的政治力量又強行介入之後，鄉土人際網絡的複雜與緊張。

　　而到了《少年》，姜步畏隨著母親到姜家屯落九道泡子分糧，由於他的孩童身份使他得以觀察到屯落經管人老姜與農戶在母親人前人後的不同態度，他的眼光與看法也因此與母親脫離，看到母親未能看到的事物，而產生獨立觀察世界，也觀察母親的視角：

> 看到了母親短處的想法是有罪的！因為母親對我來說是神聖的，並且如峻嶺高峰一般崇高。她的世界一直是海洋一般遼闊廣博，我是那麼渺小、幼弱，怎麼覺得母親知人處事浮淺呢。但現在我卻感到，母親在九道泡子所知道的事物，的確是有限的，還不及我聽到的多，雖然有些事物我還不具備深入思考的能力，但母親在九道泡子旗戶和民戶

53　駱賓基：《混沌初開》，頁 204-205。

> 心目中，受人蒙混連族親老姜也瞞著她什麼，不對她講實
> 話，明明是大半夜都躲在關炮東間炕上陪著人家旗戶喝
> 謝神酒的老鄉，而母親卻以為他在場上陪著她勞累了一
> 夜。[54]

脫離母親視角的籠罩意味著孩童的成長，而母親與孩童的雙重視角，也輻射出現實世界的複雜面貌。

　　第三，以「男童」認識世界的歷程作為小說的敘述主軸，也影響小說的結構模式。《混沌初開》不像一般的長篇小說具有嚴謹的結構和鮮明的故事情節，它的結構模式是由姜步畏對世界的認識和經歷來展開，而他的經歷又是非常生活性的，透過日常生活的所見所聞，從細微零碎且充滿童趣的人事觀察，進行看似隨意的流水似的閒話和漫談，由小見大地帶出東北邊境城市與荒野的寬闊世界。這種看似隨意的、流水般漫延的小說敘述方式和結構模式，近似於蕭紅描寫知識份子心理狀態與逃難經驗的《馬伯樂》。而這種日常生活的細節描寫，從生活「微觀」的面向細膩地呈現琿春縣城多元文化複雜的影響和滲透，並從孩童而非成人的人際關係呈現漢族、滿族、白俄、朝鮮、日本等幾股勢力在東北無所不在的拉扯和角力，得以驗證、補足小說中成人敘述對於二〇年代東北社會現實的說明，為社會記憶與歷史敘述提供別樣的視角與生命感受。

　　第四，綜合上述三點，《混沌初開》透過物質記憶與感官感覺紀錄過往生命中看似微不足道卻鮮活可感的日常生活與成長經

54　駱賓基：《混沌初開》，頁 423。

驗，以「兒童視角」和「成人視角」相互交融開展故鄉記憶，不
採取大多數長篇小說強調嚴謹結構和故事情節的書寫模式，可以
說是以文學的手法展現法國哲學家柏格森（F. L. Pogson）所提
出人的意識狀態的「綿延性」。柏格森提到人的意識依附「時
間」的元素來開展，而「時間」又往往偷偷引入「空間」的觀
念。人在面對自我生命狀態時，人的意識會依附在「時間」與
「空間」上出現純綿延的形式：

> 當我們的自我讓自己活下去的時候，當自我不肯把現有狀
> 態跟以往狀態隔開的時候，我們意識狀態的陸續出現就具
> 有純綿延的形式。[55]

而人的回憶的特質便在於將生命經驗中一個一個陸續出現的
「點」（各種感覺或經驗的碎片）相互交融、滲透、填充成一個
有機整體：

> 只要自我在回憶這些狀態時不把它們放在現有狀態旁邊，
> 好像把一點放在另外一點旁邊一樣，而把以往狀態與現有
> 狀態這兩種東西構成一個有機整體，那就夠了；當我們回
> 憶一個調子的各聲音而這些聲音（好比說）彼此溶化在一
> 起時，就發生了這種有機整體的構成。我們說，即使這些
> 聲音是一個一個陸續出現的，我們卻還覺得它們互相滲透

55　（法）柏格森：《時間與自由意志》（北京：商務印書館，2010 年 9
　　月），頁 74。

　　著；這些聲音的總和可比作這樣一個生物：生物的各部
　　分雖然彼此分開，卻正由於它們緊密相聯，所以互相滲
　　透。[56]

　　在《混沌初開》中，作家便運用人的意識的綿延性展開對故鄉記
憶的描述，並由此將過往生命中種種細瑣的經驗與回憶，成長歷
程中各個階段的感官感覺與社會認識，以及書寫當下的生命感覺
融合成一個有機的整體，進而將這些元素鎔鑄成一部既滿足個人
內在懷舊需求，又展現東北邊境社會記憶與生活風貌的作品。

　　最後，《混沌初開》中的「成人視角」除了以記憶主體的身
份對「兒童視角」的生命感受進行紀錄、分析、解釋、補足和重
述等種種干預，還有兩個主要的作用，一是對歷史、時政的批
評，二是對鄉親的懷念與祝願，而這兩個作用同樣以俯視的、宏
觀的視野回顧過往的生命經驗與社會認識。前者如本章第二節所
論，小說描述到山東故鄉的姜學禮堂兄渡海到東北投靠叔叔，陳
述家鄉「南軍」、「北軍」爭奪地盤，導致鄉民被迫離鄉逃荒，
作者便直接現身對民國初年軍閥混戰的現象進行批評。後者則如
小說回憶童年冬天古班進城時，為「我」家帶來健康強壯、豪邁
爽朗的歡笑聲以及鄉野的氣息，作者由此感懷：

　　所以我對古班的印象特別深，假若古班現在還健在的話，
　　我祝他永遠活躍，永遠是在草原氣息裡過活，而且我也相
　　信他依舊是騎馬打圍，依舊是用吵架那樣的高聲說話。就

56　（法）柏格森：《時間與自由意志》，頁74。

是鬍鬚白了，我相信他依舊是愛把手指插在嘴裡打呼哨（這是我幼年非常羨慕他的一種優美的口技，常常自恨不慧，而背地苦痛過），而且一閉眼，我就想到他穿著俄國式短外套，敞胸露出哥薩克的襯衫，並結著紅絲腰帶。[57]

在這個段落中，古班的形象彷彿在作家書寫的過程中，透過記憶的召喚再次鮮活地重現。小說紀錄古班「俄國式短外套」、「哥薩克襯衫」和「紅絲腰帶」的衣裝，不但展現作家驚人的物質記憶能力，也應證琿春的多元文化如何滲透到日常用物中。而作家在戰亂時期，在中國的西南一角對古班的懷想，對古班永遠健康活躍的祝願，都展現作家濃烈的思鄉懷舊之情。

五、結語

　　東北作家因故鄉淪陷的共同經驗，再加以作家群體之間的密切往來與文學上的相互觸發、影響，使得他們的創作既有共通性，也有個人的創發。在本書所討論的四位作家中，駱賓基是年紀最小的一個，在他對於東北故鄉的書寫中，可以看到前輩作家對他的影響，以及他對前輩作家的學習、繼承與發展。從處女作《邊陲線上》開始，他三〇年代的作品大多以宣揚抗日精神的題材為主，繼承蕭軍《八月的鄉村》的寫作系統；四〇年代桂林時期，駱賓基開始創作記錄個人成長經驗的《混沌初開》，這部作品則同時繼承並融合蕭紅《呼蘭河傳》的「童年視角」、「童年

57　駱賓基：《混沌初開》，頁58。

記憶」與端木蕻良《科爾沁旗草原》的家史書寫、地方誌和東北歷史記憶。

在內容上,《混沌初開》的獨特之處在於透過主人公姜步畏從幼年到少年的個人成長歷程與社會認識,一方面開展山東與關東、關內與關外的流動家史,紀錄了東北漢族移民「闖關東」的社會記憶與第一代移民對關內故鄉的眷戀之情;一方面為讀者揭開二十世紀二〇年代中國邊境城市與鄉野的神秘面貌,而多元民族、文化與政治勢力的相互碰撞、衝突、競爭、影響、滲透、交融,是邊境地區不論縣城或鄉野最鮮明的特色。

在《幼年》中,作家從沒落的富商之家的生活、娛樂與日常物器,擴展到城市街景與百姓生活,呈現琿春充滿異國特色的城市情調;又從姜步畏求學時期孩童間的人際關係,凸顯異民族的矛盾、衝突與磨合,而俄國十月革命與日本侵略等歷史事件,則是影響、改變東北百姓生活與城市面貌最重要的潛在因素。在《少年》中,小說透過主人公隨母親視察姜家屯落九道泡子的經歷,開啟對東北邊境荒野的描寫,既壯闊又秀麗的天空、山林、原野、湖泊等自然景致是全書中最迷人的風景。然而在邊境荒野看似悠閒緩慢的生活中,卻暗含著滿族旗戶與漢族移民的競爭,以及朝鮮、日本等外來經濟勢力對邊境屯落經營的衝擊。

在敘述模式上,以「兒童視角」與「成人視角」交融穿插並貫穿全書的「回溯性敘事」是這部作品最大的特色。小說透過成長過程中,從幼兒、兒童到少年的懵懂視角,由小而大、由近而遠地逐步擴展主人公的人生經驗與社會認識。小說因孩童的好奇心而偏重在日常生活的細節描寫與獨特觀察,因感官感覺與物質記憶的書寫而充滿具體鮮活的生活氣息,因捕捉過往生命中充滿

溫度的記憶而呈現回憶的「綿延性」。

　　同時，由於兒童、少年的視角一以貫之，因此《混沌初開》不像蕭軍、蕭紅、端木蕻良等人的作品，具有較為鮮明的知識份子的歷史責任或文化反省，不論是紀錄民族衰敗的歷史現實、批評列強的侵略、反省文化沉痾、重振民族精神或挖掘根植於大地的民族生命韌性。在作家發言位置上，《混沌初開》更偏向於從兒童而非成人、從群眾百姓而非知識份子、從微觀而非宏觀的視角鋪展琿春城市多元的異國風情與鄉野族群之間的緊張關係。因此整體來說，《混沌初開》的創作心理比前述作家的故鄉書寫更為純粹，作家希冀透過細膩的生命記錄，重溫、重現（重述）難忘的童年、故鄉與鄉親，以寄託戰爭時期遠離家園，在中國西南一角遙念東北故土的思鄉懷舊之情。

第六章　結　論

　　詹明信（Fredric　Jameson）在〈處於跨國資本主義時代中的
第三世界文學〉一文中曾區別第一世界與第三世界文學的主要差
異，他認為兩者最大的差異在於文學作品中公與私、個人與國
家、民族、集體之間的關係，前者是斷裂的，而後者是密切結合
的。他這樣描述第一世界因資本主義文化而形成的文學作品特
徵：

> 資本主義文化的決定因素之一是西方現實主義的文化和現
> 代主義的小說，它們在公與私之間、詩學與政治之間、性
> 慾和潛意識領域與階級、經濟、世俗政治權力的公共世界
> 之間產生嚴重的分裂。換句話說：弗洛伊德與馬克思對
> 陣。……我們一貫具有強烈的文化確信，認為個人生存的
> 經驗以某種方式同抽象經濟科學與政治動態不相關。[1]

相較於第一世界作品中公與私的斷裂，第三世界因民族（國家）
在發展的過程中遭遇民族內部與外在干預等各種複雜的歷史條件

---

[1]　詹明信著，張京媛譯：《馬克思主義：後冷戰時代的思索》（香港：牛
　　津大學出版社，1994 年），頁 92。

和現實困境，因此第三世界的作家往往無法無視現實問題對個體的影響，其作品則慣於將個人生命問題與社會、文化、民族所遭遇的困境結合在一起，進而形成一種民族寓言：

> 第三世界的文本，甚至那些看起來好像是關於個人和利比多趨力的文本，總是以民族寓言的形式來投射一種政治：關於個人命運的故事包含著第三世界大眾文化和社會受到衝擊的寓言。[2]

詹明信以亞、非作家為例來分析作品如何透過敘述完成對民族生存處境與問題的思考，前者以魯迅的〈狂人日記〉、〈藥〉和〈阿 Q 正傳〉為代表，後者則討論塞內加爾小說家兼電影製片人奧斯曼尼·塞姆班內的小說《夏拉》和《匯票》。由於作家高度的介入現實的姿態，因此詹明信認為「在第三世界的情況下，知識份子永遠是政治知識份子」[3]，他最後總結第三世界文學作品的特徵：

> 基於自己的處境，第三世界的文化與物質條件不具備西方文化中的心理主義和主觀投射。正是這點能夠說明第三世界文化中的寓言性質，講述關於一個人和個人經驗的故事時最終包含了對整個集體本身的經驗的艱難敘述。[4]

2　詹明信著，張京媛譯：《馬克思主義：後冷戰時代的思索》，頁 93。

3　詹明信著，張京媛譯：《馬克思主義：後冷戰時代的思索》，頁 98。

4　詹明信著，張京媛譯：《馬克思主義：後冷戰時代的思索》，頁 112。底線為筆者所加。

　　詹明信從公與私緊密結合的關係來掌握第三世界作家的創作精神與作品特徵，精準且獨到。回顧中國自五四以降的現代文學發展，詹明信的論斷也具有總結性和涵蓋性。而這一特點，在東北作家作品中尤為明顯。

　　東北自晚清以來便面對日、俄兩大鄰國的覬覦和侵略，東北的歷史命運使得作家在從事創作時，無法迴避東北獨特的歷史處境。東北作家對於故鄉的敘述主要有兩大面向，一是描述九一八事變後，東北群眾的反抗行動，包括蕭軍《八月的鄉村》、端木蕻良《大地的海》、駱賓基《邊陲線上》、蕭紅《生死場》後半部的部分章節等，這些作品紀錄故鄉（國家、民族）遭遇列強侵略的史實，並透過東北群眾自發加入人民革命軍等反抗侵略、保護家園的行動，展現富有血性與義氣、忍辱而堅毅的民族韌性，同時宣揚抗日精神。這是一種較不強調個人經驗的描述民族的方式。二是作家在遠離家園而不得歸的現實處境下，因思鄉懷舊而展開對故鄉風土人物的追憶與敘述，這類作品因個人成長經驗、故鄉印象與懷鄉情感的差異，而帶有鮮明的個人性，但作家在紀錄、描述個人的生命經驗與記憶時，也往往將之與東北的歷史處境和集體記憶縮合在一起，形成另一種民族敘述。本書所討論的，都屬於這一類作品。而在這類作品中，尤能觀察到東北作家在創作實踐中，公與私的高度結合。

　　由於公與私、個人經驗與外在社會、歷史的高度結合，進而形成東北作家創作中獨特的「時間感」與「空間感」，而「時間」又是影響「空間」變化最重要的因素。東北作家往往比中國其他地域的作家更具有強烈的時間感和歷史感覺，東北歷史遭遇中幾個重要的時間節點，包括中東、南滿鐵路的修建、日俄戰

爭、俄國十月革命，以及特別重要的「九一八」、滿洲國的建立等，不但是東北人民的集體記憶，更成為東北作家反覆書寫的鮮明而具體的歷史背景。而歷史巨變也改變了東北鄉土的空間面貌與百姓的生活情狀和感覺結構，例如蕭軍《第三代》中描寫日俄戰爭後，日本勢力進入東北，長春城地景位置的分配與空間權力的結構；蕭紅《生死場》中，「九一八」打破了東北偏僻農村「圓周式」循環的時間感，促使「年盤轉動了」，從前的麥地因戰亂的砲火而完全荒廢，日本宣傳「王道」的汽車開進了封閉安靜的農村，橫越天空的飛機撒下片片宣傳紙頁；端木蕻良《科爾沁旗草原》中描寫日本的侵略與佔領，造成東北土地貶值，進而崩解東北的經濟結構，並導致傳統富貴家族的沒落；《大地的海》中描寫滿洲國建立後，鐵路與公路的築路隊開進農村，對農田產生的破壞，進而割裂農民面對土地時的心情；駱賓基的《混沌初開》則描寫俄國十月革命與日本殖民朝鮮後，大量的白俄流亡者與朝鮮難民湧入邊境城市琿春，促成琿春充滿流亡者傷感情調的城市風情，而多民族雜居的矛盾衝突，也形成更為複雜的社會網絡與人際關係。

同時，東北淪陷使作家被迫走上流亡之路，不知何時能夠回家的心情更強化了歷史巨變的時間感，故鄉淪陷的時間拐點同時意味著個人生命的斷裂（個人被迫遠離家園）與東北歷史感的斷裂（統治者的改變），「九一八」因此成為集體記憶的象徵性時間。這也是蕭紅在離開故鄉後度過的許多個「九一八」時，反覆書寫紀念「九一八」散文的原因。而流亡的生命經驗更進而促成東北作家描述鄉土時的幾個特質。

首先，東北作家的鄉土敘述都建立在「不在場」的發言位置

上。他們描述的不是東北淪陷後，故鄉「當下」的現實社會，而是遠離故鄉後，對年少時光鄉土經驗的追想，他們所寫的都是「過去的年代」。綜觀中國現代文學史上的鄉土小說，其中也不乏此類「不在場」的鄉土敘述，例如魯迅曾稱五四時期如蹇先艾、許欽文、王魯彥等鄉土小說家的作品為「僑寓文學」，他們都是「在北京用筆寫出他的胸臆來的人們」[5]，又例如沈從文離開湘西之後才開始寫湘西。然而，東北作家的特殊之處在於他們並非主動離鄉尋求生命發展，而是被迫離鄉走上流亡之路，返鄉之路道阻且長，歸家之日遙遙無期，而故鄉也在日本占領後成為另一種為他們所不熟悉的歷史時空，更強化了作家的無家感與漂泊感。他們的「不在場」同時代表個人生命歷史的重大轉折與故鄉歷史某種意義上的「終結」，他們在異地所書寫的「過去的年代」，是對已然逝去的年少歲月與故鄉時空的重述與重塑。

　　第二，在上述前提下，東北作家對故鄉產生斯維特蘭娜·博伊姆在《懷舊的未來》一書中所提出的「反思型懷舊」的情感結構。東北作家的鄉土書寫都強調「懷舊」中的「懷」，偏重書寫主體在「遺失」、「懷想」與「記憶」之間的種種關係，也因此，東北作家的鄉土敘述都具有創作主體鮮明的生命印記和主觀感覺。其中，駱賓基直書個人的成長經歷；端木蕻良透過敘述家族史的興衰表達個人對東北歷史的感慨；蕭紅將個人年幼時的家族生活與離家後的坎坷人生鎔鑄到鄉土書寫與民族寓言中；即使是作品看來最為「客觀」，最淡化個人生命經歷的蕭軍，他對凌

5　魯迅：〈《中國新文學大系·小說二集》導言〉，魯迅編選：《中國新文學大系·小說二集》（影印本）（上海：上海文藝出版社，2003 年 7 月），頁 9。

河村與長春城的描述,也涵納了作家年少時的東北城鄉生活經驗。同時,他們在對故鄉的描述中,也往往透過景象、色彩、聲音、氣味、膚觸等大量的感官感覺與具體的日常生活細節,捕捉、重現並留存、封印已然逝去的,朝思暮想的鄉土。因此,東北作家的鄉土敘述可以說是懷舊抒情的產物。

第三,東北作家在懷舊的情感結構的驅使下,透過創作實踐回顧、反省、重述個人生命在被歷史巨變撞離原先軌道之前的歷史與經驗,有的在重述的過程中透過懷想童年記憶與故鄉印象捕捉、重現故鄉過去的風土與歷史,有的則因東北歷史的「中斷」而產生記錄歷史的強烈衝動。這樣的創作心理與實踐行為使東北作家不同於以往的鄉土小說家,五四以降的鄉土小說家大多採取短篇小說的寫作模式,散點式地描述鄉土的各色人物與面貌,而東北作家則傾向以長篇小說的體製對故鄉進行「整體性」的把握,希冀透過對故鄉人物精神、人際關係、社會結構、歷史遭遇等各方面具體而完整的描述,重現鄉土「過去年代」的「時空感」。小說中鮮明的時間感覺、對鄉土「整體性」的把握與長篇小說的體製,使他們的作品展現出為個人生命與東北鄉土「寫史」的色彩。不論他們在創作過程中是有意識地記錄歷史,或在懷舊的過程中無意識地形成寫史的作用,他們的作品都將個人的故鄉經驗與鄉土的、社會的、歷史的集體記憶結合在一起,形成公與私的高度縐合。

第四,綜合上述所言,東北作家的鄉土敘述因此有其獨特的創作心理與文學效果。不同於以魯迅為首的五四鄉土作家採取「啟蒙」的創作意圖;以沈從文為首的京派作家主張「審美」的書寫距離;以茅盾為首的左翼小說家強調農村「革命」的現實出

路，東北作家強烈的創作動機是「懷舊－抒情」的情感結構，而作品呈現出鮮明的「歷史」意識與寫史願望。他們的創作衝動源自於失落鄉土之後懷舊抒情的心靈補償，透過個人生命歷史與故鄉經驗的追憶與紀錄，將個人史、家族故事、鄉土風俗誌與東北內憂外患的歷史處境層層展開，呈現其間相互交纏、拉扯的歷史作用力，最後形成對中國文化傳統與民族歷史危機的反省，並企求從鄉土、民間召喚活潑、堅韌的民族生命力，以尋求民族重振的方法。他們的創作實踐在無意中縮合了「抒情」與「史詩」兩種不同的書寫意圖。

在上述東北作家鄉土敘述的共通點之外，每個作家由於故鄉風土與社會型態的差異，以及個人成長背景、生命經歷、文學養成與精神氣質的不同，所展現的文學風貌與文學成就也各有精采之處。

蕭軍的成名作是《八月的鄉村》，這部作品開啟東北作家記錄「九一八」事變後的群眾反抗歷史以宣揚抗日精神的書寫系統，端木蕻良的《大地的海》與駱賓基的《邊陲線上》等作品承續其後。在《八月的鄉村》之後，蕭軍開始創作《第三代》，這部作品企圖全景式地展示蕭軍年少時所認識的東北歷史與社會記憶。

《第三代》以蕭軍幼年與青少年時期生活的遼西農村故鄉和長春城為背景，透過小說人物進城謀生與失敗返鄉的人口移動，串聯起民國初年東北的城、鄉對照。遼西故鄉是「農村」與「山林」相互依存的世界，小說展開松嶺山脈一帶繁林茂木的山林世界與時間滯後的封閉農村兩種相互連動的生活場景，社會結構主要由「地主－官軍」等支配階層與「農民－土匪」等群眾構成，

並形成地主、官軍、農民、土匪等四類人物相互勾連又彼此牽制的人際網絡。城市部分透過長春城的鐵路交通網絡、地景配置與空間權力，呈現民國初年帝國列強「瓜分中國」的欲望競逐與政治角力，以及社會內部官僚、勞資的階級結構，以此凸顯東北城市「民族衝突」與「階級糾紛」等兩大時代問題。面對民國初年東北的列強瓜分命運與衰敗歷史，蕭軍重新挖掘「民間草根英雄」剛烈強悍的血性義氣與反抗意志來重振民族精神。

在本書所討論的四位作家中，蕭軍是最將個人的生命經驗隱沒在作品背後的作家，《第三代》的書寫模式與茅盾的《子夜》頗為相近，他企圖以宏觀的敘述視角、客觀的敘述態度，力求完整地呈現他成長過程中所認識的東北故鄉社會結構與歷史處境。即使如此，在對遼西故鄉與長春城的描寫中，仍鎔鑄著蕭軍個人的城、鄉生活經驗，而對於山林土匪所投注的熱情，對「民間草根英雄」富有血性的反抗精神的頌揚，則展現蕭軍剛強烈性的性格與張揚男性力量的抒情特質。

蕭紅的成名作是《生死場》，《生死場》開啟東北作家懷想故鄉，從而書寫故鄉的鄉土敘述。從這個角度來看，《生死場》的出現對東北作家意義深遠，本書所論的所有作品都屬於此一書寫系統。

蕭紅所有的創作都立基在「女性」與「漂泊者」雙重的主體感受與生命思考，她的漂泊生命同時意味著「家的失落」與「故土淪陷」兩種層次，「家」與「故鄉」帶給她不同的情感反應，在她的書寫中，「家」的記憶與「故鄉」印象在重疊中又有背離。蕭紅不像端木蕻良和駱賓基懷抱著鮮明的寫史意圖，但她卻將生命經驗中的種種美好與傷痛融化在文學作品中。在《生死

場》裡，蕭紅將生命經驗中的身體痛楚與情感創傷寫入鄉土「弱小者群體」的生命遭遇；在《呼蘭河傳》裡，她封存了童年與祖父在後花園度過的美好時光，並透過女童對遠方茫漠世界的想像訴說成長的憂傷與不安。

　　蕭紅卓越的文學才華表現在獨特的敘述模式與民族寓喻上。在敘述模式方面，她在《生死場》中形構如流水般自由漫延流淌，看似毫無規律卻又自成一體的女性話語模式，從而突破一般長篇小說嚴謹的結構；而在《呼蘭河傳》中，蕭紅進一步完成從「散化」到「詩化」的文學歷程。在民族寓喻方面，她在《生死場》中，以「生死交替上演」的鄉土「生死場」作為民族象徵，將溫柔的目光投注在對於「弱小者群體」的體貼理解與同情關懷上；而在《呼蘭河傳》中，「大泥坑」作為「鄉土－民族」象徵的鮮活形象，將北國荒僻農村與小鎮封閉循環的歷史感覺凝鑄成具有高度象徵性的，鄉土中國的民族寓言，同時，蕭紅也在生活於此的底層百姓身上，發現看似蒙昧卻又柔韌頑強的原始生命力。

　　此外，蕭紅在《呼蘭河傳》中利用「女童視角」回憶成長過程中的家族記憶，從而開啟回溯性敘事中「兒童視角」與「成人視角」交錯穿插的敘事模式，而這種寫作模式被端木蕻良與駱賓基所承續，成為兩人書寫個人史與家族史的重要形式。

　　端木蕻良的《科爾沁旗草原》完成於 1933 年底，早於蕭軍的《八月的鄉村》與蕭紅的《生死場》，但因出版過程的波折，直到抗戰爆發後的 1939 年才得以問世。寫作《科爾沁旗草原》時的端木蕻良是風華正茂的二十一歲，足見作家豐沛早慧的文學才華。

　　相較於蕭軍筆下的鄉土是遼西松嶺山脈一帶，山林與農村毗鄰的世界；蕭紅筆下的鄉土是北國荒僻封閉的農村與小鎮，端木蕻良的小說則開啟一馬平川，遼闊無垠的東北草原圖景。在創作模式與內容上，家族歷史的書寫與重建是出身富貴之家的端木蕻良為東北作家鄉土敘述所做的重大突破。

　　端木蕻良的家族書寫呈現「向外」與「向內」兩種內容走向。《科爾沁旗草原》與《大地的海》等長篇小說屬於從家族史「向外」連結的社會認識與民族思考。《科爾沁旗草原》以父系地主家族的興衰歷史為素材，描述並探究導致地主之家與東北社會經濟崩壞的多重因素，並藉由知識份子身分的主人公丁寧提出培養「新人」的概念，期待草原之子重新體認大地豐沛渾厚的力量，以此挽救民族衰敗的危機。《大地的海》則以母系地戶家族的生命狀態為核心，描述東北農民在日本殖民者強行佔領農地、修築公路時的反抗行動。在情節內容上，《大地的海》繼承《八月的鄉村》一脈宣揚抗日精神的書寫系統，但他對草原大地的歌詠滿懷著作家對遙遠故土的抒情詠嘆，而他對農民形象的塑造則呈現知識分子的農民文化想像，透過重新敘述充滿力量的「土地」與「人民」，召喚草原大地上身體康健、精神強旺的「新人」。端木蕻良對於草原「新人」的期待，猶如蕭軍對於「民間草根英雄」的激賞，都是作家面對民族危機時的迫切心情。

　　端木蕻良在四○年代發表的短篇小說〈初吻〉、〈早春〉則屬於從家族史「向內」挖掘的，關於個人生命啟蒙和情感教育的故事。這兩部作品仿效蕭紅在《呼蘭河傳》中所使用回溯性敘事的「兒童視角」，捕捉年少時期隱密幽微的啟蒙心情與生命認識，以此反省個人的成長經歷，並回應為母親書寫「受苦女性」

的創作初衷。這類作品與《科爾沁旗草原》等長篇小說形成兩種截然不同的抒情特質，前者展現草原大地的遼闊壯麗，讚美雄強剛健的男性力量，可以稱之為草原之子的血脈遺傳；後者展現貴族家庭精緻細膩的審美生活，描述青春少年旖旎憂鬱的春情，是富貴之家的生命認識。

　　四位作家中，駱賓基的生年最晚，在他的創作歷程中留下他學習東北前輩作家的痕跡，並在四〇年代形成個人獨特的文學風格。他早期的作品以描寫戰爭和戰時生活，宣揚抗日精神的題材為主，繼承蕭軍《八月的鄉村》的寫作系統。四〇年代桂林時期創作的《混沌初開》，則同時繼承蕭紅《呼蘭河傳》的「童年記憶」與端木蕻良《科爾沁旗草原》的「家史書寫」。

　　《混沌初開》分為《幼年》、《少年》兩部，完整呈現駱賓基年少時期東北生活的社會記憶與城、鄉認識，是駱賓基鄉土書寫的代表作。小說透過主人公姜步畏的個人成長史，一方面開展山東與關東的流動家史，一方面揭開二十世紀二〇年代中國邊境城市與鄉野的神秘面貌。琿春因聚集大量俄羅斯與朝鮮流亡者而瀰漫著憂鬱感傷的城市氛圍與異國情調，以及邊境荒野山林秀麗遼闊、悠遠靜謐的自然景致，是小說最為迷人之處；而滿、漢、俄羅斯、朝鮮、日本等多元民族、文化與政治勢力的相互碰撞、衝突、競爭、影響、滲透、交融與磨合，則展現東北邊境地區獨特的社會生活與時代記憶。

　　在敘述模式上，駱賓基將蕭紅與端木蕻良都曾使用過的，回溯性敘事中「兒童視角」與「成人視角」穿插而成的敘述模式發展得最為完整、極致。小說藉由成長發展中的幼兒、兒童、少年視角，逐步擴展主人公的生命感受與社會認識。而「兒童視角」

的侷限與特性,則讓作品內容重在日常生活中的物質記憶和感官感覺,從而展現東北城鄉百姓具體而鮮活的生活實感,並從孩童細微而瑣碎的人際互動,以微觀的方式呈現琿春獨特的異國風情與城市、鄉野族群之間的緊張關係。

　　相較於蕭軍、蕭紅與端木蕻良有意在鄉土敘述中進行民族的文化、歷史反思,並從鄉土民間尋求民族新生的精神力量,駱賓基的創作動機則較為單純,他藉由重述遙遠的童年時光與故鄉生活回望個人生命的來時路,以此寄託戰爭時期遠離家園的思鄉懷舊之情,也完整呈現了東北琿春邊境地區一代人的生活樣貌與社會記憶。

　　出於濃烈的思鄉情緒與「懷舊−抒情」的創作動機,透過對過往生命歷程中鄉土經驗的重新敘述,完成為故鄉「過去的年代」「寫史」的願望,東北作家的鄉土敘述綰合了個人生命經驗與東北獨特的自然地景、鄉土風俗、社會文化、精神特徵等時代記憶,勾連晚清以來東北艱難苦難的歷史命運,形成作家對於近代中國國家處境的民族寓言。他們的作品展現離鄉的流亡者、漂泊者與遙遠故鄉之間的時空張力,完成了「抒情」與「史詩」兩種書寫系統相互碰撞、滲透、交融與重鑄的辯證實踐。這是東北作家在「九一八」的故鄉巨變後,在廣大的中國土地上、漫長的漂泊行旅中所唱的「流浪者之歌」。

參考書目

說明：本書目依編著者姓氏筆畫排列，同一著者超過二筆資料
時，依出版時間編列。

一、東北作家作品

端木蕻良，《端木蕻良文集》（第 1-8 卷），北京：作家出版社，1998 年
6 月至 2009 年 6 月。

端木蕻良，《端木蕻良小說選》，長沙：湖南人民出版社，1981 年 3 月。

端木蕻良，《化為桃林》，上海：上海古籍出版社，2000 年 12 月。

端木蕻良著，孔海立編，《端木蕻良作品新編》，北京：北京人民出版
社，2010 年 1 月。

駱賓基，《駱賓基短篇小說選》，北京：人民文學出版社，1980 年 5 月。

駱賓基，《駱賓基小說選》，長沙：湖南人民出版社，1982 年 1 月。

駱賓基，《初春集》，南昌：江西人民出版社，1982 年 10 月。

駱賓基，《邊陲線上》，長春：吉林人民出版社，1984 年 10 月。

駱賓基，《書簡·序跋·雜記》，西寧：青海人民出版社，1986 年 12
月。

駱賓基，《蕭紅小傳》，哈爾濱：北方文藝出版社，1987 年 6 月。

駱賓基，《瞭望時代的窗口》，北京：人民日報出版社，1988 年 5 月。

駱賓基，《大後方》，北京：作家出版社，1990 年 5 月。

駱賓基，《混沌初開》，北京：北京十月文藝出版社，1994 年 8 月。

駱賓基，《中國現代作家選集：駱賓基》，香港：三聯書店，1994 年 12
月。

蕭軍、蕭紅合著，《跋涉》，香港：香港文學研究社，出版年份不詳。

蕭軍，《人與人間──蕭軍回憶錄》，北京：中國文聯出版社，2006 年 6 月。

蕭軍，《蕭軍全集》（全 20 卷），北京：華夏出版社，2008 年 6 月。

蕭軍，《為了愛的緣故：蕭紅書簡輯存注釋錄》，北京：金城出版社，2011 年 8 月。

蕭軍，《魯迅給蕭軍蕭紅信簡注釋錄》，北京：金城出版社，2011 年 10 月。

蕭軍，《延安日記（1940-1945）》（上、下卷），香港：牛津大學出版社，2013 年。

蕭軍編注，《蕭紅書簡》，香港：牛津大學出版社，2014 年。

蕭軍，《我的文革檢查──蕭軍自訟錄》，香港：牛津大學出版社，2016 年。

蕭紅，《蕭紅散文全編》，杭州：浙江文藝出版社，1994 年 5 月。

蕭紅，《蕭紅全集》（全 5 卷），北京：北京燕山出版社，2014 年 4 月。

二、專著

丁帆，《中國鄉土小說史》，北京：北京大學出版社，2007 年 1 月。

丁言昭，《愛路跋涉──蕭紅傳》，臺北：業強出版社，1991 年 7 月。

丁玲，《丁玲全集》第 5 卷，石家莊：河北人民出版社，2001 年 12 月。

王彥威、王亮編，《清季外交史料（自光緒二十一年四月～二十六年十二月）》卷 144，臺北：文海出版社，1973 年。

王風、（日）白井重範編，《左翼文學的時代──日本「中國三十年代文學研究會」論文選》，北京：北京大學出版社，2011 年 11 月。

王科、徐塞、張英偉著，《蕭軍評傳》，北京：中國社會出版社，2008 年 1 月。

王建中、白長青、董興泉編，《東北現代文學研究論文集》，瀋陽：遼寧大學出版社，1986 年 9 月。

王富仁，《端木蕻良》，北京：商務印書館，2018 年 8 月。

王瑤，《王瑤全集》（第三卷），石家莊：河北教育出版社，2000 年 1

月。

王德威，《現代抒情傳統四論》臺北：臺大出版中心，2011 年 8 月。

王觀泉編，《懷念蕭紅》，北京：東方出版社，2011 年 5 月。

孔海立，《端木蕻良傳》，上海：復旦大學出版社，2011 年 1 月。

中共北京市委黨史研究室、中共天津市委黨史資料徵集委員會編，《北方
　　左翼文化運動資料匯編》，北京：北京出版社，1991 年 6 月。

中國第一歷史檔案館、北京師範大學歷史系編選，《辛亥革命前十年間民
　　變檔案史料》，北京：中華書局，1985 年。

司馬長風，《中國新文學史》（全三卷），臺北：古楓出版社，1986 年。

成歌主編，《端木蕻良小說評論集》，北京：北京出版社、文津出版社，
　　2002 年 12 月。

沈衛威，《東北流亡文學史論》，鄭州：河南人民出版社，1992 年 8 月。

宋喜坤，《蕭軍和哈爾濱《文化報》》，北京：中國社會科學出版社，
　　2015 年 7 月。

李健吾，《咀華集・咀華二集》，上海：復旦大學出版社，2005 年 5 月。

李歐梵，《中國現代作家的浪漫一代》，北京：新星出版社，2005 年 9
　　月。

吳福輝，《多棱鏡下》，北京：人民文學出版社，2010 年 2 月。

宓汝成，《帝國主義與中國鐵路 1847-1949》，北京：經濟管理出版社，
　　2007 年 3 月。

《河北文史資料》編輯部編，《近代中國土匪實錄（上卷）》，北京：群
　　眾出版社，1993 年。

林幸謙，《身體與符號建構──重讀中國現代女性文學》，香港：中華書
　　局，2014 年 12 月。

林賢治，《漂泊者蕭紅》，北京：人民文學出版社，2009 年 1 月。

孟悅、戴錦華，《浮出歷史地表──中國現代女性文學研究》，臺北：時
　　報文化公司，1993 年 9 月。

邵雍，《民國綠林史》，福州：福建人民出版社，2001 年 3 月。

邵雍等著，《中國近代土匪史》，合肥：合肥工業大學出版社，2012 年 4
　　月。

季紅真，《蕭紅全傳：呼蘭河的女兒》，北京：現代出版社，2012 年 1 月。

施淑，《歷史與現實》，臺北：人間出版社，2012 年 7 月。

胡風，《胡風全集》第 2 卷，武漢：湖北人民出版社，1999 年 1 月。

茅盾，《茅盾全集》第 23 卷，北京：人民文學出版社，1996 年。

茅盾，《茅盾全集》第 34 卷，北京：人民文學出版社，1997 年。

段從學，《「文協」與抗戰時期文藝運動》，北京：北京大學出版社，2012 年 7 月。

唐小兵編，《再解讀：大眾文藝與意識形態》，北京：北京大學出版社，2007 年 5 月。

涂光群，《五十年文壇親歷記（1949-1999）》（上、下冊），瀋陽：遼寧教育出版社，2005 年 5 月。

夏志清，《中國現代小說史》，臺北：傳記文學出版社，1985 年 11 月 15 日。

夏志清，《夏志清文學評論集》，臺北：聯合文學出版社，2006 年 10 月。

孫一寒，《走進科爾沁旗草原——端木蕻良傳記性小說的虛構與真實初探》，瀋陽：白山出版社，2012 年 9 月。

郭玉斌，《蕭紅評傳》，北京：中國社會出版社，2009 年 6 月。

張京媛主編，《當代女性主義文學批評》，北京：北京大學出版社，1992 年 1 月。

陳平原，《中國小說敘事模式的轉變》，臺北：久大文化，1990 年。

陳潔儀，《現實與象徵——蕭紅「自我」、「女性」、「作家」的身份探尋》，香港：中文大學出版社，2005 年。

常城主編，《東北近現代史綱》，長春：東北師範大學出版社，1987 年 12 月。

逢增玉，《黑土地文化與東北作家群》，長沙：湖南教育出版社，1995 年 8 月。

崔文波，《城市公園——恢復改造實踐》，北京：中國電力出版社，2008 年 3 月。

富育光、郭淑雲，《薩滿文化論》，臺北：臺灣學生書局，2005 年 9 月。

費孝通，《鄉土中國》，上海：上海人民出版社，2013 年 12 月。

葉君，《從異鄉到異鄉：蕭紅傳》，臺北：印刻文學生活雜誌出版公司，2014 年 10 月。

楊義，《中國現代小說史》（第二、三卷），北京：人民文學出版社，第二卷 1988 年 10 月、第三卷 1991 年 5 月。

楊瑞松，《病夫、黃禍與睡獅——「西方」視野的中國形象與近代中國國族論述想像》，臺北：政大出版社，2010 年 9 月。

趙園，《艱難的選擇》，上海：上海文藝出版社，1986 年 9 月。

趙園，《地之子》，北京：北京大學出版社，2007 年 1 月。

趙園，《論小說十家》，上海：華東師範大學出版社，2014 年 11 月。

遲子建，《額爾古納河右岸》，北京：人民文學出版社，2010 年 10 月。

魯迅，《魯迅全集》第 6 卷，北京：人民文學出版社，1981 年。

魯迅，《魯迅全集》第 13 卷，北京：人民文學出版社，1981 年。

魯迅，《魯迅全集》第 15 卷，北京：人民文學出版社，1981 年。

劉以鬯，《端木蕻良論》，香港：世界出版社，1977 年。

劉禾，《跨語際實踐——文學，民族文化與被譯介的現代性（中國，1900-1937）》，北京：三聯書店，2002 年 6 月。

劉曉航編著，《流散中國的猶太人》，武漢：武漢大學出版社，2014 年 3 月。

錢理群，《1948 天地玄黃》，濟南：山東教育出版社，1998 年 5 月。

錢理群主講，《對話與漫遊——四十年代小說研讀》，上海：上海文藝出版社，1999 年 8 月。

錢理群總主編，吳福輝主編，《中國現代文學編年史——以文學廣告為中心（1928-1937）》，北京：北京大學出版社，2013 年 5 月。

錢理群總主編，陳子善主編，《中國現代文學編年史——以文學廣告為中心（1937-1949）》，北京：北京大學出版社，2013 年 5 月。

穆旦，《穆旦詩文集》第 1 卷，北京：人民文學出版社，2006 年 12 月。

韓文敏，《現代作家駱賓基》，北京：北京燕山出版社，1989 年 4 月。

蕭白，《蕭白文藝評論集》，北京：中國文聯出版社，2005 年 3 月。

鍾耀群、曹革成編，《大地詩篇──端木蕻良作品評論集》，哈爾濱：北方文藝出版社，1997 年 2 月。

魏時煜，《王實味：文藝整風與思想改造》，香港：香港城市大學出版社，2016 年。

譚桂戀，《中東鐵路的修築與經營(1896-1917)：俄國在華勢力的發展》，臺北：聯經出版公司，2016 年 2 月。

蘇生文，《中國早期的交通近代化研究（1840-1927）》，上海：學林出版社，2014 年 4 月。

（日）平石淑子，《蕭紅傳》，北京：中國人民大學出版社，2017 年 10 月。

（日）駒込武，《殖民地帝國日本的文化統合》，臺北：臺大出版中心，2017 年 1 月。

（美）安敏成，《現實主義的限制──革命時代的中國小說》，南京：江蘇人民出版社，2001 年 8 月。

（美）雪倫‧朱津，《權力地景：從底特律到迪士尼世界》，臺北：群學出版公司，2010 年 12 月。

（美）斯維特蘭娜‧博伊姆，《懷舊的未來》，南京：譯林出版社，2010 年 10 月。

（美）葛浩文，《蕭紅傳》，上海：復旦大學出版社，2011 年 1 月。

（美）葛浩文，《論中國文學》，北京：現代出版社，2016 年 1 月。

（美）愛德華‧薩依德，《文化與帝國主義》，臺北：立緒文化事業有限公司，2001 年 1 月。

（美）羅伯特‧拉特利奇，《公園的剖析》，臺北：田園城市文化有限公司，1977 年 7 月。

（英）貝思飛，《民國時期的土匪》，上海：上海人民出版社，1992 年 11 月。

（法）柏格森：《時間與自由意志》，北京：商務印書館，2010 年 9 月。

（俄）巴赫金，《巴赫金全集》（第三卷），石家莊：河北教育出版社，1998 年 6 月。

（捷克）亞羅斯拉夫‧普實克著、李歐梵編，《抒情與史詩──現代中國

文學論集》，上海：上海三聯書局，2010 年 12 月。

三、期刊論文

王富仁，〈三十年代左翼文學・東北作家群・端木蕻良〉（之一到之三），《文藝爭鳴》2003 年 1、3、5 月。

王富仁，〈文事滄桑話端木：端木蕻良小說論〉（上、下），《中國現代文學研究叢刊》2003 年 7、10 月。

王欽，〈「潛能」、動物與死亡──重讀蕭紅《生死場》〉，《中國現代文學研究叢刊》2016 年第 10 期。

王德芬，〈蕭軍在延安〉，《新文學史料》1987 年第 4 期。

林幸謙，〈蕭紅小說的妊娠母體和病體銘刻──女性敘述與怪誕現實主義書寫〉，《清華學報》新 31 卷第 3 期（2001 年 9 月）。

季紅真，〈魯迅序言對《生死場》的經典定位之後〉，《中國現代文學研究叢刊》2016 年第 10 期。

柳書琴，〈流亡的娜拉：左翼文化走廊上蕭紅的性別話語〉，《清華學報》新 48 卷第 4 期（2018 年 12 月）。

秦林芳，〈從「同路」到「分道」──延安時期的丁玲與蕭軍〉，《海南師範大學學報（社會科學版）》2013 年第 6 期。

曹革成：〈抗日戰爭時期端木蕻良活動年譜（1937-1945）〉，《抗戰文化研究》2012 年 11 月。

曹革成：〈端木蕻良年譜（上）〉，《新文學史料》2013 年 2 月。

曹革成：〈端木蕻良年譜（上　續完）〉，《新文學史料》2013 年 5 月。

曹革成：〈端木蕻良年譜（下）〉，《新文學史料》2014 年 2 月。

曹革成：〈端木蕻良年譜（下　續完）〉，《新文學史料》2014 年 5 月。

張毓茂，〈「雄渾、沉毅、莊嚴的史詩」──評蕭軍的長篇小說《第三代》〉，《遼寧大學學報》1987 年第 5 期。

張毓茂，〈蕭軍是怎樣從文壇消失的？──重評《生活報》與《文化報》的論爭〉，《遼寧師範大學學報（社會科學版）》1988 年第 4 期。

張毓茂，〈我所知道的蕭軍先生〉，《新文學史料》1989 年第 2 期。

程義偉，〈「土匪文化」與現代作家蕭軍的身份認同〉，《小說評論》

2010 年第 2 期。

劉忠，〈精神界的流浪漢──延安時期的蕭軍〉，《中國現代文學研究叢刊》2007 年第 6 期。

劉恆興，〈女子豈應關大計？：論蕭紅文本性別與國族意識之關涉〉，《文化研究》第七期，2008 年秋季。

四、學位論文

于立影，《駱賓基評傳》，長春：東北師範大學中文系博士論文，2006 年 5 月。

國家圖書館出版品預行編目資料

流浪者之歌：「東北作家」的鄉土敘述與社會記憶

蘇敏逸著. – 初版. – 臺北市：臺灣學生，2020.11
面；公分

ISBN 978-957-15-1798-8 (平裝)

1. 中國當代文學 2. 文學評論 3. 文集

820.908   108005274

流浪者之歌：「東北作家」的鄉土敘述與社會記憶

著　作　者　蘇敏逸
出　版　者　臺灣學生書局有限公司
發　行　人　楊雲龍
發　行　所　臺灣學生書局有限公司
地　　　址　臺北市和平東路一段 75 巷 11 號
劃　撥　帳　號　00024668
電　　　話　(02)23928185
傳　　　真　(02)23928105
E - m a i l　student.book@msa.hinet.net
網　　　址　www.studentbook.com.tw
登 記 證 字 號　行政院新聞局局版北市業字第玖捌壹號
定　　　價　新臺幣四〇〇元
出 版 日 期　二〇二〇年十一月初版
I S B N　978-957-15-1798-8

82061